しっぽのある温泉 舘浦あざらし

北海道エッセイ＆旅コラムン

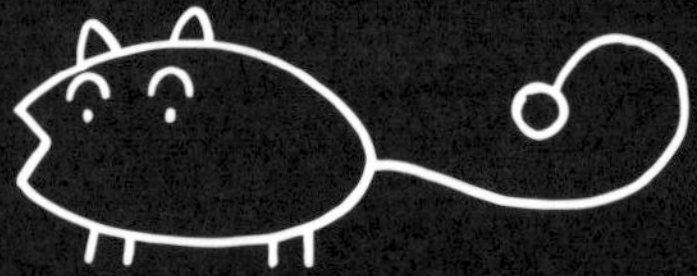

ごあいさつ

拝啓、親愛なるアミーゴ&セニョリータ。
おれ、おいら、生まれ育った北海道にちょこんと根を張りながら、
旅コラムや北海道エッセイなる雑文を山ほど書いてきたのです。
でも、思い内に在《あ》れば色外に露《あらわ》る。
当たり障りのない文章がどうしても書けなくて、いわゆるアウトサイダー。
今日まで、順風満帆とは縁のない物書き人生を歩いてきたわけで、
それでも新聞や雑誌に載った雑文は三〇年で一〇〇〇本以上。遠慮がちに。
その一部を人生初のエッセイ集としてまとめたのが拙書なのです。
若くてとんがりまくっていた頃の拙い作品も掲載時のまま載せています。
若いね青いねオバカだねと楽しんでいただけましたら幸いであります。
作家は愛情乞食である。
開高健が遺した言葉の中でもとりわけ気に入っている名句です。
真実、会う人会う人に愛情を乞うては只管《ひたすら》書き散らかしてきました。
なので、不料簡。本を出す前は不安しかないのです。
世に出す価値があるのか、誰にも求められていないのではないのか、と。
いや、いるはずだ。これだけ人間がいるのだから絶対にいるはずだ。
無名の雑文書きが新聞社とせめぎあいながら書き続けてきた温泉コラムを、
叩かれながら綴ってきた旅エッセイを切望する物好きが何人かはいるはずだ。
そう信じて、弱気退嬰を蹴飛ばして、エイヤと出したのが拙書であります。
今この本を手にしてくれている兄姉がその何人かなのですね。

のんびり旅作家　舘浦あざらし拝

CONTENTS

あざらし日和の旅かばん

北海道あざらし通信

BUCK 前々頁下段に折り返す

ブックデザイン……館浦あざらし

プロローグ

北海道の小さな田舎町に、八月のぎらつく太陽と、秋の宵の湖にそっと浮かぶおぼろ月ほど性格が違う兄弟が暮らしていました。

ネクタイと革靴とクラシック音楽が似合う兄は頭がよくてスポーツ万能でハンサム♡。なんだけど、その性格ときたら真面目で道徳的、わかりやすく言い換えるならば融通のきかない潔癖症で、自分の信じる正義こそが絶対的な正義だと確信していて……と、まあ、そこまではいいとしても、困ったことに、周囲の人間にも自分が信じる正義を押しつけたり、そのくせ国家や東大や大企業といった権力には迎合するという悪い癖があるものだから、ブルース好きの弟はちょっと面倒くさい兄だなぁと煙たがっていました。

一方、Tシャツと雪駄がよく似合う弟の方はというと、女好きの欲望馬鹿正直人間で、江戸時代に生まれていたら「おぼろ月の旦那」などと周囲から気安く呼ばれては真っ昼間から酒を飲みつつ町娘の尻を撫でていただろうこと間違いなしの遊び人なのです。が、いつだって男気全開。困っている人犬猫鳥を見たら放っておくことができない性分なので、原理原則を貫きたい兄としては町の人気者の弟がちょっとやっかいな存在に思えてならないのでした。

兄弟の唯一の共通点は「温泉大好き♨」ということですが、ここまで懸隔しているふたりなので当然のことながら温泉の好みも全く違います。

兄は清潔感あふれるホテルの大浴場や公共温泉を好み、弟は山間のひなびた混浴温泉や庶民的な温泉銭湯が心に適うのでした。

やがて、家を出た兄は正義を普及するための説得話術と慈悲深い表情を会得して神となり、弟は冷酷な笑顔と三流の魔術をマスターして悪魔の仲間入りをするわけですが、神と悪魔になってもなお温泉が好きなことだけは変わっていないとの風の噂です。

そんな神と悪魔に鍾愛《しょうあい》され、羞悪《しゅうお》されている小さな温泉宿の片隅から、このいかにもありふれた物語は転がり始めるのでした。

〈『温泉の神様の失敗』(二〇〇九年一〇月二三日発売)より〉

温泉とUFO

わたしぃ、自分の目で見たものしか信じないのぉ。だからぁ、UFOとか幽霊とかもぉ信じないしぃ、うへへ。などとぬかしている小娘を軽く張り倒しつつ、オバカだなぁ。本当に怖いものや大切なものなんて目に見えやしないんだよ、ハニー。と、物知り顔。

たとえば、この温泉。どんなに目を凝らして湯面を見つめても、塩素混入の有害温泉なのか、完全無添加の自然湧出泉なのかなんてわかりゃしないのでござんすよ。遺伝子組み換え納豆や添加物まみれの惣菜と一緒で、「わたし無害でーす」って顔をしてやがるから、さっぱりわからないのね。

目に見えないスタッドレスタイヤのゴム粉の方が、道路を削った粉塵よりもはるかに有害だったと気づいたように——むしろ粉塵は酸性雨を中和する作用があったりして——目に見える汚いものなんてのは実はかわいい物体で、昨今の放射能事故の例を持ち出すまでもなく、目に見えぬものの方が真実やばいんよ、と、そろそろ気づかにゃね。大人なんだから。

それだけじゃないぞよ。これは書くのも恥ずかしいっつうか、書いた瞬間に偽善者になりそうで筆が鈍るんだけど、思い切って書いちゃうと、一番大切なもの、たとえば、愛とか心とか魂とか気なんてのも、やっぱ、目には見えないでしょ。真昼の星空と一緒で、そこにあるはずなのに誰にも見えないよ。と書きつつ、くぅ〜っ。顔から火が出そうよ、おいら。

まぁ、いいよ。インターネットの中で、きみは混乱して、ディスプレーに映し出される映像よりも、自分の目で確かめたものだけを信じたい。そう言いたかったんだね。その気持ちも、よくわかる。

そんな時にこそ温泉が効くんだぜ。ってんで、誰もいない山の中の露天風呂。当然、自然湧出泉。

さぁさ、その瞳をとじてごらんよ、セニョリータ。温泉に溶け込んだ大地の気。不可視光線を発しながら飛ぶUFO。枡酒を呑みながら一緒に湯浴みをしているじいちゃんの霊。そして、切ない恋心。世界は目に見えぬ存在で満ちあふれているなりよ。って、こんな路線で連載するのでよろしくね。

〈読売新聞北海道版夕刊／一九九九年一〇月一二日付〉

奇跡の湯

やっと完成しましたよ。さぁさ遊びにいらしてください♡。と、北海道を代表する名旅館、銀婚湯の川口支配人から連絡があったもんだから、それがし、行きます、行きます、入ります、ってんで、紅葉など眺めつつ、道南へと車を走らせたのでありますよ。

はぁ〜っ。何度訪れても真実いい宿だねぇ。温泉街の無個性ホテルと違って、風情ってものが漂っているもんね。と、庭先で春秋高し夫婦松を見上げていると、「あらあら、よくいらっしゃいました。オカメでーす」と女将さんが陽気に出迎えてくれ、「こんな格好ですいませーん。井戸の点検なんですー」と、現場用のヘルメットをかぶった川口支配人が自転車で通り過ぎたりして、ひゃはは。品はあれど気取りはないっつうのかしら。雅やかなのに決して厳しくないのがいいじゃござんせんか。

早速、湯を張りたての新野天風呂に入ります。ってんで、吊り橋を渡り、クリの実、トチの実を踏み越えて、広大な敷地内を逍遥しますと、あったよ、ありましたよ。

川のほとり、丸太をくりぬいた元祖野天風呂、トチニの湯の向こうにポツンと四角い木枠の湯舟。ベリーシンプルなれど、実に絵になるでないの。

紅葉《もみじ》の木の下でパパッと服を脱ぎ、メタ硼酸や炭酸水素イオンがたっぷり入った豊潤な源泉に一滴の水その他を加えることもしていないのに「適温」という奇跡の湯にザンブと入りますと、くぅ〜っ。たまらんね、こりゃ。

湯舟から贅沢にあふれる源泉。風韻に富む風景。五感に訴える秀逸な泉質。六二センチという湯壺の深さもほどよいし、何よりも、四〇センチという木枠の幅が実にいいのよ。秋空や紅葉を映し込んだ湯が穏やかに流れる様は自然のリズムそのもので、せっかちな要素なぞ微塵もないのね。

うぅむ。さすがです。これは温泉ってものを心底理解している人の仕事です。風流です。なんて気取った文章をスッポンポンのまま手帳に書いていたら、ありゃ。おしりを蚊に刺されてもうた。ひれはれほれ。一〇月下旬だというのに、温泉周辺はあなどれないじぇい。それも思い出か。

〈読売新聞北海道版夕刊／一九九九年一〇月二六日付〉

粋な下の湯

晩近《ばんきん》の公共温泉ファンはまず知らんだろうけど、真の温泉好きなら、もちろん知ってるよん。あそこはいいねぇ。って目を輝かす湯の一つに、下《しも》の湯がありますな。

へ？下の湯って、どこの下の湯？などと問うのがすでに野暮。この北海道で、上《かみ》の湯といったら八雲の銀婚湯やニューパシフィックホテルを指すし、下の湯といえば、ただ一か所、南茅部町大船《おおふな》下の湯を指すのでありんすよ。

シャワーも蛇口も一切なし。四角い湯壺がドドーンとあるだけ。という、ひたすらシンプルな湯殿と、特攻隊員として終戦を迎えたという湯守の伊藤昭次郎氏の人間くささが懐かしくて、過日、久方ぶりに訪ねてみたのです。

案内看板など出さぬ粋さや、橋の上で猫たちがくつろいでいるという暢気な風情は昔のまま。なんだけど、おやや。なんか違うぞ。と感じたのは正解で、昨年の三月に大枚三〇〇万円を投じて、湯小屋を建て直していたのでした。

金融機関に投入している公的資金に比べりゃ三〇〇万なんて端金。なんだろうけど、湯銭二〇〇円也の下の湯にしてみたら、一万五〇〇〇人の浴客があってやっと元が取れるんだから三〇〇万円はホントに大金。腹のくくり具合を感じます。ってんで、早速浴みさせていただきますと、くぅ〜っ。風情といい、湯加減といい、記憶よりも遥かにいいじゃないの。

自然湧出している源泉に一滴の水も塩素も加えていない、いわば嘘偽りはでぇ嫌いだねって湯だから、からだが喜ぶのなんのって。

ふぅ〜。いい湯でした。ってんで湯上がりに伊藤家をのぞきますと、ていうか、玄関が開いていて茶の間が丸見えだったので、挨拶をしますってぇと、今年で七〇歳になった伊藤昭次郎氏も、奥さんも元気そうで、まずはひと安心。

せっかくだから、写真でも撮りますか。って話になると、どこからともなく家族および家族同様の人々やニャーさんが集まって来てにぎやかになるのは以前訪問した時と同じ展開で、気が付くとおいら。こんな写真ばかり撮っているんよ。いい湯にはいい湯守あり。長閑な家族写真はその傍証だね。

〈読売新聞北海道版夕刊／一九九九年一一月二〇日付〉

世界温泉サミット

宗教的な意味も心得ずに、「ミレニアムだからぁ、彼氏とぉ」などとケータイで話してるセニョリータに、軽く真空飛び膝蹴りをかましつつ、若輩なりに一九〇〇年代を振り返ってみますと、あれだね。戦争をなくせなかったね、我々は。

世界中の指導者どもは口では世界平和とか言ってるくせに、最後の最後まで、戦争をなくせないまま一九九九年が終わろうとしているのよ。つまり、この一〇〇年間、なーんにも成長しなかったんだね、人類は。

ハイビジョンやISDNも英知の形なんだろうけど、人間に本当に知恵や英知があるのなら、そんなことよりも先に、戦争の根っこともいえる、画一化や巨大化、異形排除といった貧しい思想を潔く捨て、多様化や共存、小規模化といった道を真剣に模索すべきだったと思うんよ。

なのに、企業や政界ときたら逆行も甚だしくて、それが絶滅種の歩んで来た道だとは誰も気付かないのかな。

そこで、提案なんだけど、核保有大国ができないのなら、日本がイニシアチブをとって、世界中の紛争を武力をちらつかせるという暴力的方式ではなく、話し合いという最も人間の英知ともいえる形で収拾してはどうかしら、と思うのです。

では、具体的に日本が果たす役割はなんぞや。なんてことを考えると、日本にしかできないことがあるのよ。民族的なアプローチが。ジャーン。それが、温泉サミットなのだ(笑)。

紛争の当事国および日本など仲裁国の代表が雪景色の美しい露天風呂に入って、湯の中で本音を語り合うのですな。

もちろん、混浴。言うまでもなく水着は禁止。通訳も同様。SPと報道陣は浴衣姿。なんてことになりますと、ふぅ〜、極楽、極楽。のあとに脅し文句が続くこともなく、温もりある言葉が行くと、温もりある言葉が返るもので、民族間の根深き問題がある故、即解決。とならずとも、自らが異文化を体験することで、価値観の許容量が広がり、そのことが相互理解の一助になるのでは、と思うのであります。

とは言っても、おらが町の温泉に一度も入ったことがない首長が本道にも結構いるわけで、サミット開催国としてはまずは、ここいらへんから意識改革をしないと駄目かもね。

〈読売新聞北海道版夕刊／一九九九年一二月二八日付〉

温泉犬ブルース

愛想のいい笑顔。丁寧な言葉遣い。美談やら佳話やら。でも、だまされないもんね。

とある温泉宿。何げなく宿の裏手をのぞきますってぇと、クマみたいな犬が一匹。おっ、めんこいでないの。どれどれ、ひゃはは。こんなに喜んじゃって。人恋しかったんだね。と、クマ犬とじゃれつつも、心はディープブルー。

うんこだらけなのよ。そこいらじゅう。何日も散歩に行ってない風情でないの。ごめんよ、ごめんよ、と詫びることしかできぬ取材中の青年。

よって、いくら、いい話をされても、この宿主を信用することなどできるはずもないのでした。

一番哀しいことは、と問われたなら、可哀想な犬を見た時。と即答する自分にとって、人の力なしでは生きていけない存在につらい思いをさせる人間は軽蔑の対象でしかないし、斯様な人種ほど、横並び思考や下劣な支配欲が強く、強い立場の人間にはヘコヘコと迎合することをよく知っている。

故に、犬の顔を見たら宿のよしあしがわかる、という説はまんざらはずれてもいないのです。

一方、この世で一番、というほどではないにしろ、腹立たしい存在に心貧しき飼い主という人種がいるのだよ。自分の犬とか特定の犬種しか愛せない人のことで、ペットショップで購入した血統書付きの犬を連れているのが特徴。

この連中は嫌犬家よりタチが悪い。何しろ、表向きには犬好きを装っているからね。でも、内実はほかの犬が寄ってきたら、わーわー大騒ぎして、中にはよその犬を平気で蹴飛ばす輩までいるんだから最低最悪。本来、犬を飼う資格がない似非《エセ》愛犬家なのです。

断言しよう。真の愛犬家はすべての犬を愛しているし猫も馬もクジラも好きだ。そして、愛すべき家族が商品のように店頭で販売されたり処分されている現状に心を痛めていると。

他方、一部の犬しか愛せない人たちが、繁殖屋による生命の売買や処分、実験という名の抹殺を直接、間接的に助長しているんよ。

一万年続いた縄文人はあらゆる動物を食べたのに、犬だけは大切に扱い、手厚く葬ったそうな。

なのに、近代日本は平気で犬を殺し続けているよね。こうした歪みの背景には科学を盲信する戦後教育や犬と人とを遮断するペット禁止の集合住宅という心貧しき管理システムがあるような気がしてならないのですわん。
わんわんわん。今回は本日の暦にちなんで、犬の話でした。

〈読売新聞北海道版夕刊／二〇〇〇年一月一一日付〉

さらば鳩乃湯

道内で、泉質がずば抜けていい温泉を一〇軒教えてちょ。なんてことを専門家に問うたなら、各人銘々の好みにより多少の誤差はあるにせよ、必ずエントリーされる温泉がいくつかあるもので、その中の一軒に沖里河温泉《おきりかおんせん》、鳩乃湯がある。

ここの赤湯は格別だ。明礬《みょうばん》を含んだ類い希なる名泉で、入湯後すぐに大量の気泡がからだ中を覆う様子は感動的。飲泉すると、さらにとりこになる。明治時代から自然湧出している正しい温泉ならではの魅力に満ちあふれているのだ。

湯守も素晴らしい。池田敬次郎氏。地元のやくざの親分も一目置いたという元気なおっちゃんだ。

この湯の効能にほれて、電気さえ来ていなかった山の中に、大阪から夫婦で移住してきたのが三〇年前。以来、北空知地区初の本格的な関西風お好み焼きの店を出すなどの偉業(笑)を成し遂げながら、確固たる信念で、湯治場の風情を守り、混浴を貫いてきた。

ここにはジュースの自動販売機もないのか。と因縁をつける者には「天然のサイダーがあるやろ」と眼光鋭くにらみかえし、ここの湯じゃないと駄目なんですぅ。と言っては遠方から足を運ぶ湯治客を満面の笑みで迎えていた。

湯治客が退屈しないようにと客室をひとつ潰してカラオケルームを造った時には凝り性なんだろうね。ミラーボールまで付けては皆を驚かしていたっけ。

そんな敬次郎さんが倒れたのが一昨年の夏のことだ。夫婦二人の湯宿ゆえ、一年近く休館して、昨春、入浴のみで再開していた。

病み上がりの大将はすっかりやつれて、きかんぼ具合は影を潜め、人の顔を見ると、うちは娘ばかりで跡継ぎがおらんから、誰かいい人おらんかなぁ。明日にでも大阪の長女宅に身を寄せたいよ。なんて弱気なことを言うようになっていた。

先月、混浴特集の本が完成したので、早速一部郵送して、一読してもらえたころを見計らって電話をかけると、およよ。聞き馴れぬ女性の声。大阪から娘さんが来ているみたいなり。

おっちゃ……もとい、敬次郎さんお願いします。と明るく言ったら、父は昨年一二月一八日に亡くなりました、だって。

なんてこったい。しばし連絡を取らぬ間に再入院して、急逝してしまったんだね。ひゅう……。

頭の中が真っ白になったおいらは間抜けな返事をしつつ電話を切り、正気に戻ると、慌てて花を送った。その花は本当に偶然、四十九日の法要の日に届いたそうだ。

その後、池田氏の遺骨と奥さんは大阪に帰り、日本最北の混浴温泉の灯は静かに消えたのでした。

おっちゃんが守り続けたサイダーの湯にはもう二度と入れない。

〈読売新聞北海道版夕刊／二〇〇〇年二月一五日付〉

猫乃湯温泉

猫乃湯。猫目温泉。山猫荘。

福島県には猫啼《ねこなき》温泉なんて泉峡が実際にあったりするんだけど、北海道には猫に縁がある温泉地や猫自慢の湯宿なんてのは残念ながら存在しないのでありますな。

せいぜい、軒下に猫が勝手に棲み着いちゃった宿が何軒かあるぐらいで、ガラッと扉を開けるとスリッパの上で巨大な三毛猫が昼寝をしている旅館もないのですよ。

と、ここまで書いて、思い出したのがほくほく庵といううどん屋のことだ。札幌の都心部から、ちょっとだけ外れた場所に、小ぢんまりとした店構え。知る人ぞ知るという風情がよくて、本場讃岐で修業をしてきた主人が作る釜あげうどんが絶品なのだよ。なんて評判を耳にして、最初に暖簾をくぐったのが今から一〇年以上前のことなり。

空いてる席へどうぞ、と言われたので、混みあった店内を見渡すと、あったよ。空いてる席を発見。着座しようとして近寄ったら、およよ。椅子の上で一匹の巨大猫が熟睡しているでないの。

一瞬目を開けて人の顔を見ると、ニャーと鳴いておなかを出す巨大な猫。椅子の上で巨大猫がゴロゴロしていることが、ごく当たり前のことのように、うどんをすすっている両隣の席の若いカップルたち。

いい店だなぁ、と思ったね。

それから五年ほど経ったある仄暮れ時のこと。梅うどんなど食べて外に出ると、うむむ。店の前の道路に何か落ちているぞ。目を凝らすと、それは車にはねられた猫の亡骸で、心ない大型車がその肉体をさらに踏み付けては走り去っていた。なんてこったい。

気が付くと、おいら、車道に居たよ。クラクションの中、血と肉の塊と化した猫を歩道に運ぶために。

不幸中の幸い、なんて言えるわけもないけど、からだの損傷がひどいわりに頭だけは無傷だった。

直感的にあのデブ猫だと思い、うどん屋の店主氏を呼ぶと、店主氏は満席状態なのに仕事の手を止めて飛び出てきた。そして、ダンボールに死体を安置し、どこからか持ってきた花を入れ、散乱している内臓をスコップで拾い始めたんよ。

聞くと、店内で自由にくつろいでいたデブ猫は数年前に交通事故で死んでいて、この猫は見知らぬ猫なんだって。ふぅ。勘違いしてしまったよ。

しかも、あのデブ猫も飼い猫ではなく、通いの野良猫だったんだって。いやはや。この人は真の動物好きだねぇ。心の底からそう感じたよ。

特定の犬種や自分の庭しか愛せない人たちにはわかるまいね。猫とは本来、こうして地域で面倒を見るべき動物なんよ。

人間の子供が地域の宝であったように。

ニャーニャーニャー。本日の暦に因んで猫の話でした。

〈読売新聞北海道版夕刊／二〇〇〇年二月二二日付〉

温泉シネマ

ブリリアントな雪景色。

トタン屋根の上で寝転がる器量の悪い斑猫《ぶちねこ》。せっかくだから、ってんで、パシャリと一枚。お、虎猫も出てきたぞ。およ、こっちからは黒猫も。振り向くと、さらに別の猫が二匹。一体何匹いるんじゃー。きゃはは。なんて具合に猫を数えつつ談笑する昼下がり。でも、行列は動かない。

おっと、二人出てきたぞ。腹減ったー。ってんで、やっとのことで、七人も入れば満員御礼の店に飛び込むと、もうないよ。だって。そりゃないぜ、セニョリータ。

ま、スープがなくなっちゃったんなら仕方ないか。ラーメンはあきらめ。また来年来るよー。と、のんき屋を一人で切り盛りする桑原さんに手を振って、夕張の街をとことこ。そういや、川谷拓三も亡くなる前に食べに来てたなぁ、この店。向かいにあった居酒屋には高倉健が二度も来ていたし、この路地では赤塚不二夫とばったり出会ったし、憧れの椎名誠にインタビューもしたなぁ。懐かしいなぁ。なんてことを思い出しつつ、足は自然と藤《ふじ》の家《や》へ。

名物のカレー蕎麦を食べつつ、今年は誰が来た?と、ニコニコ顔の女将に問いますと、ついさっき山田洋二監督が来たって。去年は竹中直人が来たし、いい記念になるよねぇって、ありゃりゃ。次の映画が始まっちゃうよー。今年も完食できずにごめんなさい。と、もぐもぐしながら駆け出す三六歳。

そう。今年も『ゆうばり国際ファンタスティック映画祭』に遊びに来ているのだよ。好きなんだよね、この雰囲気。

世界各国の映画はもちろん、アマチュア監督の八ミリも上映しているし、弁士による無声映画の上映なんてのもあったし、ぷらっと通りを歩くと、そこいらで無料で甘酒をふるまっていたりして、街中がなんともいい風情なんよ。しかも、デニス・ホッパーと記念写真○。なんて夢も実現するんだから、さすが国際映画祭だよね。

今年はWAHAHA本舗のミッドナイトショーがなかったのが残念だったんだけど、立川志らくのシネマ落語ってのがあって、これがメチャクチャ面白かったので大満足。

やっぱ、落語はいいねぇ。世界に誇れる日本の文化だね。と、上機嫌で公演後、居酒屋俺家に行くと満員で入れないのはいつも通り。酒房いがらしをのぞくと、房主が一人で酔いつぶれているのもいつものこと。友好屋台で熱燗をすすりつつ、この愛すべき映画祭の永続を祈るのでした。

〈読売新聞北海道版夕刊／二〇〇〇年二月二九日付〉

温泉先生

先生。先生。それは先生。

と呼ばれる人種にろくな人間はいないね、という定論に激しく賛同して二〇と数年。その信念は決して揺らぐことなく、むしろ、春秋を重ねるにつれて固くなる一方なのです。というプロローグなり。

とある経営破綻した金融機関のシンクタンクが主宰する勉強会に参加したのが五年ほど前のこと。

出席者はってぇと、北海道観光室長、自治体の観光関係者、航空会社の人、担保としてホテルを抱えている金融機関の人などなど。で、講師がおいらだったりして。

驚いたでしょ。本人が驚いたもんね。

小規模温泉宿の可能性──なんてテーマで、旅行代理店や団体客に依存している大型ホテルや季節変動料金などの自分本位な料金体系を続けている宿泊施設は二〇世紀中に凋落して、いつ何人で宿泊しても均一料金の小規模温泉宿がこれからの北海道観光の主役になると思うぜ。旅行代理店からの自立なくして北海道の自立はないね。なんてことを語ったのです。

で、講演後。ありゃりゃ。さすがにまずかったかしら。この空気。と恐れ入っていると、立ち上がって拍手を送ってくれた紳士が一人。ひゅう。どこのどなたか存ぜぬけど、ありがたいねぇ。と会釈をしたその人が、札幌国際大学学長の和野内先生だったのです。

この先生。一体何者なのかしらん。ということを知りたくて、論文など送ってもらいますと、苫東開発の無謀さをプロジェクト開始初期に指摘していたり、冬の観光資源がさっぽろ雪まつりしかなくて、大部分の観光施設が冬季閉鎖していた時代に、近い将来、冬こそが北海道観光の主役になることを予言していたり、定山渓が道内の個人客など見向きもしていなかった折に、それではいけないよと提言していたり、もう、びっくり。さらには大規模温泉ホテルが団体客ばかり優遇して個人客をぞんざいに扱うのは本当なのか、という問題を自らが実際に宿泊することで検証したりとか。きゃはは。いるんだね。マトモな先生も。

おかげで、「先生」という言葉にも愛着がでてきたのです。

そうそう。和野内先生の持論に「北海道新幹線不要論」と、「北海道開発局廃止論」なんてのもあるんだけど、これが実に痛快で、北海道への愛情に満ちあふれているのです。

そういう意味じゃ、『北海道の観光を考える百人委員会』なんてのは開発局が参加している時点で全くハナシにならないわけで。今回はちょいと辛口なわけで。

〈読売新聞北海道版夕刊／二〇〇〇年三月七日付〉

ブラボー温泉

大雪山の東麓。瀑布を髣髴《ほうふつ》させる落水の轟き。いと豪快なり。などとつぶやきつつ、幌加温泉の野天風呂にひとり浸かっていますと、背後に人の気配が。振り返ると、タオル片手の金髪美女が驚いたようにこちらを見ているでないの。

プリーズ。と、おいら、友好的笑顔。

こ、これは、ひょっとすると、夢にまで見た国際混浴が実現する決定的瞬間なのね。ああなったらどーしよう、こうなったら……と勝手に暴走する妄想に赤面しつつも、日本男児として動じることなく待っていると、金髪美女は「ブラボー、ブラボー」と叫びながら立ち去ってしまったのでした。

あれから五年と五か月。

国際混浴の夢はかなわぬままなれど、裸の国際親善っていうの？　外国からの旅人と入浴する機会はずいぶん増えたのでありますよ。

真狩《まっかり》温泉の露天風呂では香港から旅行中のナイスガイに小樽の寿司屋を紹介したし、虎杖浜では嵐の中、海辺の露天風呂で歓喜する英国紳士に内風呂に避難するよう説得したし、東は知床から西は朝日温泉まで、道内各地の泉郷で、様々な国籍の人と出会う今日このごろ。

彼らは時には必要以上にダイナミックに湯舟に飛び込んで顰蹙《ひんしゅく》を買ったりもするけれど、水着やバスタオルを身につけて湯浴みをする一部の日本人のマナーの悪さに比したら実に微笑ましいものであり、その多くがフランスのレストランにおける日本人ツアー客よりもはるかに礼儀正しいのですね。

そもそも、不特定多数の人々がスッポンポンになって四〇度以上の湯に首まで浸かるという風習は日本独自の文化なのだからして、外国からの客人が戸惑うのは当たり前なのだよ。

北海道を愛し、温泉入浴という日本独自の文化に誇りをもっているのなら、他国からの客人が北海道の温泉に入ることは喜び以外の何物でもないことは明瞭なのに、『ジャパニーズオンリー』の看板を掲げる温泉があるってんだから、恥ずかしいやら腹立たしいやら。

と同時に、こうした人種差別を容認する小樽市観光課の倫理論も理解不可能だし、こうした大問題に対して適切な対処ができない北海道観光連盟や北海道観光室の無能ぶりにも呆れるばかりなりよ。

そうそう。昆布温泉の八木さんからメールが来ていたんだ。最近は外国人の個人客が増えていて、先日はニュージーランド人の夫婦が連泊したけど、ヘタな日本人よりマナーがよかったよって。

もてなしの心に国境は必要ないってことか。

〈読売新聞北海道版夕刊／二〇〇〇年三月一四日付〉

小金湯温泉の秘密

むふふ。わかってしまったのだよ。小金湯温泉のヒミツ。ヒミツといっても、美しき未亡人女将の和服が乱れて……という昼下がり的な秘密ではないんよ。

明治二七年、ってことは一八九四年以来世襲で四代目。世襲で受け継がれている湯宿としては道内で五本の指に入る歴史を持つ小金湯クーア・パークホテルが先月二二日に『小金湯パークホテル』として再開したのだ。というニュースは温泉好きの読者諸兄は既に知ってるよね。

遅ればせながら、行ってみたのだよ、おいらも。リニューアル後の評判を肌で感じてみたくて。

まずは大浴場へ。以前の蒲鉾型《かまぼこがた》体育館のような風情や遊び心は見事になくなって普通になっちゃったけど、ふむふむ。湧出量をわきまえた大きさがなかなか心地よいじゃないの。

ちなみに、ここは五色温泉や朝日温泉、かんの温泉なんかと同じ自然湧出泉なのです。つまり、季節や天候によって湧出量が変化するため、ポンプアップしている温泉のように毎分何リットルという表示がないのだ。ひゅう。これだけでも名湯の資質十分だよね。

で、湯に入りますと、おおっ💭

お湯がうにゅうにゅしているでしょ。何度入っても感激するこのゼリー状のうにゅうにゅ感。この秘密がわかった（かもしれない）というのが今回の話なりね。

泉質分析書をよーく見ると、メタ珪酸って成分があるのです。こやつは本来遊離成分なんだけど、加熱が刺激となり、陰イオンに転化。ナトリウムイオンと結び付いて、メタ珪酸ナトリウムになったのだね。きっと。

メタ珪酸ナトリウムは水ガラスと呼ばれるほど粘性が高い溶液なので、成分総計に対する比率も関係して、あのうにゅうにゅ感を作っているのではないか、とにらんでいる次第。勝手に。一方的に。あ、つまり、これ。経験と勘だけが根拠の仮説ね。ははは。おっと、時間だ。ムズカシイ話はやめにして、家族風呂へ移動しよっと。ってんで、昼食をはさんで家族風呂へ移動したんだけど、これがたまらなくいいのさ。

湯舟から、ざんざかとあふれ出る源泉そのままの湯。窓の外には桂の神木。ゆったりした空間。うーん、トレビアーン。

そういえば、大浴場で出会った出入りの業者さんだって言ってたなぁ。商品を納入しているうちに一度入ってみたくなって、休日に家族と来たんだって。

こういったエピソードの積み重ねもまた名湯の証なり。

〈読売新聞北海道版夕刊／二〇〇〇年三月二一日付〉

温泉裁判官

解せんねぇ。先度の判決。

執拗なリンチの末に幼子の命を奪っても、たったの六年。性欲だけのために人妻を手にかけ、泣き叫ぶ赤ん坊を床に投げつけるなどして殺しても、被告が未成年だという理由で極刑にせず、東海村原子力事故の恐怖も覚めやらぬというのに原子力事業の推進は住民にとって有益であると短慮に断じるなどなど。どうにも解せんね。裁判官という人種は心のない愚味《ぐまい》の集まりなのか💭と叫びたくもなるってもんでしょ。

感覚が麻痺しているのは裁判官だけじゃない。テレビのニュースキャスター。正しくはキャスターの発言をチェックするデスクの仕業なんだろうけど、ひどいもんだね。

「大変重い判決が下りました。我が子殺しに懲役六年の実刑判決です」なんてことを真顔でいけしゃあしゃあと語ったりしてさ。

ふぅ。どこに立ってるんだよ。

思うに根っこは全部同じ。想像力の欠如。それに尽きるね。自分の何倍も大きくて絶対的な服従関係に支配されている相手に数え切れぬほど殴られ、苦痛を麻痺させてくれる体内物質も底をつき、唯一の救いであるはずの母親に助けを求めても目を背けられた時の完全なる絶望感と孤独。本気で想像してごらんよ。死ぬことで初めて痛みから逃れた小さな魂の最後の瞬間を。

その重さがたったの六年だと思うかい？

一方で、凶悪犯罪を犯した未成年者の実名報道が問題になっているけど、殺された被害者の家族や恋人や友人の心情をきちんと想像したら実名報道なんてのは議論以前の当たり前のことで、犯罪抑止力という点から考えても、未成年凶悪犯はもちろん、暴力教師や変態教師などを匿名で守る必要なんてどこにもないと思うんだよなぁ。

自分よりも弱くて小さな存在を殺したり傷つけた場合は教師だろうが、未成年者だろうが、実名で報道すべきと思うし、被害者や残された人の心持ちを十分に想像して、それでも意義があるって輩がいたら、実名で反論すればいいんよ。

そういえば、少し前に、ある雑誌に当コラムを讒謗《ざんぼう》する記事が載ったんだけど、あれも気色悪かったなぁ。匿名なんよ。けちをつけるのは勝手だけど、まず名のれよって言いたいね。

なんてことを実名で綴りつつ、そうだ。裁判官さん。そのエリートぶった衣装や肩書をしばし脱ぎ捨てて、一緒に露天風呂でも入りませんか。いいもんだよ、雪山の一軒宿は。なんなら粋な人情噺のひとつも聞かせてさしあげますぜ。

〈読売新聞北海道版夕刊／二〇〇〇年四月四日付〉

吟醸温泉

親の小言と冷や酒はあとからきいてくる。

なんて言葉がふと過《よぎ》るのは、別段小言をくらったからではなくて、冷や酒を呷《あお》りすぎたからにほかならないわけで、だってさ、道北の居酒屋ったら、地酒です。今年の新酒です。これはちょっと珍しい米焼酎です。あ、地ビールもありますよ。とっておきのワインもどうぞ。なんてことを次から次へと言われた日にゃあ、すべて己の味覚で確かめねば気が済まぬのがジャーナリストの性《さが》ゆえに、二日酔い気味の春うらら。

珍しく頭痛ぎみなり。

酒といえば、とある酒蔵の営業部長氏の裏話は泣けたね。洞爺湖畔の某温泉ホテル。いまだに客引きがうろついていて、幼い子でも大人料金。毎年実施する意識調査ではワースト上位が不動の座という不評ぶりだ。

その理由を綴るときりがないけど、あえて一例を挙げるなら、酒や食材に地元へのこだわりが感じられないからで、地元にこだわらぬ理由が味の追求なら仕方ないなれど、酒蔵に半ば強要のように設備投資に協力させ、宿泊券を大量に買い取らせ、さらには値切るだけ値切るなんてことを繰り返しているうちにどこからも相手にされなくなったので、仕方なく本州の安酒を扱っているとなると話は別で、こうした卑しい心持ちの宿が心温まるもてなしなどできぬと思うのですよ。

斯様な宿は温泉の使い方も姑息で、源泉を薄める、塩素を混入するのは当たり前。自分の宿の温泉のことを聞かれても答えられぬ者ばかりで、温泉という地球の恵みに対する感謝も崇敬もなし。

斯様な冒瀆者のためにも、日本酒のようにランク付けしちゃったらどうなんだろ。道内の温泉。

ほとんどの公共温泉のように塩素まみれの温泉は本醸造。塩素を入れない湯は純米酒。加熱していなかったら純米生酒。塩素はもちろん、源泉に一滴の水もたさず循環もしていない湯は吟醸温泉で、それが自然湧出していたら大吟醸。なんてのはどう?

本当は一キログラム中の成分総計とか、湯抜き清掃の頻度とか、気にしてほしいことはいっぱいあるんだけど、まずは日本酒的な分類をするだけでも浴客たちの参考になるのではと……思うわけで……ううう。頭痛がぁ。

酒のない国に行きたい二日酔い、

また三日目には帰りたくなる。ってかい。

〈読売新聞北海道版夕刊／二〇〇〇年四月一一日付〉

親子温泉

昔から、金を残して三流、名を残して二流、人を残して一流、なんて申しますが、あ、これ、好きな言葉なんで、ちょくちょく使うんだけどさ、旅をしていると、ふむふむ、なるほどね。と、この言葉をふと思い出すことが度々。

たとえば、とある温泉宿。一部絶賛する人あれど、何回泊まっても好きになれないのさ、おいら。だって、行く度にスタッフの顔ぶれが変わっているんだもん。あとを継ぐはずの息子とも絶縁状態だし。

人が育っていないのだね。これつまり、二流ってことなり。

一方、道内一の名宿、銀婚湯。夫婦どちらも明るいし、子供たちもそれぞれの持ち場で誇りを持った仕事をしていて、仲居さんも長くいる人ばかり、なのですよ。

厨房の洋平くんが日々腕を上げる様子からも、確実に人が育っている空気を実感。ブラボーなり。

鹿部温泉の割烹旅館、鹿の湯も雰囲気がたまらなくいいなぁ、と思ったら、大女将に女将という親子二代が、それぞれ健気に宿を切り盛りしているし、若女将と勘違いされる彼女も、もう長いんだ。ここもまた、名旅館なり。

このように、継嗣が立派に成長しているところは一流なり、という法則は旅宿に限らず、料理屋にも当てはまるのですな。

たとえば、旭川三六街《さんろくがい》の大舟《おおふな》。

阿部公房など、多くの文士が足を運んだ歴史ある居酒屋だ。半隠居の親父さんがカウンターの隅で何やら執筆したり、昔馴染みの常連客に珍酒を薦めたりしていると、カウンターの中では三〇代半ばの息子が不良旅作家のために帆立をさばき、会話が盛り上がると、二階から兄貴が下りてくる、という、ほっとする雰囲気の酒場なんよ。兄弟が仲よくやっているってのが気持ちいいしね。

世襲の名舗といえば、極め付けは小樽の伊勢鮨かな。

ここも父親はまだまだ現役なれど、いつのまにやら、おもて舞台は三五歳の息子に任せて、裏方に。この息子ってのが、寿司を握るために生まれてきたような粋な男で、平目の縁側です。前浜で揚がり始めたばかりの蝦蛄《しゃこ》です。シラウオです。塩と檸檬をふってますので、そのままいってください。などと、おまかせで握られるものを言われるままに口にすると、くぅーっ。旨いの、なんのって。こうでなくっちゃね、江戸前は。是非にって向きは稲穂三丁目辺りの路地をしばし逍遥してみてくださいな。街並みに馴染む目立たぬたたずまいもまた心憎くて。

〈読売新聞北海道版夕刊／二〇〇〇年五月二日付〉

ある温泉の死

随所から自然湧出する稀覯泉《きこうせん》。

出迎えてくれるキタキツネくん。

老若男女が歓談する混浴の露天風呂と素朴なる湯治場風情。浄泉だね、ここは。と、昨年、心を込めて紹介した山宿がある。二一世紀に残したい湯宿はと問われたなら、迷うことなくF股温泉と答えるだろうね、とも書いた。

そのF股温泉が大変です。哀しいです。という切実な電話が相次いだのが半月ほど前のことだ。

なんでも、昭和四八年から四半世紀以上、湯治客を見守り続けてきた女将のトヨ子さんが姿を消し、温泉のおの字も心得ぬ女性が支配人を名乗っているらしいんよ。

どれどれ、と調べてみると、なるほどね。とあるファイナンス会社の社長に経営者が変わったのだね、F股温泉。それで、四月一八日から、そのファイナンス会社の女性社員が派遣されてきたわけですな。

買収してから半月の間に何を変えてしまったかというと、まず、料金を値上げしたんだね。宿賃が一泊二食五八二〇円から八〇〇〇円に、湯治は五二五〇円から六五〇〇円に。食事の内容は同じままでね。

そして、湯銭。五〇〇円だった湯銭が、四月三〇日から、なんと一〇〇〇円だって。一〇〇〇円♀。

さすが、ファイナンス。金銭感覚が庶民とは違うらしい。そもそも、新支配人となったファイナンス社員。取材の折、人の名前はフルネームで聞きながら、自分の名前は「言いたくない。調べればわかるでしょ」だって。

「わたし、ココにいること、恥ずかしいから誰にも言ってないの。だから記事にされたくないの」とも言っていたし。

しかも、彼女。上司の行動を敬語で語り、常連客のことは悪く言うという具合で、向いている方向が全く逆だったりして。経営者にあらがってでも客人のために命をかけるって姿勢は微塵もないのだね。

一応、泉質のことを質問してみたら、まるでわかっていなかったってことは書くまでもないか。

今後はハード面の改革に着手する、ということだけど、筋金入りの楽観主義の旅作家でさえ、想像するにため息しか出なかったりして。どんなに湯が良くても、経営者が変わったために魅力を失った宿を数多く見てきているからね。

そんなわけでお願いがあります。今まで、いくつもの媒体で書いてきたF股温泉の記事。今日をもって、無効とさせてください。取材先に迎合せず、読者に正直な情報だけを伝えることを信条とする以上、責任を痛感するから。

細い煙草をくゆらせながら野良猫を愛でた湯守が懐かしく。

〈読売新聞北海道版夕刊／二〇〇〇年五月九日付〉

花見温泉

夢を見た。

妙に生暖かい深夜、家路を急いで車を走らせていた。質感がある闇の中、ヘッドライトに照らされた道が、淡いピンク色に浮かび上がる。ピンク色？

桜だ。どこから散ったのか、山盛りの桜の花びらが雨上がりの車道を埋め尽くしている。人知れず。

見物人は自分ひとり。しかも踏み付けている。これもまた桜の運命なり。などと思いつつ、スピードを緩めることもなく——。なんて夢。

これが、吉夢なのか凶夢なのかは別として、桜、とりわけ夜桜は暗示めいていて霊的だ。ものの哀れや輪廻転生などという言葉を持ち出すまでもなくね。

そんな桜が咲く温泉。道内にも少なからずあるのです。

たとえば、朝里の宏楽園。枝ぶりのいい桜並木の下にはフリーマーケットなんかも並んでとにかくにぎやか。小樽の定番花見スポットなり。

長沼の馬追温泉も密かな定番だ。明治四一年から世襲で続く老舗宿で、清潔感は特筆の値あり。広大な敷地には約五〇本の桜の巨木があり、爛漫の借景は見事の一言だ。

変わったところでは大滝村の北湯沢山荘。露天風呂から長流川の向こうの断崖を望むと、岩肌から一本の山桜が生えているのだ。いいね、山桜は。下旬が見ごろ。

旭岳温泉の千島桜も気になる一本なり。標高一〇〇〇メートルの温泉街だけあって、なんと、六月下旬に開花するので、日本一遅い花見と称しては昼酒をあおる楽しみ。宴の規模の小ささも好感が持てるし、今年も決行してほしいものです。

ほかにも春光をめでる温泉はいっぱいあるなれど、個人的に、今までで一番印象に残っているのはニセコ昆布温泉、鯉川温泉旅館の桜だろうね。

樹齢一世紀は軽く超える老木だけの桜並木ってのがいいでしょ。毎年健気に花をつける姿には気迫さえ感じられて、感謝、感謝。そして、昼下がりの露天風呂。

いつもは日帰りの浴客たちでにぎわっているのに、その日は運よく、人影がない模様。お、ラッキー。なんて、つぶやきつつ、露天風呂をのぞくと、うひゃあっ。

桜の花びらが浮いているでないの。鏡のように張った湯の表面に、一五枚。いや、二〇枚。もっとかも。

上々の気分で桜の湯に浸かっていると、はらはらり。さらに、一枚。また一枚。咲くも散るも優美なのに、散ってなお、さらに楚々たる美しさ。うーん。この、しみじみとした情趣。哀れ深き妙味。

英語圏の皆々にはわかるまい。


〈読売新聞北海道版夕刊／二〇〇〇年五月一六日付〉

有毒温泉

その昔、有毒温泉、という文字を地図で見つけて、おおっ、なんと魅惑的な温泉名なんだろ。入ってみたいなり、と有毒温泉行きの準備をしたことがある。

場所は大雪山の山中。詳しい人に聞こう。ってんで、愛山渓温泉の渡辺さんに相談すると、馬鹿だねぇ。あそこは近づくだけで死んじまうよ。ははは。っと笑い飛ばされてしまった。

なんて話を思い出したのは、とある研究報告書。人体に有毒な環境ホルモン、主にＤＤＴなどの内分泌攪乱《かくらん》物質についてまとめられているんだけど、一読すると、これが衝撃の内容なのだよ、マダム。

農業用の殺虫剤として開発された有機塩素系のＤＤＴは夢の超強力殺虫剤として普及したんだけど、昆虫のみならず人体にも有害なことが判明して現在は使用禁止になっている。


ところが、やっかいなことに、残留性が高く、生物濃縮をもたらし、おまけに、世代を越えて体内蓄積することが判明したんですと。

たとえば、海に流れたＤＤＴがプランクトンの体内に摂取されると一万二〇〇〇倍に濃縮され、そいつをハダカイワシが食べると三一万倍に、さらにそのイワシをイルカが食べると三七〇〇万倍になっちゃうのよ、これが。つまり、食物連鎖の頂点に近い動物ほど、飛躍的に汚染されているということになるので、グルメ気取りで鯨とかイルカ、クマ、トドなんかの肉を食する貴殿。自分のみならず、孫子を病気にする可能性が高くなるってことなり。これって、まるで、動物たちがからだをはって復讐しているみたいだと思わない？

そういえば、エイズも猿食いから始まったっていうし、知能指数の高い動物は食べちゃいかんわね。

ということは、堀知事も道内に埋められているはずのＤＤＴ、五六六トンの所在地や埋設方法、その耐久年数などの詳細をちゃんと情報公開せにゃいかんよ。漏れたら取り返しがつかないことになるんだからさ。

てなところで、有毒温泉の話に戻すと、松田教授も度々指摘しているように道内には殺菌のために塩素を混入している温泉が結構あるわけで、そうした温泉の方が有毒かもしれないと思うんよね。食品を包むラップから食器までもが非塩素系にシフトしている昨今、どうして、直接からだに触れる温泉の塩素が問題にならないのかが不思議でならないのです。

たとえば、横並び意識から湯量不相応な施設を造った平成の公共温泉。そのほとんどが塩素まみれの有害温泉だという現実。ブリリアントな兄姉はどう思う？
〈読売新聞北海道版夕刊／二〇〇〇年六月六日付〉

よさこい温泉

三〇年ほど昔のこと——。

札幌には広大な原っぱがいっぱいあった。子供だったおいらはアヒルのガーちゃんと一緒に、よく原っぱに遊びに行ったものだ。

その頃、原っぱに自生する雑草たちの背丈はとても低かった。ガーちゃんの頭よりも低かった。

原っぱには沼があり、水カマキリやガムシ、ゲンゴロウなんかが暮らしていて、地上ではトノサマバッタが飛んでいた。近所の川ではフナが釣れ、湿地には小さなザリガニがいた。

北海道にしかいない地味な生き物がちゃんといたし、本来北海道にいないヤツラはいなかった。

それがいつの頃からだろう。

原っぱは子供の身の丈以上もあるセイタカアワダチソウなどの外来植物に占領されてしまった。北海道特有の小さなザリガニたちは姿を消し、毒々しい色のアメリカザリガニが天下統一。湖では獰猛なブラックバスが異常繁殖してしまった。ヤツラ外来種は共通して、大きい。派手で、生命力が強い。とても元気だ。だから、地味で小さくて遠慮がちな北海道の自然はダメージを受け、気が付くとどこも似た風景になった。

毒々しい衣装やメイク。派手なパフォーマンス。鳴子を鳴らしながら踊る人たちを見て、ふと、そんなことを思ったよ。祭のふりをしたこのダンスイベントはものすごい勢いで北海道全域に繁殖している。道東の小さな町のイベントでもメインの出し物がヨサコイだったりして愕然としたもんね。

呆れることに、小学校の運動会で強制的にヨサコイを踊らせる教師なんてのもいるらしい。同じ衣装に身を包み、匿名化して、自ら思案するのではなく、言われるがままに歯車のひとつとして踊り、競い合うことが、本当にアイデンティティーの確立に役立つのかどうかを議論することもなく。

きっと、そういう思考停止した教師がホテルの支配人になったら、そこが山だろうと、深く考えずにマグロの刺身を出したりするんだろうね。

そういえば、スーパー銭湯とか公共温泉。

あいつらも大きくて、派手だ。勢いよく北海道全域に繁殖している外来種そのものだ。

玄関には入浴券の自販機。受付は慇懃無礼《いんぎんぶれい》で、ロビーには飲料水の自販機がずらり。湯殿には泡風呂やサウナがあって、温泉は塩素くさくて……と、全道どこに行っても似たような施設ばかりでしょ。真の進化が多様化だとしたら、巨大化や画一化は退化そのものでしょ。全道津々浦々、どこに行っても似たような施設と似た祭。滅ぶ時は同時だろうね。

北海道の温泉も祭も今一度立ち止まって、思考して、進むべき道を論じませう。おいらも知恵を貸すからさ。
〈読売新聞北海道版夕刊／二〇〇〇年六月二〇日付〉

酒と風呂の日々

ぐっとくる温泉。とか、感涙の居酒屋。

なんて記事ばかり書いているわけじゃないんだけど、おいら、旅の本なんぞを作っている関係上、「いいねぇ、温泉に入ったり酒を呑んだりするのが仕事だなんて、うらやましいなぁ」みたいなことをちょくちょく言われるのです。

あかの他人に言われるだけならまだいいんだけど、先だって、年の離れた妹に温泉モデルをお願いして道南の湯宿を数軒取材した折、一日で六〇〇キロを走破して四か所撮影する、という重労働をしたにもかかわらず、帰りの車中、「今日は遊びだったの？仕事だったの？」と聞かれた時はさすがに哀しかったなぁ、お兄ちゃんは。

そりゃあ、確かに取材は楽しいよ。運転も好きだし、撮影も人とのふれあいも嫌いじゃないです。

温泉に浸かりながら、初対面の地元のおっちゃんに、ここいらで昼飯を食うならどこがいいすかねぇ。などと話しかけるのは手慣れたものだし、最近なんぞはこっちが黙っていても向こうから勝手に話しかけてくる、という領域に達したし。脱衣場で取材手帳に温泉の感想などを綴っていたら、おっ。ブンガクかい。私も俳句をやってましてね……と、話し相手にされるのは日常茶飯事。多選している某市長の側近だったという初老の紳士が延々と市長の不正の数々を語りだしたりとか、最近創刊した情報誌が一億円も宣伝費をかけたのに全然売れなかったので関係業者が五〇〇部だ、一〇〇〇部だと一括購入してはさも売れているように数字を調整しているんだよ、と露天風呂で吐露してきた業界関係者もいたし、先日の選挙の折、某後援会から依頼されて一〇か所も投票所を回って不正投票しましたよぉ。いいバイトでした。と語り出す青年もいたりして、スクープ的な裏話の方から勝手に近寄ってくるようになってきたのでありますよ。

世の中に楽な仕事なんてないように、温泉本の編集稼業も決して楽しいことばかりじゃないんだけど、もし、ほかの仕事にない魅力があるとしたら、平日の昼間から温泉に浸かりながら、こうしていろんな人の話を聞けることかもね。

あとはメニューに載っていない旨いもの、松茸ラーメンとか、うに酒とか、山菜チャーハンとかをこっそりと味わえることぐらいかな。え？　それがうらやましいってかい？

ほとんど休みなしで編集作業をしてるんだもん。そのぐらいの特権は認めておくれよぉ。

〈読売新聞北海道版夕刊／二〇〇〇年七月四日付〉

犬の御宿

読むと頭にくるから、読まないように心がけてきたんだけど、魔がさしたのか気が緩んだのか、気が付くとおいら。広報さっぽろをめくっていたのでありますよ。

　で、案の定、目を疑ったね。特集として、人間の究極のエゴともいえる動物園を美談として載せているんだもん。一方では「野良猫にえさをあげないように」なんて記事をつらっと載せながらさ。

　どーいうことなの、これは？

　自分より弱い存在に手を差し伸べ、強い存在に抗って生きるのが人の道ってものなんじゃないの？　だいたい、猫の命よりも大切な庭なんてこの世にあるんかいな。

　おいらが市長だったら、こんな狭心な戯言は撤回して、逆に、野良動物の世話をしている皆さんに〈ちくわ券〉でも進呈するぐらいの粋な計らいをするんだけどなぁ。財源は犬猫を捨てたり虐待した罪人から徴収する罰金でまかなえばいいでしょ。そして、動物園の象やらキリンやらはすぐにコンクリートの檻から開放してサバンナの草原を再現した混合飼育に切り替えて、動物園が主体となって一匹でも多くの犬猫を救うってのはどう？　駄目？　落選？　はい。

　ふぅ。こうやって、世の中がギスギスしてくると、せめて、温泉宿ぐらいはおおらかなままでいてほしいと願うんだけど、ギスギス化の波は山間の一軒宿にまで及んでいるのです。

　だって、昔は結構あったのよ。到着したら、湯守より先に放し飼いの犬が熱烈歓迎してくれた湯宿。素朴な混浴風情がたまらなかった昔の臼別温泉もそうだったし、先代が健在だった折の芽登温泉も駐車場に着くと同時に働き者の犬に熱烈歓迎されたもんね。東大雪荘も昔は狭い玄関いっぱいにセントバーナードが横たわっていて、なんとも呑気だったし、幌加温泉の鹿の谷も元捨て犬のチャコが宿の内外を自由に歩き回っていたのだよ。

　そんな愛すべき看板犬たちは順番に旅立ってしまった。犬の名前をそのまま宿名にしたニセコのジョリィはジョリィくんの死とともに廃業したし、糠平温泉の短足アイドル犬ジミーくんも最近は出歩いていないようだし、ふぅ。いつのまにやら、短い鎖でつながれた奴隷犬ばかりになってしまったじゃないの、北海道は。

　これまた折節書くことなんだけどさ、日本は有史以来、犬と仲良しだったのです。あらゆる動物を食した縄文時代さえ、犬を食べた痕跡はなくて、それどころか骨折して歩けなくなった犬を人間同様手厚く葬っている跡もあったりしてさ。

　なので、野良猫に食事を与えるなと書くなら、その横に、いじめと犬猫嫌悪は異形異思想排除という同じ悪根から派生していることも書かなきゃ。血税で作っている広報誌は。

〈読売新聞北海道版夕刊／二〇〇〇年七月一八日付〉

ロッカー温泉

ドドドド、ヅヅヅヅ、ジャカスカ、ウェーイ♀。

と、突如、大広間のステージで始まる大音量のバンド演奏。困り果てる浴客たち。見て見ぬふりをする従業員。の中で、ただ一人。真ちゃん素敵よ。と、ロッカーとして成長しつつある愛息を見守る女将の姿。という話ではないのです。

先日のこと。日本海に面した小さな町で海水浴もどきを満喫した帰り道。そうそう、この近くに、珍しく一度も足を運んでいない温泉宿があったっけ。ってんで車を走らせますと、あらら。予想に反して小ぎれいな建物じゃないの。近年改装したての模様なりね。

フロントにて湯銭五〇〇円也を支払い、大浴場と書かれた階段を下りようとすると、おにーさん、忘れ物だよぉ。と、受付のおばちゃんが激走してきて、ロッカーの鍵を手のひらにのっけてUターン。

なに、これ。へ。まさか、脱衣ロッカーの鍵かいな。悪寒。そこそこ老舗の民間ホテルが、新参公共温泉の悪しきシステムを模倣してどうするんじゃー💭と心の中で叫びつつ脱衣場に入ると、ありゃりゃ。予想的中。すごいことになっていたのよ、これが。

オフィス用のロッカー特有のグレーで無機質な世界が広がっているでないの。和の風情など微塵もなく。鍵に記してある六三八番のロッカーをやっと見つけたものの、幅が狭いうえ、上下二段式なので、容量が全くないのね。リュックを入れたらなーんにも入りゃしないのよ。うーっ。

両隣や下のロッカーの人に遠慮しつつ、ごそごそこそこそやっていたら、だんだん情けなくなってきたよ。おれは今、何をしているんだろうって。

脱衣ぐらい好きな場所で堂々と豪快にやらせておくれよ、ってのは贅沢な望みなのかい、セニョリータ。

そも、もともとは湯量に見合う規模でやっていたものを欲を出して湯量不相応な規模に拡大したもんだから、斯様な儲け主義的ちんちくりんロッカー脱衣場にせざるをえなかったんじゃないのかい。その証拠に浴場。塩素まみれの水風呂やら薬湯やら、温泉とは無関係な浴槽をズラリと並べていてみっともないことこの上なし。

二種類ある源泉も、ただでさえ希薄なのに、さんざん循環濾過&塩素混入しているもんだから、効能など全くなくなっているのだ。むしろ、人体に有害だろうね。

つまり、これ、一種の詐欺じゃん。

と、つぶやきながらトイレに入り、目の前の壁を眺めると、小ぎれいに改装してある館内からは信じられぬほどの汚損具合。ロッカー温泉の正体、東司にありきか。

〈読売新聞北海道版夕刊／二〇〇〇年八月一五日付〉

温泉教授に花束を

無気力。薄志。何もやる気がしないよぉ。かといって、眠るにはちょいと早い三伏の深夜零時。

そうだ、本でも読むとしましょと、常ならエッセイや専門書を開くところ、理由あって近頃は長編小説なんぞ読みたいモードなのよ。一種の敵情視察みたいなものかな。へへへ。

そこで今宵は直球勝負。名作の手並みを拝見ってんで手にしたのが、書架の隅で眠っていた『アルジャーノンに花束を』。

今さら初読と軽蔑しないでおくんなましね。世間一般で評判の定まった作品は拒絶する体質なのよ。ひねくれ者につき。で、遅ればせながら読んでみたら、泣けたね。不覚にも泣いてしまったよ。いい話だね。

個人的に痛快だったのが――これは物語の本筋と深くかかわるエピソードなんだけど――大学教授という人種の愚かなる正体が次第に暴かれていく展開なり。

大学教授（の大部分）は、たとえ専門分野の権威であろうと、しょせんは倫理観や人情味に欠けた差別主義者なのさ。ってことが三〇年以上前に書かれた小説の中で明らかになるにつれ、クローンや遺伝子操作、脳死移植といった不気味な技術の暴走に歯止めをかけられなかった、まるで視界を狭くされて前に走ることしか求められていない競走馬のような昨今の学者連中の人間としての短絡ぶりが重なるわけで、そういえば、そうそうと思い出したのが、親しくしている大学教授氏。

彼は専門分野大愚という安楽な道に逃げることなく、世の中の事象全般に深く関心があるので話が合う。認めたくないけど尊敬に値する人物だ。

なんだけど、日常生活に戻ると、芋の煮方さえ知らないんよ。機嫌を損ねた彼女のなだめ方なんて知る由もないし、壊れかかった人間関係の修復方法も全く知らない。

彼のゼミ生に就職先を紹介してあげても礼の言葉のひとつもないし、都合が悪くなると居留守を使うこともしばしば。まさしく未成熟。仕事以外は半人前以下なり。

ダニエル・キイスが主張するとおり、知識の量と人の成長は比例しないという見本的人物なのだよ。

では、そんな教授氏が嫌いかというと、憎めないっていうか、結構好きだったりしてね。ひゃはは。

その理由は彼が大学教授から足を洗って、もしも蕎麦打ち名人になったとしても（一〇〇〇%無理だけど）変わらずに尊敬できるからかな。

友情に厚い無学な職人と人情味のない大学教授に優劣を付けることが愚かしいように、学歴や肩書崇拝という差別主義へ警鐘を鳴らしているのだね。この本は。名著です。

親愛なる温泉教授に花束を。

〈読売新聞北海道版夕刊／二〇〇〇年八月二二日付〉

ネオン

見上げると満天の星。くっきりと月影。窓を開けるとキリギリスや蛙たちの鳴き声が立体サラウンドで迫りくる夏の宵。いいねぇ。この環境。クリエイティブな人間つうものは、こーいう場所に暮らさにゃあかんね。はいな。と、自賛しているのは三年ほど前に購入した粗末な拙宅。

床はきしむし、歪んで開かない窓はあるしってんで、家そのものは古くてどーしようもないんだけど、環境は真実ブラボーなのよ。

だってね、春はカッコウやウグイスの声で目が覚めるんよ。

あちこちから聴こえてくるアカゲラのドラミング。山桜の下、幸せの青い鳥のごときオオルリを見かけて幸せ。なんて、どこぞのリゾート高原のペンションの朝みたいでしょ。

犬を散歩させているとアオダイショウを踏みそうになるし、猫よりもキタキツネに出会う回数の方が多いし、エゾモモンガは見かけるし、回覧板はマムシに注意とか、近くで熊の親子出没◌。なんて内容だし、家の前の道路は一日せいぜい二、三台しか車が通らないから空気がうまいし、夏は蟬が大合唱。夜になるとクワガタが来訪。近くの小川には苔むした岩が点在するし……、云々。理想的な自然環境なのよ。

けっ。そんな環境ぐらい北海道中どこにでもあるわい。と、思われるのはごもっとも。大事なことを書き忘れていたのね、ぼく、おいら。札幌市内なのよ、ここ。

たとえば、夜一〇時過ぎにイラストを描いていたら、およよ。ロットリングの製図ペンの〇・一ミリが死んでもうた。なんてあと、ステッドラーの耐水ペンも何本か欲しいぞよ。なんて時は車で二分も走ると用が足りちゃう幸せ。鮭が遡上する川が流れていて、ヒグマが暮らす森が徒歩圏にあるのに、少し走るとネオンがいっぱい。こんな贅沢な環境、ほかにはないだろうね、と思うのよ。だから西野が大好きなのさ、おいら。もっと具体的に書くと、この豊かな自然環境と『本の店岩本西野店』があるから、西野が好きなのだよ。

なので、昨年、『北海道いい旅研究室』という旅本を創刊した折、最初に相談に行った書店は本の店岩本の平岸本店だったのでありますよ。

仕入れ担当課長の若さに驚きつつ、こんな本を作ってみたんですけど……と自信なさげなおいらに対して、「ドーンと置きましょう」とうれしい言葉。地元の書店として地元の出版人を応援しようという心意気。書店は文化の発信基地なのだ◌。という自負。あの日、店頭で即決してくれたことが、どれだけの自信につながったことか。

その本の店岩本のネオンが消えるかも……という報道。ふぅ。と溜め息。気が付くと空高く。秋の雲。

〈読売新聞北海道版夕刊／二〇〇〇年八月二九日付〉

脳内温泉

書架の整理なんぞしている昼下がり。と、ありゃりゃ。思わず赤面。並べているだけで恥ずかしい本ってのがあるもので、いわゆるひと昔前のベストセラー本。

古書店に行くと二束三文で廉売されているような大量生産本が、何故か書棚の隅にあるでないの。

たぶんブームに踊らされて無意識に購入してしまったけど、一度も手にすることなく五年近く眠っていたのだね。ははは。さぁさ、起きた、起きた。そして、おいらの部屋からいなくなっておくれよ。と手にしたその本。

そういえば、最近、文庫化されたようだし、一応、どんなことが書いてあるのかしらん。とパラパラめくってみたら、旦那。これが存外面白かったのよ。

たとえば、同じく欲望を満たすにしても、不安や心配、罪の意識を持っているとからだに悪くて、楽しく欲望を満たすとからだにいいんだって。つまり、罪悪感に苛《さいな》まれながらの恋愛は人体に有害なれど、幸福感に包まれた恋愛は百薬の長なり。なんてことが書いてあるもんだから、おいら、不覚にも読みふけってしまったのであります。

中でも興味深かったのが、筋肉の量が寿命を決める、というくだりだね。理由は生活習慣病の主な原因である脂肪は筋肉の中でしか燃焼しないから。

なぬ⁉ 早速明日からスポーツせねば、と慌てなくても大丈夫。むしろ、激しい運動は害との報告もあるのだよ。実際、スポーツ選手には画家よりも不健康で短命な人間が多いんですと。意外でしょ。

一番いい運動は歩くこと。一日一万三〇〇〇歩が目安かぁ。無理だなぁ。でも、気持ち良～く一万歩以上歩いたら、大病の二大要素であるストレスと脂肪の両方を退治できるわけだね。特に食後三〇分してからのウォーキングが効果的ってのも知らなかったぞ。

そして、夜は楽しい気分で寝ること。成長ホルモンが分泌して筋肉を太らせるので、寝るだけで筋肉がつくらしいのよ。びっくりでしょ。瞑想でも同様の効果が得られるとのこと。

ということは恋人と二人で温泉宿に行って、低カロリー高たんぱくの食事を摂取後、三〇分間うねうねしてから軽く庭を逍遥。そして露天風呂に浸かりながら、のんびりと瞑想。夜は幸せ気分で熟睡。なんてのが一番いいわけだね。脳内モルヒネとα波を出しまくりで。

それにしても、食後の瞑想や恋人とのひと時が筋肉増強に効果的だなんて、運動と無縁の懶惰《らんだ》な雑文書きにはなんとも有り難い学説でないの。ぶひひ。と笑う門に脳内モルヒネ。

〈読売新聞北海道版夕刊／二〇〇〇年九月五日付〉

今回はここら辺でやめときますね
読売新聞の連載はまだまだあるけど
えー!!
けっこう好き勝手に書かせてもらってたね
ニャニャ

しっぽのある日々1

かためのしっぽ

ひゃはは。

顔なじみのインド料理屋の裏手の小路。思わず車を止めたね。ってのはパグ犬が歩いていたからなんよ。

別にパグ犬なんざ珍しくないよ。わが家の隣家にもいるぐらいだからね。

でも、ふてぶてしいのが三匹仲良く歩いているとなると話は別でしょ。いかにも面白いのです。

目を細めながら近寄って、しゃがみこんでは犬くんたちに挨拶をする某。

一番太って人懐っこいパグくんの短毛をなぜ回しながら、親子ですね。と尋ねると、リードを持つ婦人は「あら、この人ったら、ほんの数秒の観察で親子と見抜くなんざ、なかなかの犬好きに違いないわ」と心で独白。したかどうかはわからないけど、本格的に足を止めて、それが父親です。一番甘えんぼなんですよ。

そして、これが子供です。あ、その子は触らないで。かじられますから。と、にわかに激口調。

ご婦人、心配にはおよびません。犬の喧嘩の仲裁をするといった特殊な場合を除いて、ただの一度もかじられたことなどないのです。ほら、この子だって、うっとりとおなかを出して……、

ガブッ♡。

あちゃあ、と面喰らう某。激しくうろたえる婦人。

見ると、母親パグが某の腕に噛みついているのでした。

カメラ片手に繁華街。雑踏をかき分け、かき分け、目的の撮影現場へ。ほい、まもなく着きますよって時のこと。ふと、道路のあちらに目をやると、四〇代の紳士が一匹の短足雑種犬を散歩させていた。

短足の雑種犬。ってだけでも目尻が緩むのに、首にグリーンのバンダナを巻いていたりして可愛いったらありゃしない。

よっしゃ。一枚撮らしてもらおう。ってんで五秒後。中央分離帯を越え、対岸の歩道で息を切らしている男がひとり。

えっと……、居た居た。しばし前方。豆機関車のようにズンズン歩く短足犬および飼い主を発見。

すいません。わんちゃんの写真撮ってもいいですかぁ。と、愛想のいい声。

ところが、飼い主の背中は全く無視。そりゃそうか。己も一〇年以上雑種犬を散歩させているけど、散歩中に犬の写真を撮らせてくれ、なんて言われたことは一度もないもんね。自分のことだと思っていないのね、この人。

やり直し。ってんで、小走りに飼い主氏の前に回ると、カメラを見せて愛想よく同じ台詞。

すると、飼い主氏。あいてる方の手で自分の口を指さして、手を二度振った。

へ？　クチ、ナイ。シャベレナイ……のね。

手話など知らぬ男が口の動きとゼスチャーで理解してもらおうなどという身勝手な了見で、もう一度ゆっくり同じ台詞を繰り返すと、警戒していた飼い主氏は事情がわかると苦笑してドーゾ、ドーゾ。

許可が出た。ってんで、しゃがみこんで、雑種の割には毛並みのいい短足犬の頭を撫でようとして息を飲んでしまった。ないのよ、片目が。それもごくごく最近事故に遭って手術したばかりです、って感じで。

クルマですか？　通じない。もう一度、ク、ル、マですか？

何度もうなずく飼い主氏。

耳が不自由なばかりに愛犬を事故に遭わせてしまった、と自分を責め、犬に詫びる飼い主氏の姿が脳裏をかすめちゃったもんだから、一応三度ばかりシャッターを押したものの、三枚とも見事にピントがぼけてしまった。

ただね、わかったことがひとつ。

幸せそうなのよ。短足犬。愛されている犬特有のオーラを発していたんよ。まるで、あの日、オイラがご主人様を事故から守ったんだよ。へへへ。と誇らしげに自慢するようにして、ズンズンと人込みの中に消えていったのでした。

大丈夫。いやなことはしないよ。優しく言いながら、母親パグの目をじっと見る。某の手をかじったまま、次第に困った表情になる母パグ。

やがて、噛むのをやめると、今度は甘え始めた。見ると、噛まれたところから血があふれている。本気で噛んだんだね。婦人に悟られぬよう、かまれた腕を隠し、母パグのおなかを撫で撫で。若干うろたえていた婦人がやっと口を開く。

「子どもを取りあげてから性格が変わっちゃったんですよ、この人」

聞くと、去年、子どもを産んだ折、一匹だけ手元に残して、ほかをよそにあげたところ、母パグが突如として狂暴化し、子パグに近づく人間は飼い主だろうと誰だろうと噛むようになってしまったんですよ、とのことなり。

なるほどね。おまえさんも苦労したんだね。大丈夫。もう誰もおまえさんの子どもを取ったりしないよ。だいたい、今では三匹並んで歩いていたら、どれが子どもかわかりゃしないんだからさ。ひゃはは。お、傷口をなめてくれるのかい？　いいよ。もう気にしなくても。

でも、こうしておなかを出す母パグの姿。まるで、お願いだから、どうかこの子に近寄らないでおくれ。アタシならさわり放題だからさ。ね、ね。と、最後の最後まで我が子を守っているように見えてならないのであります。

しっぽの数だけ情話があるんだよ。

へい。心得ておきますぜ。

〈北海道いい旅研究室創刊号／一九九九年五月一〇日発行〉

しっぽのある日々2

ぺろのしっぽ

よぼよぼの老犬。

と思った。

大型車がガンガン走る海辺の工場地帯。五分後に雪に変わってもおかしくない冷たい雨がアスファルトを濡らしている。

愛車ビートルくんを修理に出しているので、本日は代車なり。水しぶきをあげながら爆走するトラックの間をスクラップ寸前のポンコツ代車で、ちんたらと走っていると、およよっ。

犬——！

泥だらけのやせこけた犬が、今にもダンプカーにひかれそうになりながら、車道の端をトボトボと歩いているでないの。

これがポカポカ陽気の田舎道で、歩いているのが短足の子犬だったら迷わずに車を停めたんだろうけど、冷たい雨のトラックガンガン道路で、まっすぐ歩くこともできない泥だらけの老犬なんだ。

ううっ。ごめんよ。助けてあげられなくて。神様、どうかこの老犬を救ってあげてください。などと祈りながら犬の横を通りすぎようとしたら、ああっ。思いっきり目が合ってしまった。

そう。いつも、犬と目が合ってしまうんよ、おいら。

ブレーキを踏んで車を道端に寄せた。

さてと。車を停めたのはいいけど、どうしよう。あんな泥だらけの犬を……と、つぶやきながらバックミラーを見て、うぎゃあああっ！と叫んでしまったね。

ヨタヨタとこちらに向かって歩いてくるのはいいんだけど、老犬くん。さっきまでは路側帯を歩いていたのに、何を血迷ったのか、車道の真ん中をヨボヨボと歩いているのだよ。

なんてこったい。後続車が来たら即死じゃん。

慌てて雨の中に飛び出して、両手を大きく振りながら「ひかないで——っ！」と大声で叫んで、老犬まで全力疾走。

本気で「ばかあっ！」と怒鳴って抱き上げた瞬間、心ないトレーラーがけたたましくクラクションを鳴らしながら通り過ぎて行った。

ありゃっ。

軽いんだね。ずぶ濡れなのに。

おまえ、もう何日も食べてないのかい。かわいそうに。

もうすぐ死んじゃうんだ。

直感的にそう思った。

まぁ、これも何かの縁さ。うちでうまいものでも食って、腹一杯で逝きなよ。最期を看取ってやるからさ。それに運がいいぞ、おまえ。今日はスクラップ寸前の代車だから、こんなに泥まみれでも乗れるんだぞ。

濡れたからだをたまたま積んでいたバスタオルでくるんで、後部シートに横たわらせると、安心したのか、老犬くん。ぐったりとしたまま動かなくなったよ。

もう動く力がなかったんだね。この車に乗せてもらうことに残っている力のすべてを使い果たしてしまったんだね。

これがペロとの出会いだった。


すぐにポスターを描いた。

《犬を保護しています。柴犬の雑種です。吠えることができません。年齢はわかりませんが、かなりの老犬です》

そう。この老犬は吠えることができなかった。四本の足で立ち上がることはできても、玄関の前の高さ一〇センチほどの段差をのぼることができないし、牛乳を飲むのが精一杯で、犬缶を食べる体力さえ残っていなかった。

明日の朝には死んでいるかもしれないなぁ。

本気でそう感じたので、最期ぐらい贅沢しなよ。と、玄関に子ども用の布団を敷いて、その上に寝かせてあげた。

おやすみ。さようなら。


翌朝、老犬はしっぽをふりながら犬缶を食べていた。

翌日はその辺を歩き回り、三日目には一度だけ「わんっ」と吠えて、眼を輝かせやがった。

なにゅう。吠えられるのかい、おまえ。しかも、この眼の輝きは一体なんなんだ。

そもそも、おまえはいくつなんだい？

まさか、老け顔の少年なのかい？

だとしたら、本格的に犬を飼う準備をせにゃならんでしょ。ってんで、慌てて四番通りの金物屋で犬小屋を購入した。

迷い犬のポスターへの反応もないので、ペロと命名する。まるで、お礼を言うかのようにペロペロなめるので、ペロ。桑田佳祐の愛犬と同じ名前だ。

その後、ペロはずっしりと太り、レミやちぃしゅといった後輩たちに喧嘩の仕方やメスの口説き方を伝授したりしながら、わが家のリーダー犬として堂々たる風格を醸し出した。

ペロが来て一〇年ほど経った秋の終わりのこと。

最初は、こいつ、風流ってことがわかるのかなぁ、と思ったね。

だって、秋の高い空をじーっと見上げているんだもん。時々、空を見上げては哲学者のような表情で、ふぅ、とため息なんぞついちゃったりしてさ。

犬が空を見上げるなんて、知らなかったなぁ。

ペロがぐったりとしたのは、その何日かあとのことだ。動物病院で検査をしたら、手の施しようのない末期癌だった。

全身に激痛が走っているはずなのに、最期までリーダー犬らしく、黙って耐えていたんだね。

あと一週間の命です。と言われた翌日、まるで上り坂を全力疾走する蒸気機関車のようにハーハーと息を荒げ、本当にプチンと糸が切れる音を響かせて、おいらの腕の中で逝ってしまった。

最期を看取るって約束は果たしたよ、ペロ。〈北海道いい旅研究室3／二〇〇〇年六月二一日発行〉

しっぽのある日々3

かなしいしっぽ

あ、しっぽをふってる。

ぽっかぽかの午後のこと。

いつもはぐったりと眠っているか、気がふれたようにジッと立ち尽くしているだけの可哀想なわんちゃんが、穏やかな表情でしっぽをふっていた。

この子のことはよく知っている。家の近くの交差点で信号待ちをしていると、いやでも目に入ってくるから。

たぶん一度も洗ってもらったことがないんだろうね。泥々に汚れた毛と放置された排泄物。不衛生な環境も悲惨だけど、まともに散歩に連れて行ってもらってない人生を思うと哀れでならないよ。

その可哀想なわんちゃんが、こんなにうれしそうにしっぽをふっているの、初めて見たなぁ。

信号が青になって、前の車が動いた時、その理由がわかった。

小さな子どもが可哀想なわんちゃんに向かって手をふっていたんだ。

「わんわん、あそぼ」って。

小春日和の中、しっぽをふる白い雑種犬と小さな子ども。

辺り一面に放置された排泄物と、孫が犬に近寄ることを困った顔で必死に阻止している老女の姿さえ目に入らなければ心安らぐ光景だ。

二三歳のころ住んでいたアパートの窓から隣家の裏庭につながれている犬が見えた。というか、窓から犬が見えたので、その部屋に決めた。

その子はどこにでも居る白い雑種犬で、名前はジョリ。

犬小屋に書いてあるジョンという字がジョリと読めるので、ふざけて、ジョリと呼んでいたら、本当の名前もジョリだった。

ジョリはすぐに心を開いてくれたので、ぼくたちはトモダチになった。

飼い主が出かけたのを確認してから、おやつ片手に遊びに行くと、ジョリはいつも飛び回って喜んだ。可愛いジョリ。

ところが、ところが。住み始めて、しばらくすると、哀しいことに気づいてしまったんよ。

どうやら散歩に連れて行ってもらっていないんだね。ジョリ。

散歩担当の亭主氏が数年前に足を悪くしてから一度も散歩に連れて行ってもらっていないらしく、おまけに、いつもうんこだらけだ。時折、足の悪い亭主氏が「ジョリのうんこが溜まっているぞ」と、犬嫌いの女房を怒鳴る声が聞こえてくるのも切なかった。

夏のある日——。

事情があって、引っ越すことになった。

そこで、おいら。どうせ引っ越すのだから何を言われてもかまわないさ。ってんで、荷造りの梱包用の紐をリードがわりにして、ジョリを連れ出したんだ。

それは二人の夢が同時にかなった瞬間だった。おいらはジョリを散歩に連れて行きたいと思い続けていたし、ジョリはこの陰湿な空間から解放されて、太陽の光を浴びながら走り回ることを待ち望んでいたに違いないから。

その証拠に、ほら。真夏の蒼穹の下、走り回るジョリのうれしそうなこと。

「ぼく、こうやって走りたかったんだ」

「楽しいね、散歩って💭」

「ねえ、ねえ。もっと遠くに行こうよ💭」

幸せそうに、はしゃぐジョリ。

なんだけど、楽しい時間は長く続かなかった。

そろそろ飼い主が帰ってくる頃だし、午前中に荷物を積まないと駄目なんだ。

ごめんよ、ジョリ。そろそろ帰るよ。

ジョリは一回だけ抗うと、あきらめて、本当に哀しそうな表情でぼくを見上げた。

あれから一三年経った今でも、あの時のジョリの顔をはっきりと思い出せる。

そんな哀しい目で見ないで。また、遊びにくるからさ。今度はもっと遠くまで行くって約束するよ。いっぱい走ろうね。

でも、約束は果たせなかった。

秋の終わりに会いに行ったら、ジョリの小屋があった一角はポッカリとさら地になっていた。もちろん、ジョリの姿もどこにも見当たらなかった。

くそっ。

あの時、引っ越し業者を待たせてでももっと遠くまで散歩すればよかったよ。もっといっぱい散歩してあげればよかったよ。もっと早く会いにきたらよかったよ。ごめんね、ごめんね。ジョリ。

我が家の近所の可哀想なわんちゃんは老女に無理やり手を引かれながら立ち去る子どもの姿を目で追っていた。

いつものように車中に常備しているビタワンを持って、なぐさめに行こうとしたら、あ。

家の人が帰ってきた。車から三人の男女が降りた。んだけど、誰ひとりとして犬の方を見ようともしない。何も目に入らないかのように無視して家に入った。

がっくりとうなだれる可哀想なわんちゃんのうしろ姿。なんて残酷な仕打ち。

三分後。ぼくの手の平の上のビタワンを食べ終えると、可哀想なわんちゃんは珍しく顔を上げた。不意に目が合った。

罪のない顔。

本当は可愛い顔をしてるんだね、おまえ。そう言いながら首を撫でると気持ちよさそうに目を閉じたけど、まるで黒い涙のようにこびりついては二度と取れそうもない幾筋もの目ヤニが、この子の絶望的な宿命を物語っていた。

痛い。

心を切りつけられた思いで、ごめんよ、ごめんよ、と繰り返しながら立ち去る時、彼は精一杯しっぽをふってくれた。

ありがとう。

〈北海道いい旅研究室4／二〇〇〇年一二月二九日発行〉

しっぽのある日々4

としよるしっぽ

あ。立ち止まっちゃった。
あ。しゃがんじゃった。

栄光幼稚園の前の交差点で信号待ちをしていた時のこと。昔はこんなところに信号なんて野暮なものなかったのに……と思いつつ、ふと左前方を見ると、雑種犬を連れた老紳士が散歩中なり。ゆっくり、ゆっくりと。

これは老翁の歩みが鈍いのか、はたまた、犬が老犬で、歩くのに難儀しているのか。ということが気になったもんだから、しばし注目していると、ぴたっ。

犬が歩くのをやめちゃったんよ。

うしろから、ププーッと控えめなクラクションが聴こえた。おっと。青になっていたんだね。進まねば。でも、次第が気になるよぉ。ってんで、瞬時にウインカーを点灯して停止。車内から観察を続行すると、飼い主氏がリードを何回引いても、この雑種犬。動く気配が全くないのだよ。それどころか、ついに、ヘタッとうずくまってしまったりして。よぼよぼの老犬だったんだね。で、少しすると、お爺さんもしゃがみこんでしまったんよ。これ以上引いても無駄と察した風情で。

一五歳ぐらいですか？

車から出て、犬を撫でながら話しかけると、翁。いかにも好々爺という表情でうなずくと、

「一六歳」だって。

一六歳！。すごい！。名前は？

「ランです」

ランちゃんかぁ。女の子なんですね。

よしよし。撫で撫で。

「今の時間は歩かないのさ。朝は元気に歩くし、夜ご飯を食べたあとも歩くんだけどね……」

ということは毎日三回散歩しているんですね。

「そう。一六年間ずっとね」

そいつは幸せだねぇ。と撫でると、ランちゃん。濡れ濡れの鼻をおいらの頬に押し当てながら、しっぽをふった。

愛されている犬特有の優しいオーラを出しながら。

ご飯はドッグフードですか？

「たまにね。夜はご飯とおかず」

やっぱりそうだ。おいらの知っている長寿犬は皆、米飯を主食としている。獣医が推奨するサイエンスなんとかとは無縁なり。

スープカレー。

今でこそ普及して、札幌市内はスープカレーの店だらけだけど、電車通りにあるその店はブームの遥か昔からスープカレーだけを出していた。

取材を拒否されました。

ある雑誌のカレー特集。若き編集者にそう言われると、余計燃えるもので、おいら。まずは客として潜入して店主氏との距離を縮めたところで、取材をしたいと申し入れると、気難しそうな店主氏はやはり、あまりいい顔をしなかった。

そうですか。と、今日のところは帰ろうとすると、およよ。

でぶ犬を発見○。

当時は珍しかったラブラドールレトリバーが、甘えてきたでないの。

すると頑固店主。とたんに温顔になって、「なんだ、あんた犬好きなのかい。明日の朝、改めて来たらいいしょ」と態度を一転させたりして。

実はこの犬、盲導犬のパピーウォーカーとして一年間の契約で預かったんだけど、あまりにも可愛いので別れるのがつらくて、毎日うまい飯をたらふく食べさせる作戦で見事体重オーバー。盲導犬としては不適格。ならば引き取ります。という反則技で入手したことまで喜色満面で話してくれたのでした。

それから一〇数年経った冬の夕暮れ時のこと。渋滞した電車通りで、ふと見ると、カレー屋の店主氏が、すっかり老犬になったデブリバーの散歩をしていた。

盲導犬にはなれなかったけど、こうして、愛されて死んでいく人生も幸せだね。よかったね。

と、おいら、心からそう思ったのに、犬なりに考えがあったのか、それからしばらくして、デブリバーは姿を消してしまった。

店主氏の必死の捜索にもかかわらず、デブリバーの手掛かりは全くなかった。

まるで、死期を悟った老犬が、ひとりきりで黄泉の国に旅立ったかのように。

ならば、この雪が解けたら、せめて亡骸が出るだろう、と憂色の店主氏。意気消沈したまま春を迎えたけど、死体さえどこからも出てこなかった。

なんて残酷な仕打ち。神様の意地悪。

そう思うのは見送る側のエゴなのかな。

ささっと用事を足して、再び栄光幼稚園の前。見ると、あらら。

先ほどの老翁と老犬が、まだしゃがんでいるでないの。あれから二〇分も経っているというのに。

ランちゃん、まだ、歩こうとしないんですか？と話しかけると、

「そうなのさ。もうトシだからねぇ。今年は毛抜けがひどくてさ。今まではこんなに抜けたことがないのに、悪い予兆かねぇ」と心配顔をするものだから、毛抜けするうちは死なないっていいますよ。と、在り来たりの一般論で執り成す駄目なおいら。

じゃあね、ランちゃん。お前は突然居なくなったりしたら駄目だよ。

車に乗る前に振り返ると、歩道にしゃがみこんだままのふたりも仲良くこちらを振り返っていた。

〈北海道いい旅研究室5／二〇〇一年一〇月一日発行〉

しっぽのある日々5

ふるえるしっぽ

呼ぶ声がした。

或いは聞き間違いかも。と、窓を開けると、小学生ぐらいの女の子が、おいらの部屋の窓を見上げて立っていた。雨上がりの蒼空の下で。

あのぉ。お願いがあるんですけど。

見覚えのある女の子がもじもじしながら、洋服の中に隠した黒くて小さな物体をこちらに見えるように持ち上げた。

この犬を飼ってくれませんか。と哀願する大きな瞳。一二年前の六月二一日のことなり。

子犬が欲しかった。

けど、ペットショップで購入しようなどとは微塵もよぎらなかった。

犬なんて縁があれば向こうからやってくるってもんでしょ。と、思っていたら、しっぽの天使が本当にやって来たんだ。

一〇種類。いや、二〇種類は居るかな。

いろんな犬が居るのねん。

セントバーナードやピレネーといった大型犬もいっぱい居るので、すごいなぁ、世の中にはこんなに犬好きの家もあるんだね。と、ペロの散歩がてら、折節立ち寄っていた家があるんだけど、どうにも様子がおかしいのだよ。

檻に閉じ込めたままだし、散歩する姿を見たことがないし、犬たちに対する愛情がないことが瞭然なのさ。

繁殖屋という商売があることをその時、初めて知った。

ある夜のこと。久々に繁殖屋の横を通りかかると、庭から狂ったように鳴き叫ぶ犬たちの声が聴こえてきた。

むむむっ。これはただごとじゃないぞ。

でも、いつのまにか高い塀が作られていたので中の様子はうかがいしれないなり。

留守と知りつつも真っ暗な家のチャイムを鳴らすと、意外にも人が出てきた。

小学生ぐらいの女の子がドアを開けて、「ちゃんと食事を与えていますから心配しないでください。もう大丈夫です」と、真っ暗な玄関でそう話した。あきらかに大人に言わされているとしか思えない台詞を棒読みで話すので、こちらとしてもそれ以上踏み込むことができなかったよ。

五泊ほどの取材から戻って、全力疾走でペロの散歩をしていた。

半年前に拾った時は老犬だと思っていたけど、どうだい、この走り具合。若者じゃん。でも、成犬で拾った犬って年齢不詳なのが飼っていて寂しいんだよね。

どうせ犬を飼うなら、子犬から飼ってみたいなぁ。と、今まで思いもしなかった欲求が、ふと頭をよぎっていた。

自分のような貧乏雑文書きには犬を飼う資格なんてないと思っていたけど、ペロが自信をつけさせてくれたんだ。

緊張した心持ちで繁殖屋の前を通ると、およよ。一週間前の騒ぎが嘘のように静かになっているでないの。食糧難は無事解決したんだね。めでたし、めでたし。

と、通り過ぎると、子猫の声？

どこからだろう。ペロがガスボンベの収納小屋に興味を示したので、のぞきこんでみるけど動物の気配はなし。誰か居るの？と優しく呼んでも返事がない。

と、ポツリ、ポツリ。落ちてきたなと思ったとたん、容赦なく叩きつけてきた。

雷鳴まで響かせ始めたので、こりゃ、たまらん。ってんで、子猫の声が気になりつつも退散する罪。罪。

ぷるぷるぷる。

おびえきっている子犬を優しく抱くと、震えが止まった。生後二週間ぐらいだろうか。まだ子犬特有の匂いがしている。

どうしたの、この子？

「わたしんちで生まれたんですけど、これ以上育てられないんです」

でも、どうしてうちに？

「最後まで面倒見てくれそうなので……」

オッケー。この子は寿命で死ぬまで、ちゃんと面倒を見るよ。と言うと、女の子が初めて笑った。

ひょっとして、きみあっちの角の塀がある家の子？

「ち、違います。人違いです」

そう言って、駆け出して行った女の子を二度と見かけることはなかった。

繁殖屋が夜逃げをした。という話を聞いたのはその翌日のことだ。

置き去りにされた犬たちが餓死していて、地獄絵のようだったよと近所のおばあちゃんが涙ぐみながら教えてくれた。

繁殖屋のガスボンベのボックスから黒い子犬の亡骸が見つかったのはさらにあとのことだ。

あの時、聞いた声は子犬の声だったんだ。暗く狭い箱の中で二匹の子犬が身を寄せ合って、震えていたんだろうね。

女の子は置き去りにした犬たちのことが気になって単身戻ってきた時に、子犬の気配に気づいて、奇跡的に生き残っていた方の子犬を保護して、その足で我が家に連れて来たようだ。

繁殖屋は犬ばかりか少女の気持ちまで殺したのさ。

子犬にはすぐに名前をつけた。

レミ。大好きだった物語の主人公の少年の名前だ。

一二歳になった今も、雨が降り、雷が鳴ると、この世の終わりのように震えが止まらないのは母親が餓死した時のことや、小さな箱の中で身を寄せ合っていた兄弟が死んだ夜のことを思い出すからなんだろうね。

大丈夫。寿命が訪れる瞬間まで、愛情たっぷりに育てるよ。

あの子と約束したんだ。〈北海道いい旅研究室6／二〇〇二年七月二七日発行〉

しっぽのある日々6

かせつのしっぽ

犬を助けに戻って、津波にさらわれてしまった人もいるからねぇ。と、釣り具店の主人がしみじみと述懐された。

そうですか。と、浅薄な言葉しか返せない若き日の駄目なおいら。

旅の途中、気持ちよさそうにひなたぼっこをしている柴犬を見つけたので、暢気におなかを撫でていたけど、現実はそんなに暢気ではなかった。

奥尻島ひとり旅——。

ある雑誌のグラビア取材のため、北海道南西沖地震から二年経っていない奥尻島を四日間かけて旅したことがある。

気持ちのいい初夏のことだった。

当時、青苗地区はまだ見渡す限りの広大な更地で、真新しい道路以外は何もなかった。というのは海岸近くの風景で、高台の上は多くの商店や新築されたばかりの家でにぎわっていた。

仮設住宅や仮設店舗もいっぱい残っていた。

そんな青苗地区の仮設釣り具店の前で柴犬のプーと出会ったんだ。

人懐っこいプーはすぐに心を開いて、黒くて大きくて濡れ濡れの鼻を押し当ててきた。

しゃっこいよぉ。

その冷たさから愛されている犬だとすぐにわかったよ。

飼い主氏の述懐によると、あの日、プーは生まれたばかりの赤ちゃん犬で、家の中で熟睡中だったそうだ。

突然の激しい揺れの中で、財布でも商売道具でも貯金通帳でもなく、ただひとつ、寝ぼけたプーを抱えて高台へ避難して九死に一生を得たそうな。

店も、住宅も、財産も、すべてを失ったので、手元に残ったのはプーだけ。

でも、それでよかったんだと仮設釣り具店の店主氏はプーを撫でながら笑った。

まだ、赤ちゃんだったプーはなーんにも知らずにすくすく育ったんだね。

それでいいのだ。

同じ震災を生き延びた犬でも、神威脇地区の民宿で飼われているエスの場合は事情が少々違っていた。

　エスは家屋の裏手につながれていたため、水が襲ってきた時、どうしようもなく置いてきぼりになってしまったんよ。でも、幸い、鎖が長くて、しかも自由に動き回れるようにと高い位置につながれていたので、自力でコンクリートの塀の上に避難することができて、一命を取り留めたそうな。

　これが、地面に固定された短い鎖だったら、恐怖に怯えながら溺れ死んだので、日ごろからの飼い主の愛情に救われたってわけだね。

　よかったね、エス。


　滝の澗地区のコロ。

島で出会った犬の中で、一番名残惜しかった犬の名前だ。

　奥尻島は海のイメージが強いけど、実は島の大部分が森林で、おいらが渡った時は山間の砂利道は土砂崩れのためほとんどが通行不能。そんな山の中にポツンと一軒の民家があって、おばあちゃんが独りで暮していて、白い雑種犬がつながれていた。きっと、訪れる人がほとんど居なくて、人恋しかったんだろうね。

　その白い犬は旅人の来訪を心から歓迎してくれたのです。

　ポンポン飛び回ったり、おなかを出したり、顔をなめたりして、おいらが立ち去ろうとすると、前足でぎゅっと抱き締めて、なかなか離してくれなかった。

　まるで、行かないで欲しいって哀願するような表情で、ぎゅっと。

　仕方がないので、サンドイッチを半分わけて、一緒に昼飯を食べていると、家の中から、一目見てよそ行きとわかる服を着たおばあちゃんが出てきて、あれま、なんだろ、この人は……って顔でしばしこちらを凝視した。

　でも、どうやら人畜無害らしいと判断すると、「コロは人が来ても全然ほえないから困るのよ」と話し始めた。

　そんなことないですよ。とてもかわいい犬ですよ。

「コロと比べたら、今年の春に死んだツブはいい犬だったよ」

　老媼《ろうおう》の話によると、アイヌ犬のツブは立派な番犬だったけど、震災の影響で神経質になって、毎日、地震が発生した時刻になると狂ったように吠え始め、最後は我が物顔で走り回る大型車の振動に怯えながら狂い死にしたそうな。

　怖かったろうね、ツブ。

　そういえば、島のアチコチで大型車にひかれたタヌキの亡骸を目にしたよ。

　奥尻で一番旨い寿司屋の大将が嘆いていたっけ。ダンプが来るまではタヌキがひかれることはなかったって。土建最優先の復旧は人や犬の心を置き去りにする。

　飼い主のおばちゃんは郵便配達の車に乗せてもらって、町の病院へと出かけて行った。

　砂ぼこりをあげながら走り去る赤い車を見送りながら、しばらくコロを撫でていたけど、そろそろおいらも行く時間になっちゃったよ。

　ごめんよ。行くね。

　と立ち上がると、コロは今度はさっきみたく抱きついて引き留めたりせず、観念した表情でじーっとおいらを見つめた。

　走り去る車のバックミラーに映るその顔が哀しすぎて目を背けた。


【北海道南西沖地震】

　一九九三年七月一二日発生。津波や崖崩れで、二三〇人の人と多くの犬が犠牲になった。〈北海道いい旅研究室リミックス2／二〇〇四年一一月二五日発行〉

あざらし日和の旅かばん

さてと、旅の話だ。といっても、どこぞのラーメンにしびれちゃった。とか、ぐっとくる温泉を見つけたよん。などといった、いかにも読者が読みたがるような実用的記事を書く気は毛頭ない。

いや、ひょっとしたら書くかもしれないけどさ。書く可能性大かな。書きます。書きます。間違いなく書きます。書かせてください♡。

でも、セニョリータ。ラーメンをすすっていても、鮨をほおばっていても、正義ってなんだろ？とか、北海道に新幹線はいらないよね。なんてことを考えているし、実際書くもんね。ってところがあざらし流なのですよ。以後よろしくね。

伊勢鮨のヒミツ!?

これって、誰が焼いたの？
大助《おおすけ》の西京《さいきょう》焼きのあまりの旨さに感涙しつつ、おいら、思わず野暮な質問をしちゃったなりよ。

野暮といえばさ、そこのマダム。鮨を醤油にべちょっとつけて食べる人。あれは粋《いき》じゃないよね。

中には箸で鮨をひっくり返すまではうまくできたけど、醤油の中にネタを落としちゃって、慌てて醤油だらけのネタを手でのせては何事もなかったもんね。ふふん。なんて顔で食べている紳士もいたりするけど、野暮ったくて見ていられないなりよ。

では、粋に鮨を食べるためにはどうすりゃいいのか？

コタエは簡単。江戸前の鮨屋さんに行けばいいのでした。

江戸前だと端《はな》から野暮な醤油などはないわけで、梅塩やレモンなんぞで付けされた鮨をそのまま口の中に粋に豪快に放り込めばいいって寸法なり。

そこで、今回紹介するのが小樽の江戸前鮨、伊勢鮨《いせずし》なのです。

伊勢といえば伊勢正三《いせしょうぞう》。一六歳の夏、風を解散したばかりの正《しょう》やんのコンサートを厚生年金の一列目で観て、後ろの席のルミコちゃんに恋をしたなぁ。てへへ。って、そんな思い出話はどうでもいいわけで、伊勢鮨は北海道一旨い江戸前の鮨屋なのですよ。

全国を食べ歩いている旅番組の担当氏が「今まで食った中で一番かも……」と唸り、札幌の高級鮨店S善の社長もこっそり食べに来るというエピソードを持ち出すまでもなく、って持ち出しちゃったけど、店のたたずまいから、美人若女将の和服の着こなしまで、たまらなくいいのですね。しかも、握りはもちろん、焼き物が絶品なんよ。そんなわけで、冒頭のひとこと。

これって、誰が焼いたの？

「料理長です。いつも厨房にこもりっきりだから知らないでしょうけど、焼き蒸し担当の料理人がいるんですよ」へ？ずっと通ってるけど握り職人とは別に料理人が居るなんて知らなかったよ、ぼくちん。これが伊勢鮨の秘密だったのね。って、ただそれだけの話なんだけどさ、行数が足りないのにと、あさりの赤だしなんぞすすりつつ伊勢正三のくだりは余分だったかにゃ。一人反省会。〈朝日新聞北海道版夕刊／二〇〇三年九月四日付〉

さらば、メロン泥棒

西野のくまさんを守る会。

なんて会はないんだけどさ、西野って、すごいよね。一応、大都市札幌の一角ってことで、わが家なんぞも徒歩一〇分圏内にドラッグストアもコンビニも居酒屋もあるんだけど、反対方向に五分ほど歩いたら、エゾリスやモモンガが暮らす森があって、先週なんてヒグマが出没したんだからさ。

そういえば、引っ越して来て最初の春。小さな庭があるのがうれしくて胡瓜や紫蘇やトマトの苗を植えたんよ。で、一番日当たりがいい一等地にメロンの苗を植えていたら、近所の奥さんが歩み寄ってきて、メロンなんか植えても無駄よ。キツネに持っていかれちゃうんだから。って忠告をしたのさ。

まだ、西野がワンダーランドだということを理解していなかったおいらは「それもまた風情がありますねぇ」などと愛想笑顔。心得顔。

キタキツネといえば、追懐《ついかい》するのが、サラ金会社が買う前の昔の二股ラヂウム温泉なり。

平均年齢七〇歳以上の従業員が洗濯物を干す足元で寝そべるキツネくん。

宿主の清水目トヨ子さんが放り投げる豆パンを口にくわえては巣穴に持ち帰る母ギツネの後ろ姿を湯上りに眺めているのが好きだったんだよなぁ。

懐かしいっす。

夕食前に「特別だよ」と言って、こっそり味見させてくれた揚げたてのコロッケの味が今でも忘れられないです。

さて、我が家のメロンさま。

野球のボールぐらいにしか成長してないんだけど、それでも、メロンはメロン。そろそろ熟してきたぞ。明日あたり収穫しよーっと。てへへ。っと収穫を楽しみにしていると、翌日の早朝。

犬たちが庭に向かって吠えているので、どーしたのさ、と、眠い目をこすりながら外を見ると、あらら。

キツネくんがメロンを口にくわえて、引っ張っているところでないの。

てめぇ、こんにゃろ。おれのささやかな幸せを返しやがれ〜と叫びながら外に出て、思わず笑ってしまったね。

だってそのメロン泥棒。軽やかにスキップをしながら逃げていくんだもん。

見間違えなんかじゃなくて、確かに、キツネくん。メロンをくわえたまま、ラッタッタとスキップをしながら山へと帰って行ったのでした。

わかったよ。くれてやるよ。

さよなら、おれのメロン。

〈朝日新聞北海道版夕刊／二〇〇三年九月一八日付〉

いざ、きのこ王国へ!!

何がきついって、風邪の真っ最中に肋骨を二本骨折するほど悲愴なことはないわけで、咳をする度に、うぐぐっ。

お大事にぃ、と言いながら、笑いをこらえていたナースの顔をぼんやりと思い出しつつ、もっと丈夫なからだにするべく食生活を改善せにゃいかんなぁと思ったのであります。秋だしね。

健康にはきのこがいいらしいね。

でも、ねばねばが苦手なので納豆もかきまぜずに食べる主義のおいらにとって、ねばねばしているきのこは宿敵。ってほどでもないんだけど、好まないのは、これ、つまり、本当に美味しいきのこに巡り合ってないからなのねん。

てなわけで、行ってきました。大滝村のきのこ王国へ。愛別とか和寒も、きのこで売り出しているけど、気軽に食せる昼飯屋がないんよね。

その点、大滝村はいいよ。一〇〇円のきのこ汁だけ注文して愛妻弁当を食しているおじさんがいるぐらい気軽なんだもん。それってあり？

きのこそば、きのこラーメン、きのこカレーと、いろいろある中から、きのこ丼を食べてみたんだけど、ふむむ。秋限定のらくよう汁(二〇〇円)の方が旨かったっす。にゃはは。テーブルが激しく傾いているのも素敵でした。

満腹で売店に移動すると、見たこともないような巨大なしめじとか、各種瓶詰などなどが売られていて、まさしくきのこワンダーランドの風情なり。

おいら、いっぱい買いまくったら、売店のおっちゃん。これサービスするわ。って、ヤナギマツタケという珍しいきのこを持たせてくれたのです。

「バターで炒めたらエリンギより、ずっと歯ごたえがあって美味しいよ。みりんと醤油を少々入れてさ。いいかー、言われた通りに作るんだぞー」ってことなので、その通りに作ってみたら、あらま、この食感。ビールのつまみに最高でないの。あまりの旨さに一度も箸を休めずにたいらげちゃったのです。

ヤナギマツタケ、最高♡。

ビバ、きのこ王国♡。

と叫んだ瞬間、咳が出て、肋骨に激痛が……♡。

うぐぐっ。つらいっす。

〈朝日新聞北海道版夕刊／二〇〇三年九月二五日付〉

ほおずき大作戦パート1

この秋、ブレークするかも♡。かもかも……。と、ちょっぴり弱気ながらも、ヒットを予感させる食材を発見したのです。

フルーツほおずき。

聞いたことないでしょ。

フルーツトマトを最初に食べた時もびっくりしたけど、フルーツほおずきの衝撃はそんなもんじゃないね。

形はホオズキそのまんまなんだけど、まず、香りと色が違うのさ。日本のホオズキは熟すと袋状のガクも実も赤く色づくけど、フルーツほおずきはガクが枯れ草色で、実が山吹色、つまり薄いだいだい色なんよ。香りは南国系ね。

ナス科の植物でビタミンAと鉄分が豊富ってことで、肝心の味はどうかというと、酸味があるマンゴーって感じかな。濃厚かつワイルド。甘ったるい果物には興味なし。フルーツは酸味が命♡というおいらの琴線に触れたなり。

さてと、おいら。この不思議な果物がなっている現場を見たいぞ、ってことで、行ってきたんよ。由仁町東三川にある雨野農園に。北海道では由仁町の三軒でしか作っていないわけで、雨野さんはそのうちの一軒なのです。

生産者の雨野暁子さん（三四歳／札幌から嫁いで六年）とビニールハウスに入ると、うひゃ。なってる、なってる。ハウスいっぱいになってるでないの。丈も大人の身長以上あって、鉢植えのホオズキとはスケールが違うのね。

収穫期は八月下旬から一一月ってことで、今がまさしく旬。なんだけど、栽培を始めて今年で九年目だというのに、栽培規模が小さいので、今まで目にすることがなかったのでありますな。

そこで、おいら、この新食材をわが家の近所の洋菓子屋のパティシエ、岩《いわ》義広《よしひろ》氏（三一歳。この道一二年。三越にも出店中）に紹介すると、というのは、このパティシエ。長沼の農家から直接仕入れたプッチーニでケーキを作ったり、薄力粉を一切使用しない、米粉だけのケーキを作ったりと研究熱心だし、センスもいいので、関心を示すと思ったら、案の定飛びついてくれて、フルーツほおずきを使った焼き菓子を作ってくれたのですよん。

その名も、ほおずき。三〇〇円也。

ケーキはシンプルで安いのが一番♡という岩氏のポリシーがストレートに反映されている一品なり。

では、と、試作品第一号をいただいてみると、おおっ♡。パイ生地なのに全然かさついてないんよ。むしろ、しっとり。米の粉の実力を思い知らされたぞよ。アーモンドクリームのほのかな甘さとフルーツほおずきの酸味が絶妙にマッチしていて、味も食感もなかなかいいんでないの。と、おほめしたところで、フルーツほおずき大作戦はパート2へ続くのココロなのだぁ。

〈朝日新聞北海道版夕刊／二〇〇三年一〇月九日付〉

ほおずき大作戦パート2

いやはや、大変、大変、大変ざんす。というのは前回、この秋、フルーツほおずきがブレークするかもしんないよ、と書いたところ、見事予言的中。右を向いても左を向いてもフルーツほおずき。きゃー、フルーツほおずきよ、わたしにもフルーツほおずきぃーと暴動寸前。生産者の雨野暁子さん（納屋を改造した新居で生活中）宅にはマスコミが殺到して……なんてことにはなっていないわけで、こんなにもインパクトがある味とトロピカルな香りと愛らしいルックスを兼ね備えているのに、しかも、道内で生産しているのは由仁町の農家三軒だけだというのに、フルーツほおずきくんは舘浦あざらし同様、世間的には全く知られていないままなのでありますよん。

これじゃいかん、おまえの実力はこんなもんじゃないはずさ。ってんで、おいら。パティシエの次は和食の料理人に託してみたのであります。

若くて、腕がよくて、デザートのセンスもいい和食の料理人ってことで、ホテルアーサー札幌の『和乃八窓庵《はっそうあん》』の遠山豊成料理長（四一歳、札幌出身、二年前に銀座の割烹から引き抜かれてきたのだ）に相談してみると、といっても遠山料理長とおいら。知り合いでなんでもなくて、こちらが客としてもなんでもなくて一方的に知っているだけの関係なんだけど、さすがだね。宅急便で送りつけると、すぐに関心を示してくれて、フルーツほおずきを使った和菓子を二種類も作ってくれたのでありますよん。

フルーツほおずきの酸味と白餡がほどよくマッチした道明寺《どうみょうじ》と、求肥飴で包んだ試作品で、どちらも感動的に旨かったなり。フルーツほおずきは和菓子とも合うことが証明されたのです。

食べてみたいなぁって人は八窓庵の月替わり昼会席（三五〇〇円）を注文してみてくださいな。栗のアイスクリームや道明寺も含む一〇種類の季節のデザートが食べ放題でっせ。

ちなみに、今月の『紅葉会席《もみじかいせき》』はどんな内容かというと、前菜から泣けるよ。茸《きのこ》の和え物と、どんぐりに見立てた鶉《うずら》の卵、柿に見立てたサーモン鮨、もみじの形の海老真薯《えびしんじょう》などなど。センスの良さにしびれまくりざんす。

ということで、ほおずき大作戦はとりあえず完結なり。次の大作戦で会おうぜ。バイビー♀。

〈朝日新聞北海道版夕刊／二〇〇三年一〇月一六日付〉

かに太郎、フォーエバー

びっくらこいた。

時折立ち寄るセイコーマートで甘酒やらなんやらを買って、いざ支払いという段、「七五九円です」と言われて、財布の中の小銭を数えると、あちゃー。七五八円しかないんよ。惜しいー。

「一円足りなかったっす」

と苦笑いしつつ一〇〇〇円札を出すと、「いいですよ。おまけします」だって。

つまり、おいら、コンビニで一円まけてもらったんよ。

これって、ありそうでないことだと思わない？

鈴木宗男某が拘置所から出る際に保釈金五〇〇〇万円を即日納付しようが、アメリカがイラク戦争に一六〇〇億ドル以上費やそうが、札幌市西区の一般市民はコンビニで一円まけてもらうだけでも感激するわけで、商売人、特に飲食業者はここいらへんの微妙な金銭感覚をなめちゃいかんぜよ、と思うのでありますよん。

たとえば、長万部の蟹飯。なんと、一〇〇〇円もするのだよ。

そりゃ、旨いよ。類似駅弁の中じゃ別格だよ。定番だし。でも、一〇〇〇円はないでしょ。八二〇円までは我慢したけど、一〇〇〇円は高すぎるなり。その点、白老町の『かに太郎』はいいよぉ。まず、たたずまいがいいんよ。

ご主人の山下敏男さん(六七歳)の性格そのままで、ひたすらもの静か。これ見よがしに幟を立てている悪趣味な店とは対照的。謙虚っつうか、肩に力が入っていないのねん。

で、問題のかに弁当の値段なんだけど、なんと、四〇〇〇円なんよ。四〇〇円だよ、四〇〇円。できたてのほっかほかで四〇〇円也。泣けます。

オーシャンビューの店内で食べると味噌汁つきで五〇〇円と、さらにお得なわけで、しかも味も旨いんだぁ。白飯が旨いと思ったら、米はコシヒカリだし、自家製の漬物もたまらなく旨いし、どこをとっても手を抜いてないのだよ。

聞くと、山下さん。昭和五一年に店主になったんだけど、気が弱いもんだから、それから二七年間一度も値上げしてないんですって。いやはや……。

さてと、おいら。浮いた小銭を持って、近所のブックオフをのぞいてみると、永井荷風の『濹東綺譚《ぼくとうきたん》』が一〇〇円だったので購入したなり。しあわせ。

かに弁当＋文庫本＝五〇〇円。これって、鈴木某の保釈金に換算すると、一〇万日分＝二七四年分だって。アホくさぁ。悪銭身につかずってか。

〈朝日新聞北海道版夕刊／二〇〇三年一〇月二三日付〉

いつも月夜に米の飯

見よやみん、いつも月夜に米柳。これ、つまり、白米を腹いっぱい食べられることや月灯りの有り難みを当たり前に感じちゃいかんよ。と戒める、もしくは斯様な幸福が末永く続くことを願った句なり。

一番好きな食べ物は何か。と問われたなら、迷うことなく白飯と答えるほどの米好きなんよ、おいら。炊き立ての飯の旨さがわからないやつは日本人じゃねぇと思うでしょ。

なのに、この国の政府ときたら、一方でさんざん減反しながら、アメリカ米を輸入したりして、ただでさえ低い自給率をさらに下げる愚策の継承。揚げ句、米不足。はびこる米泥棒。

アメリカにしっぽをふる小泉ポチ内閣、もしくは安倍、小池、福田といった改憲論者ばかりを入閣させた小泉戦争大好き内閣を信任する気なんかさらさらないけど、高速道路の無料化は絶対反対だし、おいら。どの党に投票すりゃいいの？　今すぐ農政を改めて、外圧に屈することなく自給率の向上に真剣に取り組む政党はないのかよー。と叫びつつ、米の話に戻るなりね。


道内には自分の水田で採れた米を客にふるまう半農半宿の温泉宿が二軒ほどあるんだけど、蘭越町の黄金《こがね》温泉もそれに近い感じの温泉なのだ。

この温泉。宿泊施設や食堂がないので、白飯を客にふるまうことはできないんだけど、自農場で収穫した『ほしのゆめ』を小売りしているんよ。

古米など一粒もまざっていない正真正銘の由緒正しい一〇〇%蘭越米の新米。しかも、低農薬&低除草薬ってことで、安心感が違うなり。

というのは黄金温泉。農家の林勝郎《はやしかつろう》さんが水稲用のハウスに利用したり、自宅の風呂で楽しもうと、あくまでも個人用に温泉を掘ったところ、炭酸たっぷりのいいお湯が大量に出たので、これは世間様にも開放せねばと手作りの湯小屋で始めた温泉なので、本業はあくまでも農家なのですね。


それでは、と、おいら。用事で留守にしている受付に一〇〇円玉を三枚そっと置いて蕎麦の煮汁色の湯に入ると、おおっ。炭酸の気泡がからだにまとわりつくでないの。いいねぇ。

源泉温度が掘削当初の四四度から、三七度に低下したため、内風呂だけは若干加熱しているものの、非循環の正しい温泉ってことで、こんなにぬるいのにじわーっと発汗してきたもんね。

蛇口やシャワーからも天然サイダーの源泉が出るのが魅力的なり。

ニセコアンヌプリと羊蹄山を同時に望める味噌汁色の混浴露天風呂もあるけど、これはぬる湯中のぬる湯。

あ、大事なことを忘れてた。

今年の営業は一〇月末まで、ってことは明日までなのねん。急ぐべし。

〈朝日新聞北海道版夕刊／二〇〇三年一〇月三〇日付〉

銀鱗荘のチーズケーキ

一葉落ちて秋を知る。柿もみじ、山懐を染めなせり。

柿といえば、別に信じてくれなくてもいいんだけど、わが家に出没するネズミくんは大変行儀がよろしいのです。

先日のこと。仏壇に上げていた柿が柔らかくなっていたので、おいら、庭に来る鳥さんにあげようっと。と、一晩玄関の靴箱の上に置いておいたら、あらら。ネズミくんが齧った形跡があるでないの。


鳥でもネズミでも別にいいや、ってんで、そのままにしておくと、毎日少しずつ小さくなっていくんよ。

数日後、残りわずかになったので、横に別の柿を置いてあげると、えらいね、ネズミくんは。食べかけの柿がなくなるまでは隣の柿に決して手をつけず、ヘタだけになって初めて、新しい柿を小さな口で食べていたなり。

ね。行儀がいいでしょ。

行儀よく柿をいただくといえば、料亭の秋会席の前菜。

柿に見立てた小さな料理が並ぶのが常で、何を柿に見立てるかが楽しみなのだよ。

たとえば、パークホテルのなだ万雅《ガー》殿《デン》はスープで煮たミニトマトに昆布のヘタだったし、先述したアーサーの八窓庵はミニサーモン鮨に昆布のヘタだったでしょ。

で、小樽の銀鱗荘。

カレーや洋食のコースも食べられるグリルでいただいた税込み五〇〇〇円の秋会席には空豆の玉味噌と練り海栗《うに》を合わせた海栗味噌につけこんだ鶉の卵に昆布のヘタをのせた柿が並んでいて、これが旨かったのなんのって。

鰊《にしん》ひとつとっても、特大の鰊を酒で洗って、下地に漬けて、陰干しして、一晩寝かせてから小骨を抜いて、それから照り焼きにするという丁寧な仕事ぶりだし、料理長の川上義孝氏（四三歳、銀鱗荘の料理長になって三年目）はかなりの職人気質とみたなりよ。

白飯も旨いね、こりゃ。と思ったら、なんと、蘭越産の『ほしのゆめ』だったりして。いやはや。銀鱗荘ほどの格で、蘭越米に目をつけるなんざ、さすがです。と、おほめすると料理長。

「自分はこだわり派ではありませんが、美味しいものを探していたら、自然と近くの食材になるんです」だってさ。

くぅーっ。いい言葉だなぁ。

「あと、フルーツほおずきで何品か作りました」と言われて、おいら。あぁ、そうだった。銀鱗荘は食後の水菓子も絶品なので、密かにはやらせようと企んでいるフルーツほおずきを送っていたんだ、と思い出した次第。

試食すると、シロップに漬けて、杏露酒をからめたほおずきを入れたベイクドチーズケーキも杏仁豆腐との組み合わせも酸味と甘味が絶妙で真実しみじみと美味でないの。揚げたゴボウを敷いて鳥の巣に見立てるなど、見た目にも料理人のセンスが光っているぞよ。

グラッチェ

川上料理長と水菓子担当の平野将透氏（二五歳）のセンスのよさと、微《び》に入り細《さい》に亙《わた》る仕事ぶりに拍手を送りつつ、ほおずき大作戦は今度こそ本当に完結するのでした。ぱちぱちぱちぱち—っ。

〈朝日新聞北海道版夕刊／二〇〇三年一一月七日付〉

銀婚湯の巨大穴岩風呂

恋に焦がれて鳴く蝉《せみ》よりも鳴かぬ蛍《ほたる》が身を焦がす

上品な明かりの代表選手が蛍だとしたら、下品で目障りな光の極みが車のヘッドライトだと思うのでありますよ。

机上のライトを被疑者の目に近づけて自白を強要する、なんて場面が昔の刑事ドラマで度々見受けられたように、過度な光は暴力そのものなわけで、光害なんて言葉もあるのに、全体なんなのさ。デイライト運動って。真っ昼間でもヘッドライトを点けて挑発的に走る輩が近ごろ散見されるなり。

これってＮＴＴが先駆けて、タクシー業界なんかが便乗しているんだけど、魂胆は見え見えだ。つまりは、こーいうことなんよ、たぶん。

自分は日中でもヘッドライトを点灯していて目立つのだからして、歩行者や対向車はそっちから避けるべし。もし事故っても、避けなかったそっちにも非があるもんね。

かつて日本も町中にクラクションが鳴り響いていたけど、今はクラクションなんて滅多に聞かなくなったでしょ。文化の成熟と共に暴力的なクラクションが聞かれなくなったように、威嚇的な昼点灯も非文化的な野蛮行為と心得て即刻やめてほしいものだよ。

慎ましやかさこそが日本人の美学とするなら、真っ先に思い浮かぶのが、銀婚湯のたたずまいと宿主の人柄だね。

おいらが発行する旅雑誌の読者アンケートで常に人気第一位。二泊目の夕食膳が旨いというクチコミが広がるほど連泊客が多く、次泊の予約をしてから帰る人も珍しくない人気の宿なり。

おいらも最近、立て続けに止宿したんだけど、なるほどね。女将の笑顔といい、借景を生かした眺望といい、季節を変えて再訪する常連客が多いのもうなずける佳宿なのでありますよん。

しかも、変わり続けているのだね。

毎年投宿すると、あらま。止まり木のように旅人を待ち続ける風情は変わらないのに、野天風呂ができたり、足湯ができたりと少しずつ変化しているのでありますよ。先だっても二〇トンの巨大な駒ヶ岳軟石をくりぬいた露天岩風呂を製作中だったりしてね。

散策路の吊り橋の手前、桂林の中に作っているので、命名『桂の湯』。巨木をくり貫いた脱衣場もいい感じです。

そして、ほら。長靴を履いて、巨大岩の周囲を走り回ったり、庭の掃除をしている小柄なおじさんがいるでしょ。そのおじさんこそが、この名宿の宿主、川口忠勝氏なのでありますよ。

宿は人なり。

この控えめな人柄がそのまま銀婚湯の魅力になっているわけで、明かりに喩えるなら燭台の燈火。無粋なヘッドライトとは対極の趣だなぁとしみじみ思うのであります。

〈朝日新聞北海道版夕刊／二〇〇三年一一月一三日付〉

五勝手屋羊羹をほおばって

なにゅーっ。看板ぐらい出しておけよなぁ。もおぉぉぉ。

と、怒った。叫んだ。五勝手屋羊羹を丸かじりした。

切葉扼腕《せっしやくわん》しつつ、おいら、「戻るっきゃないのねん」と一人旅ゆえ独り言。

まだ積雪にはほど遠い一〇月中旬に道南の道道が予告もなく通行止めだったことに余憤を漏らしつつ、マニュアルシフトの愛車をUターンさせたのさ。

乙部にいた。憤激するしばし前。

八雲から雲石峠《うんせきとうげ》を越えて熊石《くまいし》経由、乙部《おとべ》の元和台《げんなだい》あたりで、おいら、日本海を眺めていたのだよ。一人ぽつんと。

横を見ると、作業服姿の中年男性が一人、同じように海を見つめているでないの。水平線のあたりをじーっと。仏像のごとく身動きせずに。

トイレで用を足し、売店で乙部特産の百合根餡最中や隣町江差の銘菓、五勝手屋羊羹などを購入して外にでると、セニョール、寸分動いた気配もなく水平線を遠望したままでないの。まるで生と死を見つめているかのように。

おれはそんなもの見つめないぞと、急いで南下。厚沢部《あっさぶ》の鶉《うずら》から館町《たてまち》を抜けて津軽海峡に出ようとしたら、途中、看板の一枚もなかったのに原因不明の通行止めで冒頭の有り様なりよ。

来た道を戻りつつ、ふと見ると、町外れに平屋の温泉があるでないの。館《たて》温泉。昭和五九年一〇月オープンってことは来年開湯二〇周年なんだね。数少ない未入浴の温泉なので、ひとっ風呂浴びたいところだけど、なにせ時間がない。ってんで泣く泣くやり過ごした二週間後。リベンジの旅に出たおいらは再び館温泉の前に立っていた。

なのに建物に入って二秒で気鬱。色気も人情味もない自動販売機で入浴券を買う方式なんだもん。この手の公共温泉は九分九厘、源泉循環塩素殺菌式の『正しくない温泉』なので半分萎えつつも初訪の温泉に入ると、まず、脱衣場は合格。ロッカーなどない素朴さと清潔感が心憎い限り。館駐在所速報と書かれた貼り紙が五年前なのも呑気だ。

薄茶色の湯が湯舟からあふれているけど源泉は加熱&循環しているのねん。塩素も入れているのか。残念。成分総計は貧弱なれどメタ珪酸が豊富なので、つるつるしてよく温まるお湯でした。

ちなみに館地区。どん詰まりにあるのに結構開けている風情なり。九月末現在で五四七世帯、人口は一三九〇人。

小学校、中学校、郵便局にガソリンスタンド、ATMコーナー付きのAコープもあるし、一三五年前は館城という城もあったりしたのだね。完成後わずか六五日で維新軍に燃やされてしまったけど。ううむ。道南は深いっす。

そうそう、さっき勢いで丸かじりした五勝手屋羊羹だけど、これって、ちまちま食べるから美味しいのねん。

〈朝日新聞北海道版夕刊／二〇〇三年一一月二〇日付〉

魅力あるものにしよう

友よ
わたしが突拍子もない声を出しても
驚いてくれるな
きみが悲しんでゐるときに
わたしが楽しく歌ってもゆるしてくれ
きみが笑つてゐるときに
わたしが悲しんでゐるときも
あるのだから
共に自由に泣いたり、笑つたりしよう
そしてわたしたちの
将来の運命について考へてみよう
たがひに離れ離れに住んでゐても
寝床の中で
そのことをじつと考へてみよう、
明日は街角で逢はう
感想を述べ合はう
わたしは夜通し泣いてゐても
きみにはきつと笑顔を見せるだらう

旧日銀小樽支店の向かいにある文学館に立ち寄った折、といっても文学なんてものにはまるで疎いので、昔の本の装丁なんぞ眺めていたら、こんな詩が琴線に触れたのです。

小樽はいいね。

穏やかな海もあるし、粋な歴史もある。文筆業で食えるようになったら小樽で暮らしたいと本気で思う次第。

実はおいら、小樽で生まれたんよ。朝里川温泉で。四〇年前は赤い湯で、からだをちゃんと拭かずに下着を着たらシャツが赤く染まるほどだったのに、どうしちゃったんだろう、朝里川温泉。

湯脈への影響も考えずにダムを造り、湯が涸れたら沸かし湯を温泉と偽り、やっと無色透明の湯が出たら、湯量不足から循環して使い回し、挙句の果てに前代未聞のレジオネラ菌汚染だもん。

各宿が湯量に見合った浴場に造り直して、循環や濾過、塩素殺菌などという破壊行為をやめて温泉本来の姿に立ち返らないと駄目じゃん。と、生まれ故郷に切言を呈して、やっと本題ね。

四カ月ほど前のこと。小樽駅の近くに、すごいラーメン屋がオープンしたと伊勢鮨で聞いたので行ってみたのさ。

渡海家《とかいや》と書かれた暖簾をくぐると、ウナギの寝床みたいな店内はカウンターの一六席のみ。醤油らーめんを注文したんだけど、これがびっくりなんよ。滋賀の白醤油(しかも生醤油)を使っているので、見た目は塩ラーメン。なんだけど、食べると確かに醤油味。しかも八種類の魚介類をベースにしたスープは化学調味料やラードを不使用のあっさり味で旨いのなんのって。こんなラーメン生まれて初めてっす。

一番出汁で炊いた鰹めしと一緒に注文すると感動も二倍なりよ。

で、おいら。フランスで七年、イタリアで五年、修業をしてきた店主の古山岳夫氏(三三歳)を慕い、励ます男たちの姿を見ていたら、冒頭の詩を思い出したのです。

この詩、作者は忘れたけど、詩の題は覚えている。

魅力あるものにしよう。

〈朝日新聞北海道版夕刊/二〇〇三年一一月二七日付〉

北湯沢山荘ララバイ

おれの名前はネズミ殺しのアザー。もしくはアザッチ。

でも、ネズミは殺さない。

そうさ。偽善者と言われても結構。しばし前に「行儀がいい」などと褒めたネズミと今は戦っているのさ。だって増えちゃったんだもん。

靴をボロボロにする、柱を齧る、天井裏で運動会をするのはいいとしても(よくないか)、未明に騒がれたら眠れない。ってんで、おいら。超音波ネズミ駆除機や原始的なネズミ捕りを駆使しては毎晩ネズミと戦っているなりよ。

なんて近況報告はどーでもよかったんだ。それどころじゃないのだ。北湯沢温泉にある北湯沢山荘という愛すべき温泉宿が、一一月いっぱいで突然閉館しちゃった話をするのだった。

えーん。大ショックなり。

たとえば、数年前の夏の午後のこと。照りつける日差しの中、長流川の河畔にある露天風呂で湯浴みをしたくて、この宿に飛び込んだのに、呼べど叫べど返事がないのだよ。

ちょいと留守にしてるのかにゃ。と、湯銭を置きつつ受付の中をのぞくと、あらま。宿の人が二人、なんとも気持ち良さそうな面持ちで、昼寝をしているでないの。

こんな幸せそうな二人を起こしちゃいかんってんで、おいら、そーっと湯を借りた記憶があるのです。窓の外からは蝉たちのララバイ。風鈴の涼しい音色。そんな夏の午後。

という具合に、実にのんきな宿だ。内風呂も明るくて景色がいいし、食事も湯守の人柄もいいしってんで、心ある温泉ファンには大人気だったのに閉館に追い込まれた理由は明白。道路改修なり。

そもそも北湯沢温泉は道路事情に頼らない実にのどかな温泉地だった。

一九〇二年(明治三五年)に元祖梅吉温泉として開業した横山温泉（木造二階建て）がドーンとあって、神社があって、茶屋があって、温泉橋を渡ると北湯沢山荘があって……という具合に、全体的に木造二階建ての優しい町並みで、おいらは横山温泉の前の吊り橋を渡って、長流川で温泉たまごを作るのが好きだったんよ。

ところが、巨大ホテルが進出して、大型観光バスが走るようになると街は一変。大型車が走りやすいようにと道路が拡張され、横山温泉は立ち退き閉館。北湯沢山荘の閉館に続いて御宿竜松庵も近々立ち退く運命なり。

こうして、道路を改修する度に北湯沢温泉は駄目になってきたのさ。

道栄えて街滅ぶの典型だね。

「道が変わってから、確かに客足は減りましたよ。日に二、三人、来るだけなので商売になっていませんでした。あはは」だって。なんて素敵なんだろ。

最後にひとっ風呂入れなかったのが心残りなり。長流川から自然湧出する湯と開放的な風情の露天風呂が、おいら大好きだったからなぁ。

それにしても、小さな村の温泉という地下資源を目当てに巨大資本が進出してきて、社会整備という大義で小さな宿をつぶして……って、この構図、アメリカのイラク支配と似てない？ テロに屈しない。徹底報復するってブッシュは言うけど、アラブも同じ言い分だったら、一体どーなるんだろ。

米英には屈しない。テロ国家アメリカを支持する国も報復の対象だってさ。とりあえず、おいら。ネズミくんは絶対に殺さないって心に決めたなりよ。

〈朝日新聞北海道版夕刊／二〇〇三年一二月四日付〉

そっと鹿の谷《かのや》でセレナーデ

ふぅー。ため息をひとつ。

アンチテーゼをだまし取られたあとでは、もう、亀女の進撃から身を守る手立ては残されていないのだね。

こんな時に道警の捜査報償費流用裏金でもあればなぁ。と、嘆くなかれ。北海道の自営業者は来年から薔薇色なりよ。架空の領収書をジャンジャン書いて経費を水増ししてもオトガメナシと道警の芦刈本部長と高橋知事が天下に公言したもんね。ブラボー、はるみ。さすが、知事選の時は無所属だったのに、当選した途端あからさまに自民候補を応援しただけのことはあるねぇ。ん？なにゅ？それ以上はるみ批判を書いたら右翼に狙われるからやめた方がいいよん。ってかい。

そりゃ、こわいっす。ってんで、おいら、山奥の温泉宿に逃亡しますね。こんな時、役得なり。匿《かくま》ってくれる山宿がいっぱいあるからね。大雪山東山麓にある幌加温泉《ほろかおんせん》の鹿《か》の谷《や》とかさ。

って、新聞で発表しちゃったら追っ手にばれるじゃん。とセルフつっこみしつつも、おいら。幌加温泉の鹿の谷に身を潜めることにしたのです。

まずね、場所がいいんだ。坂道のどん詰まり。この、どん詰まりってのがいいよね。終着駅みたいで。普通の民家のようなたたずまいも安らぎを感じるしね。

その昔は宿に入ると、元捨て犬のチャコが出迎えてくれたんよ。そんな長閑さといい、宿主の梅澤田鶴江さんの人柄といい、おいら、一瞬にしてファンになったのです。

風呂が、また、いいんだ。

内風呂、露天風呂ともに混浴ってのも稀有だし、窓景は一級品。四本ある源泉はどれも地表から自然湧出していて適温なり。これって奇跡だよね。

「どーぞ使ってください」と湧いている大地の恵みが人間にとって適温なんよ。これを奇跡と呼ばずにどーするの。

ところが、ところが、世の中には大馬鹿がいるもので、ってのは帯広保健所のことなんだけどさ、この奇跡的な温泉に塩素を入れろと行政指導に来た、と梅澤さんが憤慨しているでないの。

くぅー。山宿に身を潜めるつもりだったけど、これは一大事。里に降りて闘わねば。ってんで、おいら帰ります。

梅澤さん、どうか達者でいてくださいね。アデュー、アデュー。

〈朝日新聞北海道版夕刊／二〇〇三年一二月一一日付〉

三方六《さんぽうろく》のしっぽと赤い金魚

ジーンとしちゃったよぉ。年の瀬に何げなく見たビデオが心の琴線に触れたなり。

運動靴と赤い金魚。

一九九七年のイラン映画なのです。

主人公のアリくんは九歳。頭も運動神経もいいんだけど、父さんが失業中なので家が貧しいのだね。だから、不注意でなくしてしまった妹の靴を買って欲しいとはとても言い出せず、仕方なく兄弟で一足の運動靴を交互に履くんだけど、これが見てられないんだ。

靴が一足しかないため、しなくていい苦労をするんだもん。

そこで、アリくん。三等の商品が日本製の赤い運動靴と知り、マラソン大会に出場して……という話なんだけど、映画としての素晴らしさ（BGMを徹底的に排した演出などなど）同様に感動したのが映画を通して認識したイランの文化なのさ。

たとえば、学校の校庭では縄跳びやカゴメカゴメをして遊んでいるし、家の庭には梅と桜。人々は内気で遠慮深くて、何よりも日本と同じなのは靴を脱いで家に入ることとなり。

イラクもそうだけど、この靴を脱ぐ上品な文化と、土足でズカズカ家に入る文化って遠慮の概念が根本的に違うと思うんよね。って、今年もイントロが長くなっちゃったけど、ここからが本題なり。

おいらの大好きなお菓子に三方六ってのがあるんだけど、セニョリータは知ってるかにゃ?

バウムクーヘンに白樺を思わせるチョコレートコーティングを施した柳月《りゅうげつ》の代表的銘菓なのですね。

この三方六を規格にカットする際に出る頭としっぽの部分が、音更町《おとふけちょう》の製造工場の売店で袋詰めして売り出されている、という情報を小耳に挟んだので、三方六ファンとしては一度は食わねば、というよりも、現代イラン人の慎ましやかさと同じ種類のそれをかつて日本人も大切にしていた時代、こうした袋詰めのカット品が御馳走だったことを記憶しているDNAが欲するらしく、おいら、大晦日の朝、十勝晴れの寒空の下、工場前に並んだのだよ。

そう、このしっぽ。隠れた人気商品なので、開店と同時に売り切れるのさ。

そうやって白い息を吐きながら並んで買った三方六のしっぽ。まず、その大きさに笑っちゃったね。直径が一六センチほどもあるんだもん。でかいぞ。

商品の三方六はこの円筒を八等分にしたものなのねん。

その大目玉が五、六枚。重さにすると約一キロ入って四〇〇円也。商品の三方六と比べたら五倍近い内容量で、一〇〇円安いのだからお得なのは間違いないし、商品にはない香ばしい香りも楽しめるんだけど、やっぱ、普通の三方六の方が好きかも……。

などと身も蓋もないことを思いつつビデオを止めたら、悪趣味な衣装をつけた演歌歌手が昔の流行歌を唄うテレビ画面に切り替わったなり。
これが世界中に配信している日本の国民的番組だと思うと哀しくなっちゃったよぉ。イランやイラクの今日に思いをはせつつ、我が国の年の瀬を憂いたり、酔いしれたり。〈朝日新聞北海道版夕刊／二〇〇四年一月八日付〉

シーズン・イン・ザ純米酒

酒のない国へ行きたい二日酔い、三日目には帰りたくなる。

なんてことを申しまして、酒のみってのはどーにも凝りないものですな。

諺でも「酒は天の美禄」とか「酒は憂いの玉箒《たまははき》」なんて具合に酒を称揚するのは少数で、多くは酒のみの失敗を戒めるものだったりします。

酒は古酒、女は年増。

ってのはどーなんざんしょ。女は年増に限るってのは全面的に賛成できるとしても、酒は古酒ってのは解せないなりよ。酒は新酒に限るよね。

お。そーいえば、ちょうど新酒の仕込みの季節だぞ。ってんで、おいら、久方ぶりに生まれたての原酒を飲みたくて、小樽の名酒『北の誉』の酒蔵、酒泉館に車を走らせたのでした。

米を蒸す白い湯気が歓迎してくれる中、まず目に入ったのは吹雪だというのに水を汲みに来た人たちの列なり。敷地内から滾々《こんこん》と湧き出ている奥沢の伏流水を汲みに来た人たちなのねん。

ワインは地元で収穫した葡萄が命なので、葡萄の善し悪しが品質を左右するけど、原料米を日本中から取り寄せてもいい日本酒は米の不作の影響はほとんど受けない分、水が要なのですな。

酒の命は水なり。

杉玉の下を通って館内に入ると、酒に関する文献を集めたライブラリーや酒造りの工程や歴史を勉強できる展示コーナーがあるんだけど、ここのエライところは団体ではなく一組の個人客でも説明付きで酒蔵を見学させてくれるところなのでありますよ。

北の誉の大吟醸は米を六五%削って、残り三五%の芯の部分しか使わないんです。なんて説明を酒蔵の中を歩きながら聞いていると無性に喉が渇いてくるわけで、最後の工程。醸された醪《もろみ》から絞られたばかりの原酒が入っている瓶をのぞくと、あらま。

透明じゃないんだ。白ワインのようにうっすら色が付いているのねん。

火入れする前の、つまり、酵母が活躍中の生酒を口にする機会なんてそうあるものではないので、杜氏の佐々木康夫さんに勧められるままいただいてみたら、ぐびっ。旨くて感激したよぉ。

ちなみに、純米酒の旬はまさしく今なんだけど、その中でも、一月に仕込んで二月中旬に出荷する純米吟醸酒が一番旨いってことであります。

知らなかったでしょ。

と、甘酒アイスを発見♡。

以前来た折は見かけなかったと思ったら案の定、昨秋から販売している新製品とのこと。北の誉の酒粕を使って、小樽の老舗アイスクリーム屋さん、美《み》園《その》が製造しているのねん。
蓋を開けると、アイスなのに甘酒の香りが強烈にするでないの。ブラボー。甘さも控えめで、後味さっぱりの実に上品なアイスなのです。
美園アイスクリーム本舗の三代目社長漆谷匡俊氏によると、甘酒アイスを開発したのは酒泉館での販売から遡ること一〇年前。発売当初は酒造法違反と脱税の疑いで国税局の査察が入ったんです。といった涙&笑いなしでは語れない逸話があるのも名品の証なりね。
とかく浮世は色と酒
旅先に色は要らぬと嘯き酒泉
〈朝日新聞北海道版夕刊／二〇〇四年一月二九日付〉

処《ところ》の神様ありがたがらず

松田教授の温泉本が売れているらしいね。

旧知の畏友としてはうれしくもあり、出版人としてはクールな出来事だったりするんだけど、おいらと犬猿説がある松田教授は実は心服の知音だったりするのです。

先だっても教授自慢の書庫をうろつき、温泉関連の古書たちの前で垂涎《すいぜん》を耐えていたら、大正七年刊行、当時一円、現在一万円也の旅行記を「持って行ってもいいよ」と、読み終わった週刊誌でも貸してくれるかのように、ポーンと貸してくれたのだよ。

松崎天民の『温泉巡禮記』。

これは面白いよ。今で言えば五木寛之かな。少なくとも司馬遼太郎や沢木耕太郎よりは面白いのだ。前文の一部を抜粋してみるね。

そこで私は土曜日曜の休日を利用して、花の盛りから新緑の二カ月餘《あまり》を温泉巡禮《じゅんれい》に送りました。いわば新聞記者的なお座なりの観察にならぬやう、新聞記者的の月並の文章にならぬやう、何處までも「私」と云ふ人間の良心に恥じない観察と判斷に依って、善惡、好惡其の他を有の儘《まま》に書く事にしました。時には大膽露骨の批判を加へるやうな事があっても、私は「嘘を書かぬ」事をこの書の第一義とします。

だって。くぅーっ。しびれるでしょ。

当代著名な小説家ではなく、無名の新聞記者による温泉記ってところが、かえって信用できるでないの。

天民先輩、おいらも正直な筆を身上に綴り続けるので見届けてくださいね。


そんなわけで、今回紹介する小金湯パークホテル（明治二六年開湯で、世襲で続いている由緒正しき老舗湯宿）についても、女将の中谷早友子さんに随分よくしてもらっているという裏事情は一切排して、ズバッと書いちゃうわけで、まず、お湯。

今でも自然湧出なんよ。

つまり、公共温泉のように、掘削しては地中深くから無理やり汲み上げているのではなくて、硫黄臭がする珪酸たっぷりの美肌の湯が地表から滾々と湧き出ているのです。

大地の恵み故、湯量や泉質は季節によって異なるわけで、今の時期は湧出量が減るかわりに濃い湯（もちろん塩素無混入だぜ）が楽しめるなり。

それなのに、サウナなんか作っちゃったので、かつて小金湯クアパークホテルとして素朴な風情で勝負していた折とは客層がすっかり変容したのにには心が痛むけど、それでもなおこの湯宿を愛する理由は家族風呂なのです。

窓から桂の霊木を望める二つの家族風呂の素晴らしいこと。夕食は部屋食なので、夫婦やカップルで泊まると、これほど過ごしやすい宿はない、というぐらいに落ち着くんだよなあ。

処の神様ありがたがらず。

宿周辺の環境もすっかり整備されて新発見の連続だし、冬場、無理に遠方まで足を延ばさなくとも、旅を楽しむ心さえあれば札幌市内でも十分に旅を満喫できると感じた次第。

〈朝日新聞北海道版夕刊／二〇〇四年二月五日付〉

北島秀樹さんに会いたい!!

唸ってしまったのだ。

そろそろ麻ほろのこってり赤味噌ラーメンでも食べたいなぁ、なんて思っていたから昼過ぎ頃かな。場所は明治四五年に旧北海道銀行本店として建てられた石造り建造物の一階にあるワインショップ、小樽バインの試飲コーナーでの出来事なり。

そもそも、おいら。ワインってものが、然程好きじゃないんよ。モスコミュールさえ飲めたら幸せ。というウオッカ党の単純男ゆえ、ワインについてのウンチクなんぞをキザに語りつつ、おねーちゃんの胸元を見ているくせに見ていないふりをしているムッツリ助平を見かけたら、うるせぇ、うるせぇ、んなことよりも道警の組織的公金横領の隠蔽問題について熱く語りやがれ、見るなら胸元じゃなくて堂々と尻を見ろよ♡見るなら尻だろう♡とサラリーマン金太郎のごとく叫びたくなるわけで、しかも、試飲とか試食は「旨い」と思ったら最後。「これ、ドーンと五本買っちゃうね」と気前よく散財してしまう己の性格を自覚しているゆえ『ワインの試飲コーナー』などという魔境には通常は近づかないように生きてきたんだけどさ、およよっ。

ヘンテコリンなラベルが目に入ったのです。で、気が付くと、「これ、ちょっと試飲させてもらおーかな」と愛想よく言っていたのさ。怖いでしょ。


北島秀樹作ケルナー。

というのがワインの名前なんよ。

生産者名がそのまま名前になったワインなんて初めて見たから驚いたねぇ。

二〇〇二年秋に収穫した葡萄を昨年五月に瓶詰めしたもので、味はケルナー、ミュラー、ツヴァイの三種類。価格は一八一〇円也。店員さんの説明によると、北島秀樹氏は余市町に住む葡萄作りの名人で、一九八六年から北緯四三度一四分というワイン用の葡萄を作っていたけど、今回初めてこんなラベルで出したんですよ、とのことなり。

ううむ。北島秀樹かぁ。一体どんな人なんだろ。会ってみたいなぁ。ってんで、実際に会いに行ってきたのだ。

「葡萄が花をつける六月下旬から七月下旬までの天候が収穫量を大きく左右するんです。昨年は日照に恵まれたので、七ヘクタールで七〇トン収穫しました。葡萄一キロでワイン一本なので七万本分出荷した計算です」

「でも、収穫量が多くても、九月前半に雨が降ると水を吸って糖度が低くなるので単価が安くなるんですよ。逆に九月前半に晴天が三日続くと糖度が一度上がるので二〇〇万円近く儲かります。それでも、養豚をやっていた時より給料は安いですねぇ」だって。

ぶっちゃけてるなぁ。

葡萄作りの名人は全然いばっていない、ごくごく普通の四八歳のおじさんなのでした。

その名人が飲ませたのは九〇年のケルナー辛口。熟成されたまろやかな味は機械でできることも手作業にこだわり続けている生産者ならではの誇りの味なのでした。

雪景色、余市は酔い地
酒石きらきら

〈朝日新聞北海道版夕刊／二〇〇四年二月一二日付〉

自由への航海《セール・オン》

こんな時世だから、自由について考えてみた。

銃を撃ちたくて自衛隊に入るのも自由だし、ネット上で他人の本をけなすのも自由だけど、組織を守るために真実を語れない警察官はとても不自由だ。

記者クラブがあるために官房長官を批判できないジャーナリズムは不自由極まりないし、マイクを向けられても自分の考えを語れない米兵たちは共産圏の国民以上に不自由に見えてしまう。

戦争反対という、ごくごく当たり前のことを自由に言いにくいこの風潮こそが戦争の毒なんだろうね。

船の上にいたのです。

場所は雷電海岸。弁慶の財宝が隠されているという伝説の洞窟を目指していたのです。

この洞窟、海からしか近寄れないので、我々探検隊は船での進入を試みていたのである。と書くと、壮大な冒険浪漫みたいだけど、なんのことはない。

前夜、泊まっていた宿の主人としこたま酒を飲んでいたら、あざらしさん、明日一緒に洞窟に行きましょうよ。おし、行こう。乾杯だぁ。ワハハハ。と、にわかに盛り上がってしまい、気が付くと翌朝、洋上タクシーのごとくやって来た船に飛び乗っただけのことなり。

弁慶の刀掛け岩。

と呼ばれている奇岩に海から近づくと、おおっ。確かに洞窟があるぞ。小型のプレジャーボートがやっと入れる程度の怪しげな洞窟が。

我々探検隊は勇猛果敢にその洞窟に突入したんだけど、あれだね。洞窟の中って、本当に真っ暗なのね。ヘッドライトや懐中電灯を総動員させても暗すぎて全然駄目。何も見えない。船があちこちにぶつからないように櫂を伸ばすのが精一杯で、徐々に狭くなっていく洞窟の奥に船を進めていくのは危険と判断、泣く泣く撤退したのでした。

その後、宿主の長木谷公昭氏がウエットスーツで潜ったんだけど、暗くて怖いよぉーと、こちらも断念。伝説は伝説のままなのでしたん。

以上が昨夏の出来事なんだけどさ、楽しかったなぁ。

その長木谷公昭氏から「宿房ながき家《や》は昨年末をもって閉館しました」という通知が届いたのです。唐突に。

ちょっと待ってよ。怪我をして、しばし休館していたのは知っていたけど、何もやめちゃうことはないだろぉ。

そもそも、この宿。廃業した雷電食堂を譲り受けて、一年がかりで自分で改築。平成一三年四月に開業したばかり。ってことは、まだ三年も経っていないわけでしょ。

目の前が日本海という環境も、一日二組限定という規模も、目の前で魚を炭火で焼いて出すこだわり料理も、内湯も露天風呂も貸しきりという贅沢さも、宿主夫婦の人柄もすべてが大好きだったのに、勝手にやめるなよぉと文句の電話をかけたら、ふむふむ。そーかぁ、そりゃあ仕方ないよね。って事情なんよ。ここには書けないけどさ。

誰がどんな仕事をするのも自由だ。苦労して温泉宿を始めたのも彼らの自由だし、やめるのもまた彼らの自由。

旅人にできることといったら、二人の新しい航海を気持ちよく見送ることぐらいしかないんだね。

セール・オン。笑顔で見送るぜ。

〈朝日新聞北海道版夕刊／二〇〇四年二月一九日付〉

焼き芋タワーでとほほのほ

本当に唐突に、流水を見たくなってしまったんよ。

だって、おいら、あざらしなんだもん。てなわけで、走行距離一一万キロのマニュアルセダンに、もうすぐ一五歳のアイヌ犬レミと新しい旅カバンを乗せて、ひたすらにオホーツク海を目指したのでありまする。

まず向かったのはガリンコ号で有名な、というよりもガリンコ号が有名な紋別市なんだけど、ブルーな気分なり。

というのは一六時発のガリンコ号しか切符を取れなかったので、戻ってきたら一七時でしょ。それから一三〇キロ離れた網走の宿まで走るのはちょいとキツイかもってんで、予定を変更して紋別に止宿しようと思い立ち、三軒ばかり電話をかけてみたら三軒とも応対最悪。余りにひどすぎるのさ。

しかも、一軒なんか、一二年前に取材で訪ねた時は「うちは真心のもてなしで……」とかなんとか語っていたのに客を見下した態度。嘘つきめ。

敬愛する和野内先生（『北海道の宿題』の著者ね）の言葉を借りるなら、「流氷が来るのも、流氷目当ての観光客が来るのも自然の恩恵に過ぎないのに、自分たちの努力で流氷や観光客が来ていると勘違いしてはいけない」のだよ。

二度と紋別には泊まらないもんね、べーっだ。と誓った事情があるゆえ、ブルーな気持ちで到着したんだけど、まずは腹ぺこですぅ。ってんで、一四年ぶりに立ち寄ったのが、正統派の洋食屋さん、レストランあんどう、なり。

ここはいいよぉ。レンガの壁とクラシックスタイルのコックさん。テーブルが五卓だけというキャパも程よいし、道産牛ステーキセット(二五〇〇円也)も紅茶も心底美味でした。

しかも、店を出る折、オーナーらしきシェフが見送りに出てくれて、心のこもった挨拶をしてくれたんよ。あぁ、この誠実さがそのまま味に出ているんだ。生真面目に二九年間変わらぬ味を作り続けてきて、こうして地元の人に愛されてきたのですね。

そう思ったら、紋別の印象がよくなっちゃったよぉ。

なんか悔しいなぁ。

さてと、いよいよ流氷観光だぜ。と、その前に、仲間たちに会わねば。ってんで、ガリンコステーション前に引っ越した、とっかりセンター（トッカリはアイノイタクであざらしのことね）を訪ねると、あれれ。あざらしを見るだけで二〇〇円もとるの？　しかも、プールは狭いし、水は汚いし、触れ合いもなくなったし、全然駄目じゃん。

これならおたる水族館のあざらしたちの方が幸せだろうね。そもそも……ってところで紙幅が尽きちゃったぜ。焼き芋の匂いが漂うオホーツクタワーに一二〇〇円も払う価値はないぜ…という話は来週のココロなのだぁ。

〈朝日新聞北海道版夕刊／二〇〇四年三月四日付〉

ガリンコ式ガリンコ号II

地雷を使用し続ける。と、アメリカ国務省が表明したら付和雷同。地雷全廃なんてのは夢物語だと陋劣《ろうれつ》な福田官房長官が与したなり。

アメリカ製の地雷で片足を失った子供たちや命懸けで地雷を撤去している人たちの前でも同じ言葉をヘラヘラ言えるのかね、このおっさん。

なんて時事談のイントロを書いている暇はないのだった。先週の続きをスタスタ始めなくてはね。

発作的に流氷を見たくなって、まずは紋別市へと走ったおいら。山から港へと引っ越した、とっかりセンターに立ち寄ったんだけど、真のあざらし好きにとっては心を痛めるだけの「がっかりセンター」に堕していたぜ。って

ところまでが先週の流れで、今週は新名所のオホーツクタワーに突入するところからなり。

海の中にニョッキリと建っているこのタワー。七〇億円以上費やした超大型プロジェクトのメイン建造物ってことだけど、結論から言うと全然駄目。

だって、タワーに入ったら、いきなり無愛想な男が焼き芋を売っているんだもの。知床などの観光地ではこういった輩を排除して久しいというのに、最新施設にこれはないんじゃないの？　いきなり悪印象。

受付で入館料一二〇〇円を払って、まず目に入ったのが売店と占いコンピューターだったりして。終わってるぞ。

かと思うと、このタワーが完成する

までのパネルコーナーとか、そんなもん市役所のロビーでやっとけよ゚とつっこみたくなるようなお粗末極まりない展示ばかりさ。おいおい、血税七〇億円で何を造っちまったんだい？

極めつけは三階の喫茶コーナーだね。三五〇円のココアを注文したら、カウンターの中に四人も従業員がいるのに、誰ひとり動く気配がなくて、客を歩かせる有り様なのさ。

芯まで冷えきった旅人は大量の冷たい生クリームで見事に冷えた、甘ったるいココアを泣く泣く飲んだのでした。

こんな様子じゃ、ガリンコ号も期待できないぜ。と思って乗ったら、流氷は相変わらず醇美《しゅんび》だったし、これが感動また感動の嵐だったのだよ。

せっかく北海道に住んでいるのに流氷を見たことないなんて絶対に損よ゚と、おねえ言葉で叫んだところで、ガリンコ号最高゚って話は次週、流氷旅完結編に続くのココロなのだぁ。

〈朝日新聞北海道版夕刊／二〇〇四年三月一一日付〉

流氷ブルーと揚げたて蒲鉾《かまぼこ》

流氷を見たくなったので紋別に行ってきたのですぅ。という話を先々週から徒然に綴っているんだけど、一体あざらしは紋別が好きなのか嫌いなのかはっきりしなさい。さぁさぁさぁ。みたいな圧力が北区篠路など各方面から寄せられていて、こう見えてもナイーブなおいらは神経性の腹痛なのだよ。

あのアメリカにさえも尊敬すべき面と侮蔑しかできない面があるように、完璧もしくは絶望的な都市や宗教なんてものは世界には存在しないわけで、紋別市だって同じこと。観光的に評価できる面もあれば問題点もあるのです。たとえば流氷砕氷船ガリンコ号Ⅱ。

吹雪模様の中、屋外に二〇分も並ばされたんよ。観光客に対するもてなしとしては史上最悪。おいらの前に並んでいたカップルなんか怒りまくっていたもんね。屋内に並んでもらうか、全席指定席にして端から並ばなくてもいいようにできるはずでしょ。

と怒ったのは最初だけ。沖に出て、一面真っ白の流氷帯に突入したら船内は感動&大興奮なり。従前のカップルも「ひろくん、流氷キレイ゚」「ミユリンの方がキレイだよ」「もぉ、ひろくんったらぁ」などとバカップル度全開だったもんね。

特に歓声が上がったのは雪をかぶった流氷が、ガリンコ号によって砕かれ、裏返る瞬間だね。だって、曇天なのに雪をかぶっていない流氷は鮮やかなブルーなんだもん。

水の分子構造は赤い光を吸収するので、不純物が少ないほど水や氷は青く見える。ってことだけど、それにしても流氷ブルーの無垢な美しさは格別なんだよなぁ。雪をかぶった流氷も美しいけど、雪の下に隠れている本当の流氷の色を目にしたらしびれちゃうよ。

見ると、団体ツアーのマダムたちが操舵室に入っていくでないの゚

いいないいな、おいらも入っちゃおうっと。と、乱入したにもかかわらず、親切な船長さん。厚さ六〇センチ程度

の流水だと連続して砕氷できるよ。とか、流氷の上のあざらしは今年は一度も見てないねぇ。とか、ガリンコ号は夏も遊漁船として活躍しているんだよ。紋別の真ガレイは絶品さぁ。なんて解説をしてくれて、いやな顔ひとつしないでパワフルなマダムたちと記念写真を撮ったりしているのだよ。ご立派。

　という具合に、船長サービスだけでも満足するのに心憎いでないの。一時間の航海を終えて船を下りると、スタッフ総出で出迎えてくれたりしてさ。やるねぇ、紋別。

　最後に創業七四年の出塚水産に寄って、注文してから揚げてくれる蒲鉾をはふはふほおばったところで、紋別とはお別れなり。

　旅人の満足度を左右するのは施設じゃなくて人なのだ。という死ぬほど当たり前なことを再確認した次第。

　野生のゴマフあざらしくんのように流氷に乗ることはできなかったけど、祖父や父が暮らしていた紋別にまた少し近づけた気がする流氷旅なのでした。

〈朝日新聞北海道版夕刊／二〇〇四年三月一八日付〉

然別湖の中心でなんか叫ぶ

イノセンス、観た？

　押井守監督の映画なんだけどさ、これは観といた方がいいよ。日本のアニメもついにここまで来たかぁ、政治は三流だけど、アニメは世界水準だぜ。ってうれしくなっちゃうからさ。

　感動ついでに、前作も見たんだけど、これがイノセンス以上にぶったまげちゃったりして。押井守がブレードランナーやマトリックスの世界観を模倣しているのかと思ったら、なんと、マトリックスの方がパクっていたのねん。

　最初の五分でソファから転げ落ちそうになっちゃったもんね。

　あと、最近、感動したのが、表紙に大きく書かれた非戦と反戦という明朝体の美しさに魅かれて手にした『SIGHT』（渋谷陽一編集）に載っていた高橋源一郎の文章なのだ。

　世界の中心で、なんか叫ぶ……というコラムなんだけど、イラク派兵を強行した小泉政権への怒りが、やがて、問題意識を共有できないメディアへの苛立ちやあきらめになる寸前で踏ん張っているよってところに共感したなり。

　そういえば、一四日付道内面のふるさと銀河線の検証記事もよかったなぁ。既成事実に迎合する風潮の危うさを戒めていてさ。古新聞から探し出してでも読む価値があるぜ。

　そして、最近最も感動したのが、凍結した然別湖の湖上に冬期間だけお目見えする氷上露天風呂に久々に入ってきたことなのだよ。って、やっとここから本題だったりして。

　イントロが長くて、毎度すまんね。

　然別湖の氷上露天風呂は超有名だから、みんな知っていると思うけどさ、氷で造られたアイスホテルにしろ、アイスバーにしろ、情報として知っているのと実際に体験するのとでは大違いさ。まして、氷上露天風呂のよさは自分で入ってみないとわからないぜ。ってんで、雪と氷でできた脱衣場でパパッとスッポンポンになって、さぶい〜。凍死するーっ〜と叫びながら湯舟に飛び込んだら、これが、本当にいい湯だったのです。

匂いというものが全くない氷の世界に、温泉成分の炭酸と鉄の匂いが湯気と一緒に漂っている〜ってだけでも魅惑的なのに、湯にひたりながら望む一面の銀世界と山々。

あぁ、幸せです、おいら。

こんなオバカな温泉を考えて実際に造ってしまったネイチャーセンターの人たちに感謝、感謝。

厳寒のイベントなのに甘酒のひとつも飲めないことに文句を言ったりもしません。そんなこと忘れさせてくれるだけの魅力があるからね。

よし。こうなったらなんか叫ぼう。

然別湖の中心で、なんか叫ぼう。

と思ったら、防寒着姿の旅行者がドカドカやってきたので、幸せな気分のまま、そーっと湯から出たのでした。

〈朝日新聞北海道版夕刊／二〇〇四年三月二五日付〉

福田温泉でイラクを思う

こまったよぉ。

今回は時事ネタとか寄り道一切抜きの直球ど真ん中で、旅の話にズバーンと突入したかったんだけど、この日本の一大事。旨いものを食べて、鄙びた温泉に入って、冷たいビールをグビッと飲んで、ぷはぁーっ、幸せ。みたいなコラムを書いてていいのかね。今こそ、日本が独立国家として戦争やテロをしているすべての指導者に対して、正しい戦争なんてねえんだよ、てめぇら、目をさましやがれ〜と意見すべき時ではないのかね、チミー。と、心の中の亀仙人と豚仙人が責めたてるんよ。こまったなり……。

でもね、だからこそ、あえて、素敵な温泉を紹介したいのです。小泉もブッシュもシーア派もイスラム過激派もNGOも、みんなまとめて、ぬるめの温泉にのんびり浸かったら、トゲトゲした心も丸くなると思うんだけど、こんな考えは不謹慎かな、マドモアゼル。

たとえば、道北にある混浴の共同浴場、福田温泉なんてどうだろう。

河岸にぽつんと一軒建つ手作りの湯小屋。ほどよい大きさの湯舟。ぬるめの湯。目の前を蛇行する川が流れ、対岸の風景は四季折々に表情を変える。

ってだけでも、ぐっとくるけど、この温泉の何よりの魅力は人なのさ。

毎週水曜日に集まっては丁寧に清掃をする人たち。灯油代や電気代をカンパしながら毎日のように通う常連さんたち。そして、湯守の福田先生。

こんな温泉につかりながら外交交渉をしたら、たいていの問題は平和的に解決すると思うんだけどなぁ。

それにしても近ごろのおいら。七〇代の兄姉とやたらと縁があるのです。たとえば、最近一番多く電話がかかってくるのは七一歳の和野内先生（『北海道の宿題』の著者ね）だし、旅先で再会を祝して喜び合うのも皆七〇代。

福田温泉の福田先生も昭和二年生まれの七七歳だしね。


計算ミスじゃなくて、福田先生。最初の教え子が七四歳なんですと。

「戦時中だったから、一五歳で教壇に立ったのさ。その頃の教え子が今でも訪ねてくれるからさ、管理職になんかならないで、ずっと現場で担任を持っていればよかったなぁって、今になって悔やむねぇ。本当の財産は金よりも人だからね。あ、犬、また一匹増えて、七匹になったのわかった?」

なんて話を聴きつつ、笑いつつ、ふと見ると、ちゃぶ台の上にノートパソコンがあるでないの。

なんと福田先生、七〇歳でパソコンを始めたんだって。この冬も自分でブルドーザーを運転して除雪していたし、パワフルだなぁ。

話は面白いし、今でも地元の人たちから「福田先生」と呼ばれて慕われているのも、うなずけるのです。

同じ福田でもブッシュの顔色ばかり気にしている冷血官房長官とはえらい違いさ。福田康夫温泉なんてのがあっても、人情味は期待できないだろうね。

あ、例によって、温泉の場所は秘密です。外交機密、じゃなくて、福田先生との男の約束なのさ。ごめんよ。

〈朝日新聞北海道版夕刊／二〇〇四年四月一五日付〉

ぎおん通りで酔って候《そうろう》

よっ。ひさしぶりだね、マドモアゼル。連休は楽しんだかい? そりゃよかった。

さてと、無駄話は一切やめて、旅話だけ書きまくるから、ついてきてねん。

道南へ車を走らせたのです。

桜の下でこの国の未来を案ずるために。ってのはもちろん口実で、旨い塩ラーメンをすすって、温泉を梯子湯しまくって、炉端焼きの居酒屋で冷たいビールをぐびっと飲んで、ぷはーっ、幸せ。となりたかっただけなのです。

それにしても、函館って、観光地なのに、ぼったくらないのがいいよね。

駐車場は一時間二〇〇円だし、ラーメンは五〇〇円、うに&いくら丼だって一五〇〇円だもんね。一泊二食六五〇〇円の宿もあるし、ブラボーなり。

で、おいら。気分がいいから、みやげでも買おうっと。と、柄にもなく、明治館あたりをうろちょろしていたら、「本日最後のクラシックオルゴールコンサートが始まりまーす。紅茶とケーキ付きで八四〇円でーす」という呼び込みが聞こえてきたのだよ。

急ぐ旅でもないし、ってんで、マンゴーティーなんぞ飲みながら、オルゴールたちが奏でるメロディーにうっとりしたわけで、それはそれで、ブリリアントな午後三時って感じでよかったんだけど、違うぞ。何かが違うぞよ。

なんて違和感は湯の川でひとっ風呂浴びてから、ぎおん通りにある居酒屋、山吹の暖簾をくぐったら、どこかに吹き飛んでしまったよ。

炭火の上で焼かれている巨大な魚や

貝たち。東北や道内各地の地酒。夫婦で切り盛りするのにほどよい広さの店内にあふれている常連や旅人たちの笑い声。勝手に住みついている猫。そして、店主の大久保隆氏の変わらぬ顔と変わらぬジョーク。

やっぱ、函館はこうでなくっちゃね。さて、この店。一品でる度に唄のサービスが付く、というか嫌でも唄が付いてくるんだけど、これが絶品なんよ。

本当はガットギターの弾き語りで、いなかっぺいを歌わせたら最高なのに、ここのところギターを弾かなくなったのが、ちと寂しいかも。なんてのは古くからの客のわがままかな。

この店に惚れた客の中には「あまり紹介しないでよ」と言う人もいるけど、店主は新規のお客さん大歓迎なのだ。

「若い時、仕事で全国の港町を旅した時、どの土地の店でも親切にしてもらって、それがうれしかったんだよねぇ。だから、自分の店でも初めて来てくれたお客さんをできるだけ温かく迎えたいと思っているのさ」と目をキラキラ。いいねぇ。男でごんす。

ちよ子さんが作るホッケのすり身汁も旨いし、南極観測隊が持ち帰った南極の氷で飲んだ焼酎も気泡がピチピチはじけて浪漫の味がしたし、うぃーっ。今宵も酔って候でござる。

〈朝日新聞北海道版夕刊／二〇〇四年五月六日付〉

青塚食堂で忘れな草

早合点の早忘れ。

とはよく言ったもので、人間、深く考察したことは簡単に忘れないのに、受験勉強のごとく、ろくに考えもせず暗記したことはさっさと忘れてしまうものなのねん。

記憶力よりも思考力が忘却を少なくするってことなり。

たとえば、この米英とイラクの戦争に際して、小泉総理や福田官房長官が言ったこと、したこと。

戦争ボケして、既成事実の追従しかできなくなった紳士淑女は「早合点の早忘れ」しているんだろーけどさ、おいらは絶対に忘れないもんね。

って……、ん。無駄話は短くして、さっさと本題の旅話に入るって、先週宣言したんだった。うきゅー。早忘れ寸前。書き忘れていた旅の話をするね。

時にあざらしくん。三つ星レストランなんぞ食べ飽きたグルメ王をうならせる逸品を食べさせてくれたまえ。

と、細川俊之みたいな低音で言われたなら、おいら。おたる水族館の下にある青塚食堂に連れて行って、すり身揚げ(一個三〇〇円)を食べさせるなり。

もちろん、ビールも一緒に注文してね。

なんだい。そんな田舎料理かい。って思ったでしょ。まだまだ青いね。あつあつのすり身揚げを生姜醤油につけてハフハフ食べては冷たいビールをぐびっと流し込んで、ぷはーっ。の旨さがわからないようじゃ三流ってものだ。

そもそも、この青塚食堂。

一見、観光地にありがちな「おばちゃんたちの元気だけが自慢の大衆食堂」

みたいに見えるけど、自前の網を持っているので魚の新鮮さと安さは天下一品。伊勢鮨の小伊勢さん親子をはじめ、食の職人さんたちも認める隠れた名店なのでありますよん。

軒先で焼いていたニシンが丸々太っていて旨そうだったので、鰊焼き定食（一〇〇〇円也）を注文すると、鰊はもちろん、自家製のイカの塩辛やベビーホタテの味噌汁の旨いこと。いつ来ても満席なのも、うなずけるなぁ。

というわけで、いつか紹介しようと思って忘れていた青塚食堂のことを書いたら、ほっとしたよ。

あと、書き忘れていることはなかったかな、と再思三考したら、あったよ、ありましたよ。今さらかもしれないけどさ、あのことについてどーしても書きたいのだよ。

高遠さんの真心について。

今までそうだったようにこの先もイラク人が日本人を殺めることがないとしたら、それは小泉純一郎や川口順子のおかげなんかじゃなくて、高遠さんの行動と「それでもイラクを嫌いにならないで」と言う言葉がイラクの人々の心に届いたからだと思うんよ。

つまり、撤退しなかった自衛隊でさえも、高遠さんの言葉で守られているってことだよね。

勇気ある愛国者である高遠さんを非難するなんざ言語道断。爆笑問題の太田光もラジオで開陳してたけど、小泉総理は彼女にお礼を言うべきだよ。

戦争ぼけした首相に一句。

忘れな草わかものの墓標ばかりなり

〈朝日新聞北海道版夕刊／二〇〇四年五月一三日付〉

ふるさと銀河線でGO!!

ありゃりゃりゃん。

高島駅はいつのまにか無人駅になっていたのです。

そりゃ、そーかぁ。おいらが、ふるさと銀河線の旅をしてから、もう一五年も経っているのだった。一五年もあれば、体重はどんどん増えるし、駅だって無人になるってものさ。

ちなみに、ふるさと銀河線は三三駅中、駅長さんがいるのは七駅だけ。残り二六駅は無人駅だ。平成元年の開業時は高島駅も有人駅だったけど、信号システムが自動制御化されたとかなんとかで随分前に無人化された模様なり。

今回は池田駅から数えて三駅目の高島駅に車を駐めて、一五年ぶりに銀河線の旅をしたよって話であります。

目指すは一五駅先の陸別駅ね。

所要時間は一時間半弱で、運賃は片道一七四〇円也。といっても無人駅なので、切符を買うこともなく待っていると、一両編成のかわいい列車が元気に滑りこんできた。

ドア開閉ボタンを押して乗り込むと、車内にコーラの自販機があったりして。見ると、四五人分の座席に対して乗客は五人かぁ。旅人的にはのんびりしていいけど、経営的には厳しそうなりね。

それにしてもキレイな車内だなぁと思ったら、広告が全くないからだった。

北海道と北見医師会の二枚だけ。いかんね。もっと広告収入を増やさないと。

たとえば、一カ月五〇〇〇円で個人広告を全国から募ったらどうだろう。一車両一〇枚×一〇車両で年間六〇〇万円の収益が可能だぞ。

目先の損得だけであきらめずに、映画や漫画の舞台として働きかけるとか、やれることはまだあるでしょ。なんてつぶやいているうちに陸別駅に到着〜。

立派になった陸別駅にぶったまげつつ降りると、目当ての秦正己《はたまさみ》食堂まで新しくなっていたので、二度びっくり。

若干戸惑いつつ、ピッカピカの店内に入って厨房をのぞくと、あ。三角眉毛を発見◎。七二歳になった秦正己さんはまだ現役だったのです。ほっ。

二年前に建て直してからは三代目に当たる息子の秀二氏（三七歳独身、嫁さん募集中）が半世紀以上続いている暖簾を守っているとのことなり。

では、と、かしわ蕎麦八五〇円也を食べたら、旨いのなんのって。蕎麦粉一〇〇％なのにつるっつるの麺は噛む度に蕎麦の味が口の中に広がるし、広尾産の昆布を使ったつゆは飲み干せるほど上品だし、くぅーっ。札幌の有名店よりも遥かに旨いでないの。

汽車に乗って、はるばる食べに行くだけの価値がある味なのだよ。

ふるさと銀河線の魅力については来週もまた書くとするよ。バイビー。

〈朝日新聞北海道版夕刊／二〇〇四年五月二〇日付〉

神様のおにぎり

まったくもって不思議な旅でした。

ふるさと銀河線の取材をするために道東のとても小さな町に行った時のことです。

高島駅という無人駅にはほかに誰もいませんでした。

一〇時八分発北見行きに飛び乗り、長椅子に腰を下ろすと、息を切らして飛び乗ってきた人がいます。

見ると、体長二メートルはあるヒグマが二頭、整理券を取り、ぼくの向かいの長椅子に並んで座ったのです。

ぶったまげました。

でも、一〇人ほどいる乗客は誰ひとりとして顔色ひとつ変えず、列車は何事もないかのように走り始めたのです。

じろじろ見るのは失礼だと思い、車窓に目をやると、ガタンゴトンという列車ならではの心地よいリズムにまじってクマさんの会話が聞こえてきます。

「やっぱり列車はいいわ。風情があるもの」とか「降りる前に散らばった毛を拾わないとね」とか。

へぇーっ。クマさんって、そうなんだ。何がそうなんだか、ひとり感心していると、本別駅で鉄道マニアが二人、カメラ片手に乗り込んで来ました。

そして、彼らはクマさんに気づくと無言でシャッターを押し始めたのです。

なんて失礼な。ぼくは頭の中でそう叫んだし、実際こわい顔をしていただろうけど、当のクマさんたちは怒ることもなく黙ったままです。人間に迷惑をかけられて辛抱することにはもう慣れっこさ。というような涼しい顔です。

本別では待ち合いの停車時間があっ

たので、運転士の谷口さんがクマさん夫婦に挨拶にきました。

「こんにちは。またいつもの駅までですか?」

「はい。こう見えても新婚なので……」

そう言うと男のクマさんは恥ずかしそうにうつむきました。

その仕草がとても滑稽なので思わず噴き出すと、女のクマさんがぼくの顔を見て笑います。制服姿の谷口さんもつられて笑ってしまいました。

やがて列車が足寄に着くとクマさんたちはそそくさと立ち上がり、椅子や床に散らばった毛を集め始めます。

どうやら、足寄の次の愛冠駅《あいかっぷえき》で降りるようです。

気が付くと、ぼくも愛冠駅で降りていました。予定を変更して困る旅じゃないし、それよりも何よりもクマさんたちの行動に興味津々だったからです。

ヘンテコな形の駅舎を抜けると愛冠という地名にちなんで『愛の泉』と呼ばれる水が湧いています。クマさんたちはこの水をとても幸せそうに飲み始めました。そして、バスケットからおにぎりを出して食べ始めたのです。


「一緒にいかがですか?」

「えっ。いいんですか」

思いもしない誘いの言葉にドキドキしつつもランチの仲間入りをさせてもらいました。

とても大きなおにぎりをほおばりながら、ぼくはどうしても聞きたかったことを思い切って質問してみたのです。

「クマの神様って、どんな神様なんでしょうか?」

すると、男のクマさんはとても困った顔をしました。

「実はわたしがカムイなんです」

そう言うとクマさんは照れ臭そうに頭をかくのでした。

そうか、長生きしているヒグマは皆、山奥の神様《キムンカムイ》なんだ。

「お恥かしいことで……」

そのもじもじしている姿がおかしくて、女のクマさんが笑います。ぼくも笑いました。

神様のおにぎりは塩をまぶしただけの素朴なおにぎりでした。


今回の『あざらし日和の旅かばん』は最終回スペシャルということで、小説もどきでした。

もちろんフィクションです。実際にクマさんに遭遇する心配はないので、経済論を陳ずる前にまずは銀河線に乗ってみて。きっと好きになるからさ。

〈朝日新聞北海道版夕刊/二〇〇四年五月二十七日付〉

動物大好きの谷口運転士と銀河線の車両(陸別駅のホームにて)

タオルの思い出

新連載☆才1話

拙宅の脱衣場に山積みされているタオルを手にとっては取材手帳を開くなどの事実確認はあえてしないで、あやふやな記憶のままで湯宿の思い出を綴っちゃおうというゆるーい新企画の始まりであるからして、ゆるーく読んでね。

一枚目のタオルは**かんの温泉**。ほら、**かんの温泉**って書いてあるでしょ。**かんの温泉**は**かんの温泉**であって、**菅野温泉**でも、**ホテルかんの**でもないのだよ。ましてや**七福の湯**だなんてとんでもない。悪趣味にもほどがあるってものだ。

このタオルを手に入れたのは、おそらく一九年前の冬、湯治棟に連泊した時だと思う。バイク雑誌の取材で、然別峡《しかりべつきょう》に点在する野湯の中でも「冬しか入ることができない」秘密の風呂に入った時のことだ。冬にしか入れない理由は単純で、その野湯は然別峡の野天風呂の中で唯一森の中にあるから。源泉温度が高いのに近くに川がないとなると熱くて入れない。なので、雪を投入して適温化できる積雪期限定というわけなり。

ひとり用サイズの小さな木の湯舟なんだけど、気持ちよかったなぁ。露天風呂にとって一番大切なことは湯桶の大きさではなくて、湯に浸かった時に見える景色の大きさなんだ、ということを教えられた忘れられない一湯なのです。

あの頃はまだ**かんの温泉**の人と親しくなかったけど、その後、二代目のYさんと知り合い意気投合。宿の将来を相談される間柄になった。でも、ある理由でYさんが去り、経営者が交替してからの醜悪さ（宴会場を大きくしたり、湯銭を一〇〇〇円にしたり、一部混浴をやめたり）はひどいもので、あんなに好きだった**かんの温泉**に泊まることは二度となくなった。なので、今後どうなろうと本当に興味がないんだ。悪しからず。

二枚目のタオルは**東大雪荘**だ。新しくなってすぐに泊まって

思い出す人☆舘浦あざらし

いるから一八年ぐらい前のタオルだと思う。やっとの思いで到着した旅人に、遠いところをようこそ、と頭を下げるかわりに「追加料理を選んでください」と言う支配人がいる宿だったので二度と泊まるまいと思っていたらその支配人が逮捕された。ざまーみろだ。口を開けば金の話しかしない小さな男だったぜ。

同じ駄目でも廃墟と見間違えるほど粗末な建物の時の方が味わいがあった。実際、すぐ隣に廃墟があった時の話だけどね。まず、ドアを開けると、狭い玄関いっぱいに巨大なセントバーナードの老犬が横たわっていた。安眠しているところを起こすのも可哀想なので、外で(雪の上で)長靴を脱いで、セントバーナードの上をジャンプして宿に入ったのを覚えている。犬の背中をジャンプして宿に入ったのは人生でこの一度だけだ😁。

この数年前に止宿した椎名誠アニキがけちょんけちょんにけなした通り、見事に冷えきった料理を出したら従業員がさっささと帰ってしまうなど宿としては最悪だったけど、どこか憎めない空気が漂っていた。ちなみに、この時の支配人はセントバーナードの老犬と一緒に別の湯宿に移り、今も支配人をしている。

三枚目のタオルは西野にある温泉銭湯**笑福の湯**。

源泉一〇〇%とか天然温泉と謳っている温泉はすべからくダメなように、ここも塩素臭いんだけど、銭湯としては一級品なのでオープン当初は毎日のように通っていたのだ。で、回数券を買うともれなく付いてきたのがこのタオルなんだ。この銭湯、何しろ熱いんよ。札幌市内の銭湯では文句なしで一番の熱さだ。全身入れ墨の兄さんと我慢比べをするというスリルもたまらなかった。しかも週末は早朝六時前に開店ってのがいいでしょ。

ここの経営者(お好み焼き屋の社長でもある)とは**朝日温泉**で出会ったことがあって……というところで紙幅が尽きたなりぃ。

タオルの思い出

意外と好評!?☆オ2話

拙宅に山積みしてあるタオルを手にとっては、あやふやな記憶のままでゆる〜く思い出を綴る企画の二回目でありまする。

まず手に取ったのは**天人峡温泉**の**天人閣**のタオル。経営者が替わり、従業員もすべて知らぬ顔になって、ほんの一〇年前のことさえ知る人がいなくなっても老舗の看板はそのままの宿ね。

ここのタオルは歯ブラシと一緒にB5版の美しい紙袋に入って部屋に置いてあったので、使うのがもったいなくてそのまま持ち帰ったんだけど、撮影用に封を開けたら、ペラッペラの安いタオルでした。タオルでわかる宿の格、ってね。でも、デフォルメされた天女を配したデザインは秀逸。色合いもいいぞ。

で、思い出。昔の**天人閣**は芸能人がプライベートで訪れる宿として有名だったのだ。明石家さんまが弟子たちを連れて泊まったこともあるし、その関係で吉本の芸人も多数止宿している。んだけど、おいらが遭遇したのは超大物ミュージシャンなんよ。

ある日の夕暮れ時、ふらりと**天人閣**に立ち寄ると、宿の前にはハーレーを始め、排気量のでかい二輪車がずらりと並んでいるでないの。当時、**天人閣**には支配人が二人いたので、親しい方の営業支配人に口外厳禁ということで事情を訊くと「矢沢永吉さんがお仲間といらっしゃっているのです」だって。

え、え、永ちゃん♡　ホンモノの永ちゃん♡

何度もライブに行っているほど（取材の車中、いかに永ちゃんが才能あるかを聞かされた温泉モデルも少なくない😄）矢沢永吉ファンのおいらは即座に予定を変更して、**天人閣**に一泊したことは言うまでもない。今改めて思うと、夕刻の飛び込みにサッと対応してくれたのねん。天麩羅も揚げたてで旨かったし、年配の仲居さんも親切だったし、昔の**天人閣**っていい宿だったんだぁ。なんだけど、今のおれには永ちゃんしか見えないぜ。

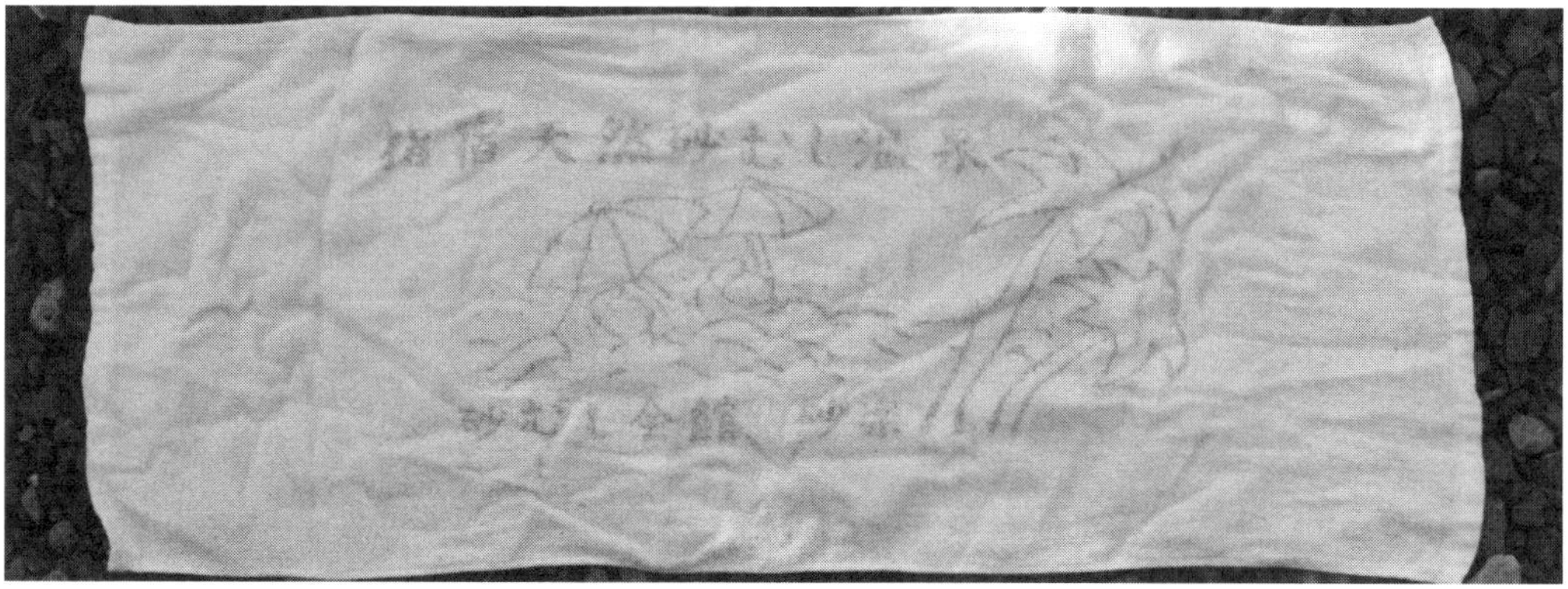

思い出す人☆舘浦あざらし

まだ見てないけど。てなわけで、部屋でのんびりビールを飲むこともなく、大浴場に行く途中にあるストリップ劇場をのぞくこともなく（当時は売店とゲームセンターとストリップ劇場が普通に並んでいた。今思うとすごいぞ）、七時頃には大浴場にいたのだ。風呂はここ一ヵ所だけなので、ここにずーっといたら必ず永ちゃんに会えるはず、と踏んだからなのでありますよ。

八時になり、九時になったけど全然あせらないもんね。もとより長丁場は覚悟の上さ。話しかける言葉も決めていた。

「みんなは矢沢さんの生きざまが格好いいとか、発言のひとつひとつがいかしてると言うでしょうが、おれは矢沢さんの作るメロディが好きです。作曲家としての才能が最高に格好いいと思います。」ずーっと前から決めていた言葉なのだ。

一〇時が過ぎ、一一時を回り、完全にのぼせちゃったけど、おれはあきらめなかった。だってホンモノの永ちゃんだもん。

こんな時、当時の**天人閣**の脱衣場は素晴らしかったね。広いのよ。畳の小上がりがあるのよ。将棋盤なんかもあって、裸のおっちゃんたちが将棋をさしたり、くつろいだりしてるのよ。のぼせて死んでるのも全然ありなのよ。素晴らしいでしょ。

結局、三時だったかな。あきらめたのは。大浴場に八時間もいたことないでしょ。おいらも初めて。ここいらで限界。予定変更したから明日は朝早くから走らないとだめだしさ。さよなら、永ちゃん。根性なしのファンでごめんなさい。

翌朝、朝食を食べる間もなくチェックアウトする時、支配人氏にことの顛末を話すと、「矢沢さん、部屋でずっと盛り上がっていて、温泉に入らなかったようですよ」だって。しかも、「朝早くに立たれましたよ」だって。永ちゃんのバカー。って、**天人閣**の思い出だけで紙幅が尽きちゃった。次号に続くなりぃ。

タオルの思い出

☆才3話

拙宅に散乱しているタオルを手にとっては、あえて何も調べずに、あやふやな記憶だけで綴る企画の三回目なのです。

まず手に取ったのは、前々号で**天人閣**での永ちゃんの思い出を語り過ぎたために写真を載せたにもかかわらず一行も触れられなかった**砂むし会館**のタオルなり。北海道民は**砂むし会館**と聞くと、砂の中から虫が出てくる恐怖の砂虫会館を連想するかもしれないけど(しないか)、鹿児島の**指宿**《いぶすき》にある砂蒸し温泉の本家が**砂むし会館**なのだよ。顔だけ出して体中砂に埋められるやつね。一度は体験してみたいと憧れるでしょ。

おいらも、せっかく鹿児島まで来てるのだからと立ち寄ってみたのです。すると、フロントで専用の浴衣を手渡されて、「下着は付けずに全裸のままで浴衣を着て海の方に歩いて行ってね」みたいな案内をされたのです。言われた通り、脱衣場で一度全裸になってから浴衣を着て、海岸に出るドアから外に出ると、おおっ。結構な潮風が吹いているでないの。もうちょっとで浴衣がペロッとめくれてしまうところだったぞ。危ない、危ない。と思いながら、階段を降りて、埋められる場所に向かって砂浜を歩いて行くと、またまた潮風が吹いてきて、おいらの少し前を歩いている女子《ガール》ふたり組の浴衣の裾をふわーっと持ち上げたのだよ。ふわーっと持ち上げたんだけど、いかんせん風が弱い♀。太ももの半分ぐらいさ。

そんなとこ、そこいらの女子高生だって普通に見せてるでしょ。潮風さんももうちょっと頑張らないと。と、いちゃもんをつけた祟りなのかその後は見事に無風。夕凪《ゆうなぎ》なのか?

いかん、いかん。鹿児島まで来て何を考えているんだ、おれは。煩悩、煩悩。と、自戒の至りで埋められる場所に向かって歩いていたら、向こうから、砂蒸しを楽しんだ後の二人連れが歩いてきたのです。ヤクザとその情婦みたいな二人連れなんだけど、そのダイナミックボディのセニョリータの浴

思い出す人☆館浦あざらし

衣が、汗をかいた体にピッタリ張り付いているでないの◎。

ふわっとめくれるどころの騒ぎじゃないぞ。目の毒でしょ。おいらの脳内では神輿《みこし》をかついだハッピ姿の猫たちがワッショイワッショイとお祭り騒ぎだもんね。と、ハッピ猫騒ぎがばれてしまったのだろうか。金のブレスレットを光らせたアミーゴが「てめぇ、こら。ナニ、人の女をじろじろ見てるんじゃボケ」的な視線をぶつけてきたので、さっさと砂に埋められて、たっぷりと汗をかいたのでした。

次に手に取ったのは今はなき**函館温泉ホテル**のタオルだ。函館駅を背にして、まーっすぐ歩いて行くと、啄木が蟹とたわむれた大森海岸にぶつかるでしょ。その辺りにあった温泉ホテルなんだけど、どうしてもっと早く出会わなかったんだろうと激しく後悔した、おいら好みの湯宿だったのです。

金太郎飴的なチェーンホテルや、マダム向けの気取った宿が大手を振って歩いている函館市内に、こんなにいい具合にぼろくて、ゆるくて、正しい温泉のホテルがあったというのに、初めて泊まった時には閉館のお知らせが貼られていたのだよ。ああ、おいらのバカバカ。

「せっかく取材に来てくれたのに、もうすぐ閉館で申し訳ないです。お詫びってわけじゃないけど一杯どうですか？」と、支配人氏＝ホテルが閉館したら無職になるジェントルマンに誘われたので、じゃあ一杯だけ、と、焼き鳥屋にでも行くつもりでついて行ったら、ロシアのお姉ちゃんが働いている高級ラウンジみたいな店に連れて行かれたのでびっくりさ。

どうやら、マスコミ接待という大義名分で領収証を切って、会社の経費で自分が楽しんじゃおうという作戦らしい。

誰かに似ているぞ。誰かは書かないけどさ。そういえば顔も似ているような☺。斯様《かよう》な人物とは気が合うのです。

だめだめな日々

船乗りのような生活

「船乗りのような人が好きです」と、その人は言った。

「一年中どこかの国に出かけていて、一年に何回かだけ、わたしのところに帰ってくるの。わたしはその人のことを思いながら毎日待ち続けるんです」

瞳をきらきら輝かせているその人の顔を思い浮かべながら、男にとってなんと都合のいい考えだろう。と思っていたら、

「でも、お互いに浮気は絶対にしないんですよ」と付け加えた。

ううむ。心を読まれたかな。

その人は山あいの小さな温泉旅館で女将をしている。

これといった食事を出すわけでもないし、情緒があるとも言い難いけど、一〇ほどある部屋は平日でも満室が珍しくないし、ひいきの芸能人も少なくない。

夏は登山客、冬はハンターの常連客でいっぱいになる。

二〇年ほど前に一度止宿したことがある。予約なしの飛び込みだったせいか、夕食のメインはコロッケだった。

部屋はお世辞にも立派とは言えないし、タチの悪い登山客に絡まれたので、あまりいい思い出はないんだけど、温泉はとてもよかったのを覚えている。

木の湯舟に木の床、木の壁。シャワーもなければ、蛇口もなんにもなし。素朴で、温もりがあって、しかも、浴室に一歩足を踏み入れたとたんにクラクラと目まいがするほどの硫黄臭がたまらなかった。当時はまだ温泉になんぞ興味がなかったおれも、なんかいいなぁ、と顔がにやけてしまったものだ。

が、その時、その人はいなかった。と思う。

かなりの美人なので、もしもいたら覚えていると思うけど、記憶にないのだ。きっと、札幌や東京に働きに出ていたんだろうね。その後、何かの事情があって戻ったのかもしれない。

それから何度か訪ねる機会があり、数年後、取材をしたいので女将さんをお願いします。と言った折、その人が出てきた。

若いその人はドキッとするほどきれいだった。けど、本人は自分の美しさに全く気づいていないらしく、どーでもいい服と髪型で、洗ったのかどうかわからないような顔をしていた。

この宿の娘さんらしい。ということはすぐにわかったけど、歳がわからなかった。自分より上なのか下なのかもわからない。

illustration：Nakamura Kanae

と言うおれも田舎取材用のどーでもいい服装で登山を終えたばかりだったので、急に気恥ずかしくなり、詳しいことは電話で聞きます。今日は時間がないので、もう行きます。ではでは〜。と、取材らしい取材もせずにその日は立ち去ったなり。

翌年訪ねた時、大女将が「だれか、うちの娘にいい人いないかしらねぇ」などと言っていたので、へぇー、独身なんだ。と初めてわかった。と同時にいろいろ考えてしまった。

本人も、本当にだれかいい人いませんかねぇ。と笑いながら言っていたので、むむむ。これだけ出会いがある仕事をしていて未だに独身ということは、本当は心に決めた人がいるんだけど、それは成就できぬ哀しい恋ゆえ、決して他言できないのか、もしくはきれいな顔に似合わぬ何か怪しげな性癖があるのかもしれないぞ……などと考えてしまったのだ。

そしたら、余計顔を見れなくなってしまった。

その後、その人もおれも順調に若くなくなり、最近は近況報告をメールでやり取りするようになった。

浴場を改装した時にはこんなメールがきた。

ところで、我が宿のお風呂なのですが、改装させていただきました（湯舟はそのままです）。「昔の方が風情があったよな〜」と言う声もたくさん聞こえてきそうですが……。

父がお風呂を建て替えると言い出した時はわたしも母も「今のお風呂だからみんな来てくれるんじゃない💭」と言ったのですが、昭和五一年に建てた浴室なので、さすがに土台などが限界を迎えておりました。それから父は地元の山でトドマツを調達しては毎日その木を見に通い、材に加工したあとも「こんな長材、もう手に入らないぞ〜」と撫でるようにしておりました。

その父が一年半前に他界し、図面が残されていたので、わたしたちの中ではまるで遺言のようになってしまったのです。

以前の味が出るまでにはまだまだたくさんの年月が必要だと思いますが、あざらしさんも是非一度お立ちよりいただき、ご意見お聞かせください。お待ちしております。

その人らしい、素敵な文章だなぁと思った。

仕事以外のこともちらりと書いてきた。こちらの妄想は見事に外れ、それなりに年相応の恋愛をしてきているんだけど、結婚までたどり着かなかっただけのことらしい。

聞くと、客の部屋で酒の相手を強要され、絶体絶命のピンチをぎりぎりで脱出したことも何度かあると言う。その時、もし、たとえここに旦那がいなくても、わたしが結婚指輪をしていたら、結婚をしているんだという事実があったら、こんな目に遇わずに済んだのかも……と、その人は考えたんだね。

船乗りのような生活かぁ。悪くないかも。なんてね。

だめだめな日々

ぬるいのがお好き?

わたしもぬるい温泉が大好きなんです♡と、年齢不詳のマダムが満面の笑みで話しかけてきた。わたしたちは同じ価値観なんですね。なんだかとっても素敵なことですね。うふふ。という心の声も聞こえた気がした。が、しかし、おれ、おいら。ぬるい温泉が好きだぜ♡と宣言したことなど一度もないんよ。どこでどんな誤った情報を得たのか知らないけど、いきなり「わたしもぬるい温泉が大好きなんです」と言われても困るではないか。そもそもサイン会の席上というのはそれだけで困った状態なのだよ。慣れぬ雰囲気に気後れして、逃げ出したい気持ちをぐっと抑えて、ヘラヘラこそこそとサインをしているのだ。そんな心中を察しておくれよ。

そんなわけでひと言も答えることができなかった〈ぬるい温泉が好きなのかどうか問題〉について、今宵、きっちりと決着をつけるぜ♡ってのが今回のテーマであります。

季節に応じて、気温に応じて、常に適湯に調整するのがプロの湯守の仕事である。という理屈はよくわかるし、全くその通りだと思うんだけど、源泉温度の関係で湯温にバラつきがあるのも、温泉が地球の大循環の一部であるという証なわけで、適温をちょいと逸脱した湯温もまたその温泉の個性として受け止め、熱い温泉に出会ったらやせ我慢を愉しみ、ぬる湯に出会ったら長風呂を満喫する、という度量もまた温泉を愛する人間にとって肝要だと思うのでありますね。

たとえば、函館の温泉銭湯で、熱い湯があふれる湯壷をはさんで常連らしき翁と対峙したとしよう。水を入れたらこの勝負は負けだ。試しに片足を入れてみたら親指の第一関節だけで熱くて限界。ほかに誰もいなかったら、あぢー♡。と声を出すところだけど、翁の目があるから、あ、そうだ。やることがあるのを思いだしちゃった。みたいな風情で、くるりと背を向けて、洗い場の椅子に座って仕切り直しなり。ちらりとガラスの向こうに座る番台の若女将に目をやると、この勝負、あなたの負けね。若さだけじゃ勝てないこともあるのよ。とほほ笑みながらこちらを見ているではないか。もちろん妄想だけど。

よし、ここはもう気合しかないぜ。と意を決して熱い湯に肩まで入ると、翁も負けじと入ってきた。湯の中でどちらも動か

illustration : Nakamura Kanae

ない。いや、動けない。首だけ動かしてガラスの向こうの番台を見ると、あら、やるわねぇ。見直したわよ。という顔で若女将がおいらを見ている。もちろんすべて気のせいだけど、ひとつ男を上げた気分になれるってものだ。

ぬる湯もある意味戦いである。入ったはいいけど二度と出られなくなる危険があるので、朝日温泉の露天風呂では湯壷の底から源泉が湧出している場所を素早く探しては陣取るし、黄金《こがね》温泉の内風呂では源泉の注ぎ口付近を死守しなくてはならない。

それでもぬるい時は恥も外聞もないぜ。両手で全身を浮かせる作戦だ。表面の方が底よりも温かいからね。事情を知らぬ人が見たら、いい歳した大人がふざけているようにしか見えないだろうけど、こっちは必死なのよ。

ところが、である。

斯様な状態で入り続けても永遠に温まらないと思っていたのに、一五分ほど浸かっていたら、あら。額に汗が。二〇分も経つと全身がぽかぽかしてきたぞよ。さすが温泉くん。家庭の風呂とは違うのだ。湯温ではなく有効成分が効いたのでした。めでたし、めでたし。

と、なるというのに、入ってすぐに熱すぎるだの、ぬる過ぎるだのと己のちっぽけな日常スケールを振りかざしては文句をのたまうムッシュは旅先で英語が通じないことに文句を言っているアメリカ人と大差ないと思うんよ。どっちも馬鹿でしょ。

真の犬好きは黒パグも雑種犬も猫も文鳥もカピバラもみんな好きなように、真の温泉好きは『正しい温泉』でさえあれば、どんな温泉だろうと大好きだ。本来欠点であるべき要素も含めて、その温泉の個性を愛することができる器の持ち主のことを言うのである。温度がどうとか泉質がどうとか条件付きでしか温泉を愛せないマダムはニセモノってことなり。

恋愛だって同じでしょ。性格や血液型や星座や職業がどうだとか言ってるうちは本物の恋愛じゃないもんね。本物の愛は無条件なり。

ということは次々に「条件」を入れては絞り込んでいくインターネットの宿探しでは永遠に愛にはたどりつけないってことか。

つまらないテレビに出ちゃったからたまに客層が悪いけど黄金温泉が好きだし、朝日温泉も愛している。ぬるいから好きなのではなくて、正しい温泉だからぬるくても好きなのだ。だから、塩素を入れるという自殺行為でもしない限り、この愛は永遠に変わらないぜ、ハニー。ぬるい温泉問題に関するおいらの見解はそんなところなり。ぬるさも個性。ただし、ジャーナリズムがぬるいのはよろしくないね。って、ぬるいオチでした。にゃは。

スペシャルな温泉の話

スペシャルな温泉。

それは必ずしも山の奥深くにあるとは限らない。真にスペシャルな温泉はＪＲの駅から徒歩五分の場所にあったりする。あれは二年ほど前のこと。

愚生が編集している旅本の助っ人隊長から「仕事で道南の江差町にいるんだけど、近くに飯が旨い温泉宿ありますか？」という電話がかかってきたので、江差町の隣町、上ノ国町《かみのくにちょう》にある湯の岱荘《ゆのたいそう》という小さな湯宿を紹介したことがある。

建物はびっくりするぐらいぼろいけど、館内はピッカピカに清掃されているし、温泉は濃厚な赤湯だし、飯は朝夕部屋食で、ウニやアワビが付いて七五〇〇円ってのはどう？

「どうもこうもないっす」と助っ人隊長の食指は激しく動いたんだけど、すぐに隊長から「宿の電話、現在使われていませんってなってますよ」との連絡が……。

むむむ。んなわけないぞ。少し前に立ち寄ったばかりだもんね。でも、宿主の冨江進一氏はもう八一歳だから何かあったのかもしれないし、晩近《ばんきん》は陽子さん(長男の嫁)に任せっきりだから、陽子さんが逃亡したという可能性もなくもないか。なんにせよ、世襲で四代続く老舗湯宿の最期をきちんと見届けなくては。という一念で南へ南へと車を走らせたのです。

目的の湯ノ岱《ゆのたい》へは津軽海峡に面する木古内《きこない》という小さな港町で山側に折れるんだけど、この道がいいんだ。天の川という名前の川と単線の鉄路(江差線)とが、くんずほぐれずの三つ巴でくねくねしているのだよ。目に入る建物は江差線の無人駅ぐらいだもんね。という長閑な道を三〇分ほど走ると集落が見えてくる。上ノ国町の湯ノ岱地区だ。

湯ノ岱は存外に開けている。郵便局もあるし、町営温泉の中には食堂もある。スキー場だってあるし、有人の駅もある。すごいでしょ。といっても、あるのはそれだけだけね。最寄りのコンビニまでは往復一時間以上かかるし、DVDを借りようと思ったら往復だけで一日仕事。モスバーガーを食べたいなどと思ってしまったら、その日のうちに帰ってくるのは至難の業と思われる辺境の集落だ。鉄路が廃止されたら陸の孤島と化すのは必至だろうね。

その湯ノ岱の駅から五分ほど歩いた場所に電話が通じなくなった湯の岱荘がある。

宿の前に立つと、まず、素敵な看板が目に入る。おそらく昔は蛍光灯で光っていたと思われる正方形のプラスチック板

が四枚並んでいて、左の正方形には「温泉旅館」の四文字、残りの三枚には大きな筆文字で「湯」「岱」「荘」と書かれている。

　でも、目を凝らすと「湯」の右下に、明らかにあとから書き足したと思われる小さな文字で「の」と書かれているのがなんとも味わい深いではないか。

　玄関をのぞきこむと、なるほど、休業して久しい風情が漂っているぞ。ただ、気になることがひとつ。車が停まっているんよ。小綺麗なコンパクトカーが。これは宿の車ではないぞ。ってことは中に誰かいるかも。と、玄関を開けると施錠されておらず、かといって呼べども人の気配はなし。仕方ないので勝手にお邪魔して厨房をのぞくと宿主氏と陽子さんが夕食の支度をしていた。何事もなかったような顔で。

　どーいうこっちゃと事情を訊くと、「電話代を払うの忘れちゃったんですぅ」だって。

　いやいやいや、それはないでしょ。電話でしか予約を受けられない温泉宿が電話代を払い忘れたりしないでしょ。という正論はもちろん口にしない。すべてが味わいだからね。

　折角だからと飛び込みで止宿したら、これが喫驚の、もとい、味わいの連続だった。

　まず、部屋にカーテンがないのね。のぞかれる心配もないので別にいいか（翌朝、強制的に朝日に起こされることをこの時はまだ知らない）。テレビは一〇〇円入れる方式だ。これは部屋にこもってテレビばかり見てないで辺りを逍遥《しょうよう》するなり湯を愉しむなりすべし。という宿主からのメッセージなのだと深読みすると全く気にならない。些末なことだ。そんなことよりも気になるのが部屋の隅に丸められた布団ロールの存在なんよ。毛布もシーツも一緒に丸められているので正確には布団一式ロールか。こいつをゴロッと転がすと、はい一丁上がり、と布団が敷けちゃうらしい。

　最初は手抜きにも程があるだろぉ、と呆れたけど、いやいや、これは宿泊客の立場に立った汎愛サービスだとすぐに気付いた。勝手に部屋に入られるというプライバシーの侵害もなく、かといって押入れから布団を出して自分で敷くという手間もなく、部屋の隅に丸めてある物体を転がすだけで瞬時に布団が敷けちゃうのである。画期的だぞ。しかも、ソファなどない畳敷きの和室ではこの布団ロールが快適な背もたれにもなるのだよ。全国の湯宿でも採用してはいかがだろうか。

　味わい深さを満喫したところで、温泉を愉しむべく部屋の鍵をかけようとしたら、むむむ。なんかおかしいぞ。鍵を掛けたあとでロックしたことを確かめようとノブを回したらガチャッとドアが開くんよ。

　何度やっても同じこと。つまり、ちゃんと鍵を掛けても、誰かがノブを回したら普通にドアが開くってことでしょ。これって鍵の意味がないじゃん⁉ と心の中で叫ぼうとしたら、隣の部屋の宿泊客（おそらく小綺麗なコンパクトカーの人）も愚生同様に鍵を掛けたりノブを回したりしては微苦笑していた。味わい深い光景なり。

　ちなみに、食事は素朴な和食膳ながら、自家製イカの塩辛やラクヨウのミゾレ汁など、すべてが手作りで旨かったのなんのって。吹き寄せ鍋の塩加減も絶妙だったなぁ。

　スペシャルな温泉。

　それは山の奥深くにあるとは限らない。

すずらん通りで泣きそうになった話

宇田智子の『那覇の市場で古本屋』を世間様とは違う角度から、愛を込めて、辛辣に評する段取りだったけど執筆直前に待ったがかかった。本人登場なら仕方ないか。

そのかわり、というわけではないんだろうけど、たまには自分の本を紹介してもいいよ、と甘くささやかれたので、いやいや、地方都市で出している旅本の話なんて誰も興味ないでしょ、とか口では謙遜しつつも書くよ。書きますよ。こんなチャンスめったにないもんね。

一九九九年、三五歳の折に『北海道いい旅研究室』なる旅の本を創刊した。旅雑誌というと、JャらんやRるぶのような女ガキ相手の広告本か、暇な定年退職者を相手にした老人本しかなかったので、普通に三五歳の男が楽しめる旅の本を出したいと思ったんだ。

創刊前に八つの野望を書き出してみた。発行部数一万部とか、椎名誠アニキ登場とか。幸せなことにすべての野望が現実になった。その中でも最初に実現した野望が、東京進出だ。

『本の雑誌』を手本に始めたので、創刊後しばらくは取次を通さなかった。作った本人が納品するので、当然、取り扱い書店は北海道内のみ。いつかは津軽海峡を越えたいと思ったけど自信もなけりゃ度胸もない。出版の本場に売り込む勇気がなかったんよ。そこで目をつけたのが、書肆《しょし》アクセスだ。

一〇四で番号を調べて電話をかけ、見本を送るので気に入っていただけたら一〇冊だけでも置いてほしい旨を伝えたところ、電話口の親切な女性が、すぐに五〇冊送ってほしいと言った。正味は七〇%、返品時の送料は書店負担という願ったり叶ったりの条件だ。

誰にでも、もて期があるように、どんな本にも売れ期ってあるんだろーね。あろうことか、送った本は月間ランキングの一位になった。次の月も、その翌月も一位になってくれた。注文は一〇〇冊単位になり、送る本すべてが一位になった。

いやいや、おかしいでしょ。だって、書名が『北海道いい旅研究室』だよ。執筆陣も全員無名の素人で、カラーページなんてほとんどないのだよ。自信を持ってしょぼいんだもん。

東京の、しかも目利きの多そうな神保町で一体誰が買うの？うれしさよりも疑問が先に立ったので、まだ格安航空券なんぞなかったけど、おいら、札幌から神保町へと向かったさ。これが現実なのかどうかを確かめるために。

書肆アクセスは小さかった。

機械化とも無縁で、店長の畠中理恵子がすべて手書きで伝票を作成していた。安心した。この店には広告代理店臭がす

日記をつけるのは超苦手です
小鳥を育てるのは結構とくいです
Diary

る本を嫌悪し、しょぼくても作り手の顔が見える本を愛してくれる人たちが足を運ぶんだろうな、と思えた。自分の本が売れている理由が一分で解せた。

　畠中理恵子が同じ歳なのも心強かった。そこで、思い切って、野望のひとつを打ち明けてみたんよ。沖縄に友人が欲しいので、沖縄の出版人を紹介してくれないか、と。そこで彼女が紹介してくれたのが、『Ｗａｎｄｅｒ』という不定期ポップカルチャーマガジンを出している新城和博《しんじょうかずひろ》だった。

　ちなみに、新城和博も、その後なんとなく親しくなる『酒とつまみ』の大竹聡も同じ昭和三八年組だった。不思議な縁もあるもので、札幌と、沖縄と、東京で同じ歳の男が同じ時期に不定期刊(ここが重要)のＡ５サイズのリトルマガジンを作っていたんだね。そして、その三誌を結び付けたのが書肆アクセスの畠中理恵子だった。

　畠中理恵子のアドバイスはいつだって的確だった。たとえば、ジュンク堂新宿店で、あざらしめの初小説の発刊記念トークセッションを開催することが決まった時も彼女に相談したんよ。そしたら「無理して知っている有名人に頼むよりも、面識がなくてもいいから、一番会いたい人に頼んでみたら」だって。なんという名アドバイス。おいら、すぐに電話したよ。本の雑誌社の浜本茂さんに。今でこそイベントとかメディア慣れしている浜本さんだけど、あれが初イベント出演だったんじゃないかなぁ。おかげで楽しいイベントでした。

　そんな東京の聖地、書肆アクセスが二〇〇七年一一月に閉店することになった。

　じっとしていられなかったおいらと新城和博は閉店直前、札幌と沖縄から駆けつけて、一日ずつの『勝手におしかけフェア』を開催した。アクセスの軒先に小さなワゴンを置いて、新城は泡盛をふるまい、おいらは、あざらし型の飴を配ることで、少しでも書店の売上に貢献する心意気だったんだけど、一一月平日のすずらん通りは心地よく閑散としていた。

　手持ち無沙汰になったおいら、生まれて初めて、書店の店頭に椅子を置いて、本を読みながら客を待つ、という、それこそ宇田智子が那覇の市場で日々やっているようなことをやってしまったんよ。

　気持ちよかったなぁ。小春日和のすずらん通りに椅子を置いて、ちょっと泣ける小説を危なく泣きそうになりながら一冊読破したんだもん。あの日の空気や音は忘れられないや。

　書肆アクセスに対する各版元の思い入れは『書肆アクセスという本屋があった』(右文書院)に詳しい。

　この本、編集者の態度が礼儀知らずだったことしか印象がないけど、顔ぶれは素晴らしいぞ。新城和博や大竹聡はもちろん、岡山の山川隆之や鹿児島の向原祥隆など、男気のある地方出版人が揃っているし、短文だが宇田智子も寄せている。

　そうそう。アクセス閉店の打ち上げの席(フリースタイルの吉田保もいたね)で、おれと新城和博が北海道の羊と沖縄の山羊はどっちが美味いかみたいなどーでもいいことで激論している様子をじーっと見つめているショートカットの女子がいたっけ。その単純女は札幌か那覇のどちらかに移住しようと決心し、結局、那覇に越して、波瀾万丈の人生を歩き始めるんだけど、この先は『那覇の市場で古本屋』を読んでいただきたい。って、結局、宇田智子本の紹介になっちゃったよ。

岩崎監督が客席に向かって機関銃を乱射した夜の話

いいだろう、おまえに時間を三分あげよう。なんでも訊いていいぞ。と、デニスが言った。

デニスというのはデニス・ホッパーのことね。デヴィッド・リンチ監督の『ブルーベルベッド』で映画界に復帰して八年。『スピード』や『ウォーターワールド』の公開を控えて、個性派俳優として乗りに乗っている時期のことだ。

場所は北海道の夕張市。まだ財政破綻する前なので、旧産炭地対象の各種補助金かなんかで懐が潤っていたらしく『ゆうばり国際ファンタスティック映画祭』（以下、夕張映画祭）のゲストは華やかだった。

たとえば、一九九四年の共同記者会見の席上には勝新太郎がいて、鴻上尚史がいて、デニス・ホッパーがいた。そして、プレス席の最後列にはアメリカンタイプのオートバイで激走する『イージーライダー』のデニス・ホッパーのイラストを大きく描いたボードを掲げるおいらがいた(笑)。

そのボードにはつたない英語でこう書いていたんだ。ヘイ、デニス。アンタの映画にノックアウトされて、アメリカンタイプのオートバイに乗っている日本の青年がここにいるよ。三分でいいから、インタビューさせておくれよ、と。そしたら、冒頭のデニスの言葉さ。どこかの通信社のインタビューをさえぎるようにして、おいらの方を指さして笑ったんよ。「夕張にも愛すべきクレイジーがいるな。いいぞ。おまえに三分間時間をあげよう」ってね。

今、ここじゃなくてゲレンデでインタビューしたい。

若かったおいらがそんな生意気なことを言うと、「いいだろう。明日の正午、ゲレンデで会おう」って言ったもんだから会場は大騒ぎさ。だって、単独インタビューはNGってことになっていたからね。慌てて、テレビ局などが、うちも、うちも、と手を挙げたけど、デニスは首を振ってこう言ったんよ。「駄目だ。最初の一社、つまり彼だけだ」って。ちびったよ。ちびってもいいでしょ、これは。ちびりまくりさ。

翌日、ドピーカンのゲレンデに愛人を連れてご機嫌のデニ

スが約束どおりにやって来て、ツーショットの写真を撮ったあとで言った言葉がまた格好よかったなぁ。

「この写真をおまえが何に載せようと、おれは何も言わないよ。この写真はおまえのものだ」だって。くぅ〜っ。

ほかにも、深夜〇時から始まるWAHAHA本舗のステージを見ようと思って夜の道を急いでいたら赤塚不二夫と出会ったり、ダイヤモンド☆ユカイがギター一本で唄っていたり、ラーメン屋に入ると隣に川谷拓三がいたり、石井輝男監督にインタビューしたあとトイレを探していたら、偶然出会った加勢大周に頼まれごとをされたりなどなど、サプライズが尽きないのが夕張映画祭の魅力なんだけど、夕張市の財政破綻後は映画祭も規模を縮小。思わずちびるようなビッグネームとの出会いはなくなった反面、インスタントラーメンと缶詰しかメニューがない貧乏すぎる食堂でラーメンをすすっていたら地元ミュージシャンのライブが突然始まったり、みたいな小さなサプライズは増えたわけで、今年の二月二七日から三月三日にかけて開催された夕張映画祭も最高に楽しかったよ、という話を書くね。

たとえば岩崎友彦監督の『ややこしい関係』。多重人格同士の夫婦の愛憎で、作った本人は「宮藤官九郎にタイトルをほめられちゃった」と笑っていたけど、ひどい映画だった(笑)。しかも、何を考えているのか突然唄い出したんよ。上映終了と同時にバンドが演奏を始めたと思ったら、マイクを持った岩崎監督がロックアレンジのマイウェイを唄い始めたのさ。

観客が呆気に取られていると、今度は胸のところだけ大きく穴があいた黒いボンテージファッションの女優が舞台に登場して、SMの女王様のようにゴムバンドで監督とバンドメンバーをビシビシ叩き始め、最後はマイクを奪い取ってマイウェイの後半を熱唱したりしてね。怒った監督が客席に向かって機関銃を乱射してから何事もなかったかのように普通の舞台挨拶に入ったわけで、こんなオバカな上映会がパイプ椅子を六〇席ほど並べた劇場で夜一〇時から始まったりするのだよ。オバカでしょ。オバカです。

夜一〇時過ぎに上映をする映画といえば、忘れちゃいけないのが、去年、今年と二年連続で上映した『鉄ドン』だ。時間ギリギリまで別の会場で映画を見ていたので、開演直前に会場に着くと、チケットを見せてとか、そーいう受付っぽいことは一切なくて、かわりにチョコをひとつくれた。関西のオバチャンが「はい、飴ちゃん」って飴をくれるような感じでね。

席につくと、関西弁のプロデューサー氏が、ぼくが「鉄ちゃんの」と言ったら、会場全員で右手を突き上げて「ドーンとやってみよう」と叫んでくださいねぇ。と説明するので、わけのわからないまま「ドーンとやってみよう」と叫ばされたり(なのに映画の内容は鉄ちゃんとは全く関係ない)、AからZまでのタイトルが付く二六本のショートムービーが上映されるんだけど、一本上映される毎に、つまらなかったら「金返せー」と叫んだり、逆に拍手が起こったりと、まぁ、映画なのにライブ乗りなわけで、最後に二六本の関係者がステージに集まって、観客と一緒に右手を突き上げて「ドーンとやってみよう♡」と叫んでおしまい。という素敵なオバカ映画たちに今年も酔いしれたよぉ、という話でした。

来年も鉄ドンプリーズ♡。

湯けむりソウルフードをめぐる冒険

知らなかったぞ。そうだったのか。栄養の養という字は分解すると「羊を食べる」だったのかぁ。家族を養うの「養う」という字が「羊を食べさせる」だったとはね。

なんて話を椎名誠アニキが『本の雑誌』に書いたのを読んで、感心はしたけど、おいら、驚きはしなかったのです。

というのは中国やモンゴル同様、北海道でも牛肉なんぞは邪道も邪道。肉と言えば羊、栄養と言えば羊、ベル（ジンギス汗のタレのブランド名）と聞くだけでヨダレが出てきちゃうほど羊肉が主役の土地柄だからなのでありますね。

というわけで、ジンギス汗は北海道民のソウルフードだというのに、なんと、九九％以上がオーストラリアやニュージーランドからの輸入肉だって知ってた？

輸入肉ってことはアベノミクスによる円安とか、中国の火鍋ブームとか、そのための大量買い付けが原因の値段高騰の影響をもろに受けるわけで、身近な存在だったジンギス汗が骨付きカルビぐらいの高級品になる日もそう遠くないと言われている今日このごろなのです。

うぅむ。近いうちにジンギス汗暴動が起きるかも。などとつぶやきつつ、一〇月某日、北海道の秋景色の中をひた走るSLニセコ号に乗って、JR倶知安駅に着いたのが夕方の四時過ぎだったのです。

昼飯抜きだったので空腹は限界状態。なんだけど、大丈夫。倶知安駅の周辺には飲食店が多数あるので、すぐに美味いものにありつけるもんね。ってんで、まずは宿泊した宿のおばちゃんイチオシの店に行ってみたのでありますよ。

村上精肉店という肉屋の奥が料亭風のジンギス汗屋になっているとの情報なので、期待しながら行ってみると、若女将が出てきて、うちは予約制です、だって。目の前に旨そうな羊肉がいっぱい並んでるのに、どーいうこっちゃ。

そこをなんとか食べさせてよ。駄目？ こんなにお願いしても駄目？ そう。わかったよ、セニョリータ。こうなったら意地でもジンギス汗を食べてやるぜ○。ってんで、「羊肉をめぐる冒険」が始まったのでした。ぱちぱちぱちー。

倶知安駅周辺にはほかにもジンギス汗屋が四、五軒あるので、どこでもいいやと適当に入ると、夕方四時ということで、ことごとく準備中。空腹なのでそこをなんとかとお願いしてもダメヨダメヨの連続。

そんな中、夕方のヘンテコリンな時間にもかかわらず、歓

迎してくれた店が、開店して半世紀の老舗焼き肉店、金剛《こんごう》だったのです。

美人親子の店なんですね。と、小上がりに腰を下ろしながら言うと、某お笑い女性コンビの個性的な子によく似た女将が「昔はね。うふふ」と可愛らしく笑った。

カウンターの奥の厨房ではペイズリー柄の洋服にシルバーのネックレスを光らせた大女将が野菜を切っているぞ。いいねぇ。年齢をたずねると、先日、米寿を祝ったとのこと。元気の秘訣は「肉を食べているから」ですと。説得力があるなぁ。

ペラペラの紙ナプキンじゃなくて、手洗いしたおしぼりだったので、これはひょっとすると美味い店に当たったかもと期待しつつ、「ジンギス汗を定食で出してね」と注文して、運ばれてきた鍋を見てうれしくなっちゃったね。スリット入りの丸鍋がプロパンガスのコンロにセットされたんだもん。

「正式なジンギス汗鍋ですね」とほめると、「スリットが入ってない鍋だったら、フライパンで焼くのと同じよね」と、これまたうれしい答えが返ってきたのです。

ここまではカンペキだぞ。小上がり席。手洗いのおしぼり。プロパンガス。スリット入り鍋。

肉と野菜を焼いている間に、サービスで出してくれたキムチを白飯にのっけて食べたら、これが旨いのなんのって。こんなに旨いキムチは久しぶりだなぁと思いながら、焼けたラム肉をジンタレ(ジンギス汗タレのことね)につけて食べたら、おおっ！。今まで食べたジンギス汗の中で一番美味いかも！。

大満足で、一〇五〇円を払いながら、「タレが美味でした」と告げると、「タレがウチのウリなのよ。半世紀変わらない味なの」と自信満々に言われちゃった。

自信満々ってのがいいねぇ。

一週間後の同じく夕方四時少し過ぎ。

ニセコ界隈で取材を終えたおいら、この日も昼飯抜きだったので、再び金剛に行ってみたのです。

先週同様、入り口横の小上がりに陣取って、ジンギス汗定食を食べると、やっぱり美味しかったというか、前回よりも美味しく感じたりして。前はジンタレとキムチに感激したけど、今回はラム肉の柔らかさにやられちゃったもんね。

己の味覚に間違いはなかったんだと安心しながら、前回は見渡す余裕がなかった店内を見渡すと、売れない演歌歌手のようなヘタクソなサイン色紙が飾ってあったので、誰のサインか尋ねると、「それ、ケンちゃん。遠藤憲一」だって。

ええっ！『湯けむりスナイパー』で初主演して以来、今や超売れっ子の遠藤憲一が、どーして？

聞くと、遠藤憲一の奥さんが地元倶知安町出身で、なおかつ、この店の親戚なので、年末年始の帰省の折などに顔を出すとのことなり。

ほかにも宇崎竜童や片山晋呉なんかのサイン色紙も飾られているし、偶然、旨いジンギス汗屋を見つけたと思ったら、知る人ぞ知る名店だったのね。

「羊肉が高騰しているので、今は採算ギリギリなんですよ」

だけど値上げをするつもりはないんですよと女将が笑った。

輸出で儲かる大企業ばかりが得をしているアベノミクスなんて、おいらは認めないヨウ(羊)。って、苦しいサゲでした。

羊を食べると書いて栄養の養。もしくは養う。深いなぁ。

一九八〇年のミスター・スポック

校舎の窓ガラスを割ったことはないけど、高校三年の夏、背もたれが付いたアメリカンタイプのオートバイに少しの荷物をくくりつけて家出をしたことがある。

新聞配達と喫茶店のアルバイトで毎月一〇万円ちょっと稼いでいたので、なんとかなるさ、と思ったらしい。

しばらくは友人の家に転がりこんで、そこから高校やバイトやススキノに通っていた。でも、さすがにそんな暮らしは長く続かないと思ったらしく、家賃六〇〇〇円也の六畳間を借りた。風呂なし、共同トイレ。裏がコインランドリーで、その二階が深夜喫茶だ。カツミートという必殺スパゲティがお気に入りだった。

何もない六畳間に大家から借りた煎餅布団を敷いて、同じく家出をしてきた女子高校生と全裸で抱き合って寝ていたら、廊下側に開くはずのドアが蹴飛ばされて部屋の中にぶっ飛んできたことがある。なんだ、なんだ?と思ったら、黒いスーツの紳士が数名部屋に入ってきて、布団ごと簀巻きにされて、そのまま石狩湾に沈められそうになった。

どこかの組長のひとり娘だったんだね。

そういう大切な情報は先に教えてくれよぉ。奇跡的に沈められずに済んだから今こうして原稿を書いているんだけどさ。

アパートが北大の近くだったので、遊び場がススキノから、第二のススキノと呼ばれていた北二四条界隈へと変わった。雀荘やプールバーでの遊び方も覚えた。

高校生なのにボトルキープをしているスナックが三軒もあったのはホステスとばかり付き合っていたからだ。決して中身が減ることがない魔法のボトルだった。いい時代さ。

そんな、地方都市ならどこにでもいそうな普通の高校生が、家出をする時、本を二冊持っていた、ってのが今回の本題ね。

二冊しか本を持たなかったのは所有する本が少なかったから、ではない。むしろ、何しろ同年齢の男子と比べたら本の収蔵量は桁違いに多かった。小学四年から新聞配達をしては本とプラモデルを買いまくっていたからね。

本を捨てることができない性分なので、週刊少年マガジンだけでも六年分以上揃っていたし、マンガくんとかリリカみたいな幻の雑誌も創刊号からすべてコンプリートしていた。だからこそ、大量の本は落ち着いてから持ち出そうと決めて、とりあえず、数あるコレクションの中からお気に入りの二冊だけをカバンに入れたんだ。

それが、『スターログ』〈日本版〉の創刊号と二号だった。手塚治虫や石森章太郎(石ノ森ではないぜ)、鏡明らの創刊

おめでとうメッセージで始まる創刊号は刑事コロンボと共演した折のロビー・ザ・ロボットやアッカーマンがリプロダクションした『メトロポリス』のマリアなどなど、SF少年にはたまらない写真が満載で、漫画家を目指していた少年にはお宝参考書だったんだ。

でも、一番のお気に入りはスポックが表紙の創刊二号（同年九月号）だ。中でも『宇宙大作戦』の特集は何度読み返したかわからない。ウーラ役のニシェル・ニコラスが家計を支えるために一四歳でショー・ダンサーとして各地を流れ歩いていたという記事には赤線を引いているし、全七九話のエピソードガイドには日本での放送日や感想が書き込まれている。

第五話の『二人のカーク』や第二四話の『死の楽園』には「最高に面白い。おれもこんな泣けるSFを撮りたいよ」などと書き込まれているし、フライデーズ・チャイルドの邦題には「センス最悪」と殴り書きしていたりしてね。この特集は今でも一読の価値ありだ。

『スターログ』〈日本版〉が創刊したのは一九七八年七月（八月号）なので、一九六三年生まれのおいらが高校三年で家出した時は創刊してから二年が経過していた。

創刊当初はモノクロ写真に無茶苦茶な着色をしていたりしてチープな印象だったけど、創刊一周年号は平井和正、小松左京、モンキー・パンチ、高千穂遙、橋本治、中子真治、大島弓子、山岸凉子など執筆陣もパワーアップしているし、営業だった高橋良平（『本の雑誌』に『日本SF戦後出版史』を連載中。この連載が一番好きだ）も副編集長に出世しているし、一九八〇年になると〈SFビジュアル・マガジン〉と謳って立ち位置をより明確にしている。

そうなのさ。平綴じ時代の『スターログ』はビジュアルとしてのSFにときめいていたティーンエイジャーのハートをキュンキュンしびれさせていたのさ。

あれから三六年。高校三年の夏に家出したあざらし少年は結局そのまま家に帰らずに五三歳になっていた。

家出をした三年後、実家に荷物を取りに戻ったら、家は建て替えられていて、おいらの所蔵本はすべて処分されていた。森田拳次のサイン入り『丸出だめ夫』も、古谷三敏のサイン入り『手っちゃん』も、とりいかずよしのサイン入り『うわさの天海』も、ちばてつやのサイン入り『おれは鉄兵』も、『キャンディキャンディ』や『ムーミン』や『あしたのジョー』の大量のセル画も、そして、リリカの読者プレゼントで当選した『ユニコ』の原画も、藤子不二夫から届いた手紙も、何もかもすべてが処分されていた。

やっちまった。

もう漫画家にはなれない。なっちゃいけないんだと、アパートの近くにある名画座でトリュフォーの『アメリカの夜』を見ながら泣いたよ。嘘です。知っているよ。己の画力のなさを悟ったから、夢を諦めるためのきっかけが何か欲しかっただけってことぐらい知っているよ。この事件はそのきっかけだったのさ。だから泣けたんだ。

うん。映画だ。おれが目指すべき道は映画監督だ。漫画と違って映画は金がかかるぞ。ってんで、二〇歳の夏、女の子を一〇人集めて高級スナックを始めるんだけど、その話はまた今度ね。バイビー。

一九八二年のまだ地上的な天使

ふと気付くと、結構長い時間、書店から足が遠のいていた。

高校三年の夏に家を出てから半年ちょっと。その半年ちょっとの間に漫画家になる夢をあきらめて、映画監督になるという夢はどこから手を付けていいのかもわからないまま入口にもたどりつけず、ついでにロックミュージシャンになる夢もあきらめて、書店からは足が遠のいていた。何もない六畳間にドドーンと置かれたドラムセットともそろそろお別れ、という気配が漂っていたよ。

書店のかわりにどこに行っていたかと言うと、週に三日はスナックに飲みに出ていた。朝までやっている雀荘で知らないおっちゃんと勝負し、プールバーでたいして好きでもないバーボンをあおったりしていた。あんなに夢中だった『本の雑誌』も『SFマガジン』も『スターログ』も存在しない、地球によく似たどこか違う惑星で生きているような日々だった。

一九八二年四月。あと数日で一九歳の誕生日を迎えるという、本当だったらキャンパスでわいわい楽しく過ごしているような季節に、おいらときたら、美術系の専門学校にはもうほとんど行かなくなっていたし、バイトしていたデザイン会社も辞めて呆けていた。

デザイン会社というと聞こえはいいけど、写植屋の版下部門だ。丸ペンで罫線を引いてはペーパーセメントで写植を貼り、農家向けの業界誌や五流の財界誌の版下を作っていた。違う。おれがやりたいのはこんな仕事じゃない。もっとクリエイティブで日が当たる仕事だ。

写植屋の社長(元プロボクサー)にそう告げると「可愛がっていたのに、おれを裏切りやがって」と、涙目でにらまれた。まだマックどころか電算写植も普及していない時代だったので、札幌の製版屋とか写植屋は結構儲かっていた。クリスマスには生バンドを呼んでの合同パーティを催したりしてね。ホーンセクションが入ったゴージャスな生バンドで唄った『ダンシングオールナイト』は最高に気持ちよかったけど、おいらが生きる世界はここじゃないんだと叫んでは抜け出した。

抜け出したのはいいけど、どこに行けばいいのかがわからなかった。見切りを付けた専門学校に戻る気は毛頭なかったし、美大を受験する気力もなかった。ついでに金もなかった。

とりあえずどこに行こう。

そうだ。本屋だ。本屋に行こう。

平日の昼ごろに起きて、朝飯がわりにキャビンマイルドを

三本吸うと、まだ四月だというのにまぶしすぎる陽射しに目を細めながら、北大通りにある書店へと歩いた。

半年以上ぶりに書店に入った瞬間、一冊の本と目が合った。文庫の新刊コーナーに平積みされているその本の作者の名前に背骨が反応したんだ。

亀和田武。

亀和田武の本が出たんだ。『奇想天外』や『SFマガジン』に掲載された短編を読みながら「なんて格好いいSFなんだろう。この人のSFをもっと読みたい♡」と思っていた一年前の記憶が蘇ってきたぞ。宇宙船を買うために女を騙して金を集めるチョイワル主人公なんて星新一や小松左京のSFには絶対に登場しないからね。

文庫が出ているということは単行本がとっくに出ているのかぁ。全然知らなかったよ。

すいません。この文庫本の元の単行本ってありますか？

寝起きのクルクルパーマ頭で、パジャマにドテラを羽織っただけの服装の、いかにも社会の歯車から外れてしまいましたという風情の青年にそう尋ねられた店主はおいらとは目も合わさずに「ないんだよ。珍しいよね」と答えた。

今だと単行本なしの「いきなり文庫」は珍しくないけど、当時は単行本からの文庫落ちが当たり前だったので、どうにも納得できなかったけど、ないんなら仕方ないか。三二〇円也を払って亀和田武の『まだ地上的な天使』(ハヤカワ文庫)を買うと、おいら、部屋に戻る時間が待ち切れなくて、歩きながら文庫を読み始めたのです。

ドラッグとSFを結び付けた表題作といい、オールデイズの名曲をふんだんに折り込んだ『夢見るポケット・トランジスタ』といい、マトリックスや攻殻機動隊より遥か前に、目の前の日常が実はプログラミングされた電脳世界だという概念を突き付けた『悲しき街角』といい、ボーイミーツガールのせつないラブストーリーとSFを見事にマッチさせた『朝日のようにさわやかに』といい、どれもが斬新で、快哉で、甘美だった。巨大な宇宙エイに乗ってプラズマ粒子の波で宇宙サーフィンしちゃうんだよ。格好いいったらありゃしないよ。

あと数日で一九歳になるという四月の平日の昼ごろ、つまり、みんなが働いたり学校に行ったりしている時間に、おいらは文庫を読みながら北大通りを歩いていた。歩きながら頭がクラクラしてきた。陽射しが真夏のように暑く感じられた。

そして、つぶやいたんだ。

「おれは一体何をしているんだろう」って。

何かのスイッチが入った瞬間だった。

そうだ、小説だ。おいらもこんな格好いい小説を書こう。

そのためには、とりあえず働かなくては。よし、めでたいぞ。乾杯だ。ってんで飲みに出かけて、ヤクザの大親分みたいなおっさんに「おまえ、よく見る顔だな。遊んでばかりいないで働けよ。店を一軒やってみないか」と言われるのはこの一六時間後のことだし、池袋の『北海道』という居酒屋で亀和田武さんと初めて会話するのはこの二〇年数年後だし、亀和田武さんとふたりで沖縄旅行をするのはさらに数年後だし、『温泉の神様の失敗』という初小説を出すのはもずっと先のことなんだけど、紙幅が尽きたのでそこいらへんの話はまた今度ね。バイビー。

ウルトラ警備隊×笑点×クソババァ＝石井伊吉《いしいいよし》

書く、破る、のたうちまわる。新手一生の精神で実験を重ねていたと思うんよ。金城哲夫《きんじょうてつお》も、上原正三《うえはらしょうぞう》も、市川森一《いちかわしんいち》も、佐々木守も。ウルトラセブンの脚本家たちは。

ウルトラマンでは巨大化した正義のヒーローに無制限に力を与え過ぎないためにカラータイマーという、言わば憲法九条と同義の制約を付けたことが物語をスリリングにすると同時に、力を持ちすぎた正義は悪より始末が悪いという日本人の価値観と合致したことが人気を博した理由であると愚考する次第ですが、セブンでは巨大化した怪獣との勧善懲悪対決路線からSFヒューマンドラマ路線へとシフトし、時に地球の先住民を滅ぼす哀しいヒーローと友里アンヌ(菱見百合子、現/ひし美ゆり子)という美しすぎるヒロインとの恋物語みたいな……おっと、あぶねぇ、あぶねぇ。ウルトラセブンの話になると、つい熱くなっちまうねぇ。

沖縄にある金城哲夫の実家まで訪ねて行っちゃうほどセブンフリークのおいらだけど、今回書きたかったのはウルトラセブンの脚本の魅力についてではないのだった。役者の方だ。それも、ウルトラマンにもウルトラセブンにも両方出演した当時三〇歳を過ぎたばかりの石井伊吉という俳優について書くのだったよ。しばしお付き合いを乞う次第。

石井伊吉は昭和一一年、品川生まれの浅草育ち。父親が大工という、ちゃきちゃきの下町っ子だ。一二歳で舞台子役として旅巡業に出て以降、役者一筋の青春時代で、自分の劇団を作ったり東宝や大映の映画に出演するものの名を売ることなく二〇代は通り過ぎてしまう……んだけど、三〇歳で国民的番組の名役を射止めるんよ。『ウルトラマン』のムードメーカー、アラシ隊員役だ。

さらに、三一歳で『ウルトラセブン』にも出演。ウルトラ警備隊のフルハシ隊員として、おふくろさんが北海道の牧場から上京してくるエピソードなど、地球侵略SFに人間味を加える役をこなすことで俳優としての階段を着実にのぼるかと思ったら、翌年、三二歳の時に新番組『笑点』の初代座布団運びを始めちゃうところが並の俳優とは一味違うところだよね。

しかも、司会の立川談志の発案で、番組内で毒蝮三太夫に改名させられるのをしぶしぶながらも承諾してしまうのだから、懐が深いというか、洒落が通じるというか。

座布団運びを始めた翌年、三三歳でTBSラジオ『ミュージックプレゼント』の中継レポーターを始めると「そこのくたばりぞこないのババァ、長生きしろよ」みたいな下町ならではの口の悪さと情の深さで人気を不動のものにしていくわけだけど、毒蝮に改名するのは本気でいやだったみたいね。

「毒蝮になったら浅丘ルリ子と共演できなくなるよ」と談志師匠に直訴しても「毒蝮の方が仕事が増える」と押し切られ、結果、仕事も増えたし『男はつらいよ〜寅次郎忘れな草』では浅丘ルリ子と夫婦になれたのだから、三〇代の立川談志の先見性は神がかっているぞ。

「監督、浅丘ルリ子さんの亭主役、おれでいいんですか？」

「いいんだよ。主演の渥美清よりいい男だと困るんだ」

そんな山田洋次監督との会話も下町っぽくていいねぇ。

ちなみに、立川談志と石井伊吉は同年代だ。笑点では司会者と座布団運びという序列関係だったけど、ある時期までは芸能事務所の社長が石井伊吉で、立川談志が所属タレントという間柄だったので、立場逆転。この期間に、あの伝説の事件が起きるわけです。

談志師匠がまだ寄席に出ていた頃の話だ。寄席は一カ月を一〇日ずつ、上席、中席、下席と区切り、それぞれに昼夜の主任(トリ)を決めて席亭が番組を組み立てる。ところが、主任ともなると、一〇日間毎日寄席に出るのはほかに割のいい仕事が入ってないみたいで、ちょいと格好がつかない。なので、ほかの仕事が入ってるわけじゃないけど、一〇日のうち一日か二日代役を立てることは客も承知のスケって寸法だ。

そんな緩い仕来たりが許せなかったのが石井伊吉社長ね。ある日、駅のホームで談志師匠とばったりと会ってしまう。

「どこに行くんだい。今日は寄席があるだろ」

「今日は休む」

「駄目だよ、仕事に穴をあけたら」

「いいんだ、いいんだ」

「駄目だよ」

「いいんだって」

「なんだと、てめー」

と、談志師匠のからだをドンと押したところに急行が通過したので、ああ、殺っちまったかと青ざめると、偶然そこにあったポールに腕を回していた談志師匠がクルッと一回転して元の位置に戻ってきたんだって(笑)。

「なにしやがるんだよ」

「洒落だよ」

「洒落で突き飛ばすやつがいるかよ。死んだらどうするんだ」

「死んだら洒落がわからないやつだったと言いふらすよ」

そんな悪友の葬儀に車椅子で出席したマムシさんは「立川談志がこの世に戻ってこないことを願って三本締めをします」と言って、三本締めの音頭をとった。こんな洒落が通じる間柄はなかなかない。

その談志師匠をはじめ、永六輔、前田武彦、青島幸男、坂本九、大橋巨泉、藤村俊二、愛川欽也といった昭和のテレビ、ラジオを支えた故人たちの洒落に満ちた思い出を綴った本をベテラン放送作家の奥山侊伸さんに書いてもらって、昨秋拙舎から出版した。

困ったのは帯の推薦文だ。これだけの大物たちと匹敵する存命のタレントとなると、誰だろう。この際、霊媒師に青島幸男の霊を呼んでもらって、その言葉を帯にしようかとも考えたけど、それには及ばなかった。いるでないの、談志師匠たちに匹敵する大物が。というわけで、毒蝮三太夫さんにお願いしたら、ふたつ返事で快諾してくれたのです。

北海道の弱小出版社なので、たいしたお礼もできないのですが……と、もじもじしていると、

「そんなこと気にしなくていいんだよ。おれも若い時は目上の人に助けられてここまで来たんだから」と、なんと、無償で引き受けてくれたんよ。いい人だなぁ。

そんなマムシさんにも、コンプレックスはある。以前暮らしていたマンションのエレベーターでみょうちくりんな袢纏《はんてん》を着たご隠居に「どうも、半村良です」と声をかけられた時にふと思ったんですって。

ああ、憧れの小説家だ。うらやましいなぁ、って。

なにしろ父親が絵に描いたような下町の大工で、家に本なんてなかったので、読書とは無縁で育ち、作家という選択肢が最初からなかったと嘆くマムシさんだけど、『人生八十、寝てみて七日。』など何冊か出している著作はどれも名著だ。

知識を貯めるばかりで白熱も凍結もしなくなった作家の温度のない言葉よりも、下町の商店街での生放送中にくわえ煙草でやってきた盲目のおっちゃんに「おれの煙草、ひとくち吸ってくれよ」と言われて「いいよ。ちょうど一服したかったんだ。男同士の間接キスだな」と笑いながら吸うと、「本当に吸ってくれたのかい。ありがとうな」と言って、ぽろぽろ涙をこぼす盲目の紳士の後ろ姿に向かって「くたばるなよ、ジジィ」と声をかけた。なんて話の方がよほど文学的だとおいらは思うんだけど、大兄はいかが？

一九六六年の携帯電話

じいちゃんの遺言。ってわけじゃないけどガラケーを貫いている。この本の執筆者にガラケーで頑張っている人は何人いるのだろう。亀和田武さんはガラケーだぞ。あと誰だろ。なんとなくだけど、みんなスマホっぽいね。

多くの誘惑を振り切ってガラケーを貫いている理由は三つある。ひとつはスマホが嫌いだから、だ。

正確に言うと、なんでもその場で検索しては知ったつもりになっている昨今の風潮が嫌いなのだよ。たった今スマホで調べてわかったことはあんたの知識じゃないからね。

もうひとつの理由は二つ折りという形状が好きだから。

掌に収まるコンパクトサイズも好きだし、片手で開いたり閉じたりする時の音も好きなんだよなぁ。中途半端にでかいスマホで通話している姿の野暮ったさと比べたら、スリムな二つ折りで話している姿の方が遥かに様子がいいと思う次第。

そして、三つ目の理由が『宇宙大作戦』だ。『宇宙大作戦』に夢中になった世代にとって二つ折りの通信装置は憧れのアイテムだったのだよ。おっと、『スタートレック』じゃないからね。おいらが夢中になったのはスールじゃなくてミスターカトウ、ウフーラでもウラでもなくてウーラ中尉、機関士のチャーリーが活躍する『宇宙大作戦』の方だ。中国では『星空探検』（だったと思う）だし、日本では『宇宙大作戦』ね。

惑星探索に降りたカーク船長やミスタースポックがエンタープライズ号に戻る時、コミュニケーター（通信装置）のフタをパッと開いて、「転送」と、ひとことだけ告げる場面の格好よさったらなかったからなぁ。

ＳＦ雑誌『スターログ』の創刊二号の表紙がスポックの顔だった時は歓喜したし、スターログに載っていたコミュニケーターのプラモデル（田宮の八八分の一ミリタリーミニチュアシリーズを作り慣れていた少年にとってアメリカ製のプラモデルはパーツが驚くほど少なくて、不正確で、とにかくチャチだったのを覚えているぜ）を買ったほどの『宇宙大作戦』フリークが大人になったら、転送装置やメスを使わない手術の機械はさすがに実用化されていなかったけど、コミュニケーターとよく似た二つ折りの通信装置が実用化されていて、しかも普及していたんだよ。コーフンするでしょ。おれはしたよ。コーフンしまくりさ。

片手だけでサッと二つ折りを開いて通話をする度に『宇宙大作戦』のカーク船長と自分を重ねている妄想おやじのロマンはガキどもにはわからないだろうなぁ。

だから、ガラケーと蔑まれようとも二つ折り携帯電話を使い続けるんよ、おれ、おいら。

それにしても、すごい発想力だと思わない？

ジーン・ロッデンベリーが『宇宙大作戦』を考案したのは昭和三八年頃だからね。日本では『鉄腕アトム』が初の国産テレビアニメとして放映されていた頃に携帯電話の出現を予測していたんだもの。ウイリアム・シャトナーなどのオリジナルメンバーを揃えてのパイロット版（日本ではそのまま第一話として放映された『光るめだま』）を撮影したのが昭和四一年なので、この時点で二つ折り携帯電話そっくりの通信装置を立体造形していたってことかぁ。すげぇなぁ。

手塚治虫ほどの天才でも携帯電話の出現は予測できなくて、磁力かなんかで空中に浮遊する車がチューブの中を走る未来都市でもアトムが使う電話は固定式の黒電話だったことを思うと、やるねぇ、ジーン・ロッデンベリー。

ちなみに、おいら、高校の漫研時代、非論理的なことが大嫌いな性格がうざがられて友人が一人もいない少年が主人公の『スポックくん』という四コマ漫画を描いていたんだけど、そんな話はどうでもよかったね。

あと、ウーラ中尉に恋をしちゃって、いつの日かウーラ中尉のような黒人と結婚したい♡と思っていたって話はもっとどうでもよかったか。にゃはは。では次回、『幻の白ケロリン桶をめぐる冒険』でまた会おうぜ。バイビー。

一九八〇年のレイ・ブラッドベリ

鹿と衝突した。

思いっきりハンドルを切りながらブレーキを踏んだので、一頭目は回避できたけど、続けて飛び出してきた二頭目に激突してしまったよ。

場所はヌプントムラウシ温泉へと向かう道中。北海道の真ん中にそびえる大雪山系の南西部、地図で見ると左下の辺りね。民家もなければ携帯電話も圏外という大自然のど真ん中、原生林を貫く一本の舗装道路での出来事なり。

それにしても反則だよなぁ。こんな真っ昼間に元気よく飛び出してくるなんて。エゾ鹿くんは臆病者の草食動物なので本来夜行性だ。なので、鹿が飛び出してくるのは薄暮時から夜明け前にかけて、と相場は決まっているのに、昼日中に飛び出してくるんだもん。

反則だぞぉ、と心の中で叫びながら、ぐったり倒れている鹿くんを心配そうに見ているもう一頭を見てハッとした。

まだ子供だ。

そうか。「車に注意しながら道路を横切る」という後天的に習得する防衛行動を教えてくれるはずの親鹿が撃たれたか何かで死んじゃって、何も教わることができなかった子鹿の兄弟だったのかぁ。

ううっ。とっても悪いことをした気分になってきたぞ。まさか自分が鹿をひく日が来るなんて思いもしなかったよ。

怖いけど、即死したであろう死体を確認しないとね、と、車から外に出ようとしたらドアが開かなかった。

え？

かなり力を入れてもドアが開かないぞ。と、肩でドアに体当たりしたりしてあせっていると、衝突してピクリとも動かなかった鹿くんがヌラーッと立ち上がって、恨めしそうな顔でこちらに向かって歩いてくるでないの。うぎゃあっ○。

れ、れ、霊だ。鹿霊だ。

霊といえば、面白い本が手に入ったのだった(笑)。『別冊新評〜水木しげるの世界』(新評社／一九八〇年一〇月発行)。竹宮恵子との対談から単行本やテレビ化作品一覧、呉智英による水木しげる年譜、本人による紙芝居作品リストなどを

二一〇ページにわたって網羅した完全保存板なり。

池上遼一が水木しげるのアシスタントをしていたこととか、その頃、矢口高雄がガロでボツになった処女作を水木しげるに見てもらって褒められたので銀行員を辞して漫画家になる決意をした、ぐらいの知識しかなかったおいらにとっては、永島慎二と水木しげるの出会いの話とか、野坂昭如とのかかわりとかが面白くて夢中で読み耽ったんだけどさ、水木しげるって一九五七年に出版された『ロケットマン』が初漫画なので、この別冊新評が出た一九八〇年って漫画家歴はまだ二三年だったのね。なのに大ベテランの貫録なのは五八歳という年齢のせいなのだろうか。

そうだ。一九八〇年といえば最近しびれる本を読んだのだった。片渕須直の『終らない物語』(フリースタイル刊)。

この本、序盤からレイ・ハリーハウゼンとか、レイ・ブラッドベリ、ゲイリー・カーツなど、SFファンにはお馴染みの大物が次々に登場してきて非現実感が半端ないんだけど、片渕須直が宮崎駿と初めて出会ったのが、まさしく一九八〇年だったのだよ。それも、学生とゲスト講師という出会いだったのに、その二年後には一緒に屋久島に旅立っているわけで、この辺りの展開が非現実的でクラクラしちゃうのです。

この本で一番好きなエピソードは、その屋久島旅での二日目の夜の出来事だ。昼間、山の中を屋久杉まで歩いて、途中、雨に打たれたりした夜の消灯後、布団を並べて寝ていた宮崎駿が、まだハタチそこそこの片渕須直に向かって「なあ」と話しかけるんよ。

そして、昼間見た森林鉄道を思い出しながら「ああいう線路でハドソンさんの車を走らせてみたかったんだよなぁ」と語る場面。屋久杉まで歩いた経験がある人間なら例外なく膝を打つはずだ。

ちなみに哺乳動物は北極に近づくほど巨大化するので、同じ鹿でも屋久島の鹿と比べると北海道のエゾ鹿は格段に大きい。って、そうだった。そのエゾ鹿とぶつかったんだった。

頑丈な大型SUVに乗っていたので、ぶつかった衝撃で即死したと思っていた子鹿がムクッと立ち上がったのだよ。で、一瞬こちらを見たと思ったら、何事もなかったかのようにピョーン、ピョーンと走って行ったのさ。白くてまーるいお尻を揺らしながら。

運転席側のドアが開かないので、助手席側から外に出て、車の正面を見て納得。正面から見ると車体は無傷で右のヘッドライトだけが二〇センチほど奥に押されていた。そのせいで右側のボディが歪んで、運転席側のドアが開かなくなっていたのかぁ。つまり、おいらの愛車のヘッドライトがフレームを歪ませながら奥に沈んだことがクッションになって、子鹿くんは「お尻を痛くしたけど命に別状ないもんね」と奇跡的に助かったってことなのね。

よかったぁ。殺してなかったよぉ。

と喜んだけど、ちょっと待てよ。車の修理代は鹿くんには請求できないし、どうなっちゃうんだろ?

保険会社に連絡すると「野生動物は対物保険の対象外です」ということで、六〇万円也の修理代は車両保険と自腹で支払うことになったのでした。ううっ。貧乏作家にとっては鹿霊より怖い話だったりしてね。旅は続くっ。

赤塚不二夫にふられた冬の夜の話

たとえば旅先の蕎麦屋。

カウンターの端の席で、見るともなく職人の仕事ぶりを眺めていたら、その見事な手際に見惚れてしまう、なんてことが折節ある。

阿寒湖畔にある奈辺久《なべきゅう》の店主が阿寒湖名物のワカサギの天麩羅を素手で揚げていた。無駄のない所作でワカサギに衣を付けると、油の鍋に手で泳がせる。油の上から落とすのではなく、油の中まで手を入れてワカサギを順番に泳がせるんよ。

上げる時も同様。手を油に入れては揚げ具合を確認し、最良のタイミングでワカサギたちをすくい上げるでないの。そんな職人の妙技を堪能していたら、自慢のワカサギ天ザルが目の前に置かれたのです。

旨い。思わず店主の顔を見上げると、「カレー塩もいけますよ」と、やっと聞こえるような小さな声で言って、笑った。はにかみ具合が誰かに似ているぞ。そうだ、赤塚不二夫だ。

と思ったのは店内に飾られたバカボンパパの色紙が影響したのかもしれないけど、猫好きそうな雰囲気が確かに似ている。

一時期、赤塚不二夫は二年とあけずに阿寒湖にやって来ては滞在していた。先住民の友と心を通わせていたからである。

たいていは友人が営む宇宙人という喫茶店に居たけど、雌《め》阿寒岳《あかんだけ》麓の湯宿や、屈斜路湖畔《くっしゃろこはん》の共同浴場にも出没していた。酔った赤塚不二夫が共同浴場の女湯をのぞきに来た時などは妙齢の先住民マダムに「そんなところでのぞいてないで、こっちに来て一緒に入りなさい」と誘われ、恥ずかしそうに男湯に逃げたそうな。という話をピリカメノコ（先住民の美少女）から聞いたことがある。

意外と照れ屋なんだね。

一方で、気に入った飲食店や湯宿があると、後日、東京に戻ってからバカボンパパの着色画入りのサイン色紙をマメに送っていたので義理堅い人でもある。

おいらが赤塚不二夫と遭遇したのは阿寒湖ではなくて夕張だった。毎年二月の厳冬期に開催されている夕張映画祭の会期中、深夜の路地で、酔ってふらふらと歩く赤塚不二夫とバッタリと出会ったのだよ。

夕張市内に五カ所ほど設けられた会場で深夜まで映画が上映され、映画関係者の生トークも聞けるとあって、マイナス一〇度以下に気温が下がっても、多くの映画ファンが白い息を吐きながら目当ての会場へと歩いていた。

そんな中を赤塚不二夫が歩いていたんよ。大興奮でしょ。しかも、誰もギャグ漫画の王様の存在に気づいていないない風情なのよ。なんともったいない。

赤塚先生、来てたんですね♡　何を観てきたんですか？

おいらがそう話しかけると、

「映画は忘れちゃったけど、すぐそこで誰かがビートルズを唄っていたから、それを聴いてきたの。目の前に一升瓶を置いてさ、上手かったよ」と、酔った王様が返事をしてくれた。チャンスだ。千載一遇のチャンスだぞ。少年時代からファンだった赤塚不二夫が今、目の前に居るのに、周囲は誰も気づいていないのだよ。会話のチャンスなり♡

何を話そうかな。ゴールデン街のバーで温かい言葉をかけてもらった夜のことを話そうか。

あの日、やっとたどり着いた憧れのバーは深夜なのに満員電車状態だったので、人見知りの田舎青年はその中に飛び込む勇気がなくて帰ろうとしたんだ。すると、客のひとりが田舎青年に気づいてくれて、「入りなよ。一緒に飲もうよ」と声をかけてくれたのさ。それが赤塚不二夫だったのだよ。

別の客が「無理だよ。もう入らないよ」と言ったけど、赤塚不二夫は「大丈夫だよ、あと一人ぐらい入れるよ」と頑張ってくれた。田舎青年はそれだけで胸がいっぱいになって、何も言えないままその場を去ってしまったよ。

あの時どれだけうれしかったかを伝えるべきか、それとも、もっと昔の少年時代、月刊少年マガジンの『天才バカボン一〇〇ページ特集』が死ぬほど面白くて一〇〇ページ全部を模写したこと。その号の読者プレゼントのサイン色紙が当選したのについに送られてこなかったので今サインしてください、とでも言おうかなどと逡巡したのに、おいらの口から飛び出た言葉は「赤塚先生、一緒に飲みましょう♡」だった。

ギャグ漫画の王様は自分のファンでもなんでもない、ただのお調子者と思ったんだろうね。

「いやだよ。男と飲むなんて。ホテルに帰って寝る♡」

そう言うと、王様は一度も振り返らずに、ふらふらと夕張の夜の闇に消えて行ったのでした。

ふられたおいらは、せっかくのチャンスに何も言えなかった自分の駄目さ加減に意気消沈しつつとぼとぼ歩くと、誰かが雪に座ってビートルズを唄っていた。

唄がバツグンに上手い。ギターもいい音をさせている。って、この声はひょっとして……♡

目を輝かせて聴いている女の子の横に腰を下ろして歌の主を見ると、やっぱりそうだった。レッド・ウォリアーズのダイヤモンド☆ユカイだった。ちびりそうになった。

「さっき、何曲か聴いていた酔っ払いのおじさん、赤塚不二夫さんですよ」と告げると、今度はユカイがちびりそうになっていた。そうか。もろ、バカボン世代だもんね。

冬の夜、夕張の路上でユカイが唄うビートルズを赤塚不二夫が聴いていたなんて素敵な話でしょ。その証人がおいらさ。

赤塚不二夫さんはいつもどの席に座っていたのですか？

阿寒湖畔の蕎麦屋で名物のワカサギ天ザルを食べ終えたおいらがそう訊くと、「いつも決まって、あそこの小上がりのあの席です」と店主氏がそっと教えてくれた。

そして、こう付け加えた。

「でも、蕎麦は食べてくれたことないんですよ。いつも天丼とかご飯物ばかりでした」

通い詰めた蕎麦屋で一度も蕎麦を注文しなかったなんて、いい話だなぁ。こういう話が好きなんよ、おいら。

王様が没して一二年。BESTマンガを選ぶ号にこんな話はいかがなものなりや。

角川シアターであの人と連れションした話

インターネットで探せない情報は意外と多い。

おいら、古い地図を頼りに朽ち果てた廃墟温泉を探し出すのが趣味なんだけど、昭和に開業して平成に廃業した温泉はググっても一件もヒットしない、なんてのは日常茶飯事で、忌野清志郎の最後のステージが札幌だったことさえ出てきやしない。チャボのギターで『雨あがりの夜空に』や『スローバラード』などを熱唱したのにさ。ちなみに前座はチャラ、山崎まさよし、奥田民夫、佐野元春ほか。豪華すぎるでしょ。

あんなに上機嫌なチャボは二度とお目にかかれないと思うけど、インターネットでは清志郎の最後のステージは札幌になっていないし、今回の本題、角川シアターも見つからない。

あれは何年だったのだろう。札幌に角川シアターという角川映画専門の映画館があったんよ。全国展開前の実験館なり。

一九八五年ごろだったのかな。一九八四年が片岡義男原作の『メイン・テーマ』、和田誠監督の『麻雀放浪記』、原田知世の『天国に一番近い島』、薬師丸ひろ子の『Wの悲劇』で、八五年がりんたろう監督の『カムイの剣』、片岡義男原作の『ボビーに首ったけ』、つかこうへい原作・脚本の『二代目はクリスチャン』、八六年が北方謙三が客役で出演した『キャバレー』や片岡義男原作の『彼のオートバイ、彼女の島』だったので、たぶんその頃か、少しあとだったと思う。

当時のおいらは雑誌やラジオの仕事をしながら映画監督を目指している、というどこにでも転がっている二〇代の夢追い若造で、何本かの作品がテレビの深夜番組で取り上げられたことに気をよくして、まずは低予算のチンピラ映画を一本撮って、それが角川春樹氏の眼鏡に適って、数年後には角川映画でSFカンフーアクションを……などという妄想を膨らませていた。

八〇年代の角川映画はノヴェライズなどのメディアミックス路線も魅力だったけど、『復活の日』や『野獣死すべし』『蒲

田行進曲』『探偵物語』といった名作が目白押しだったので、それらと名を連ねて箔を付けたところで、自分が一番作りたい映画（トリュフォーの『アメリカの夜』のような映画の製作現場を舞台にした駄目人間たちと宇宙人の交流を描くSFヒューマンコメディ）を作るのだ◌という野望を抱いていたので、角川映画は外せない関所だった。

なので、おいら、角川シアターに足を運ぶ折は必ず企画書と脚本を持って行ったのです(笑)。

いやいや、映画を見に行っただけで角川御大に会えるとはさすがのおいらも思ってなかったよ。でも、ほら、万が一偶然に出会えたら、「札幌に天才映画監督の卵がいます。育ててください◌」などと売り込むことができるでしょ。

そんなわけで、その日も脚本と企画書を持って角川シアターに行ったおいら。上映前にトイレに行ったのです。

角川シアターは古い雑居ビルに入っていたので、トイレが狭かったなぁ。たしか男性用の小便器が二つか三つしかなかったはずだ。持参した脚本類を置くスペースもなかったので、どうせ今日も会えるわけないやとつぶやいておいら、その脚本類を丸めるとジーパンの尻ポケットにねじこんだのです。

と、その時よ。誰か入ってきて横に並んだなぁと思ったら、なんと、角川春樹その人でないの◌

角川春樹と連れションだよ。早く話しかけたいのに、なんでかなぁ。こういう時に限っておしっこが止まらないのさ。

仕方ないので出しながら話しかけたけどさ。

「札幌で映画を作っています。たまたま、これから作る映画の脚本があるので見ていただけませんか」などと言い、やっとおしっこが止まったので、ジーパンの尻ポケットから脚本を抜いたら、丸めて押し込んだので折り目がいっぱい付いていたりして。最悪じゃあ。

失礼なことぐらいわかっていたけど、こんなチャンス二度とないからね。しわくちゃの脚本を手渡したら、角川春樹さん、タイトルの『鉄砲玉ブルース』を見て笑いながら、「札幌には映画製作を志している若者が何人ぐらいいるのかな？」と突然言ってきたのよ。

おいらが「えっと、劇団関係者なら……」などとうまく答えられずにいたら、「今度、札幌近郊に映画村を作ることにしたんだよ。今日もそのために来たんだけどさ、来年中に始めたいから、それまでに映画人を志す若者を一〇〇人集められない？」と、一分前にトイレで出会っただけの若造に突然、部外秘的な話を語り始めたのです。

そして、「受付に名刺を渡しておくから連絡してね」と言うと、握手をしてくれたんだ。二人ともまだ手を洗ってなかったけど、そんなの関係ないね。連れションしてトイレで握手。映画村。映画人を一〇〇人集めて好評価。異例の大抜擢でメジャーデビュー。うっしっし。妄想炸裂しまくりさ。

それから数カ月後、角川シアターは札幌から撤退していた。

映画村の話も立ち消えた風情なので思い切って名刺の電話番号に電話をかけてみたら、「角川がそんなことを言ったんですか」と驚いたスタッフが「そんな計画も確かにあったんですけどねぇ」と、遠い過去の話題のように一蹴したので、おいらのシネマ野望はそこで終了。

その後は活字の国で野望を抱いては挫折するのでした。

ピリカメノコとデラシネと五木寛之

ぶっ魂消た。目の前に五木寛之が居るんだもの。ちょっと待ってよ、五木寛之のことなんてUちゃんから聞いてなかったよ〇。とひとり客席でわぁきゃあ驚倒した日の話を書くね。まだ誰もマスクなんぞしていなかった二〇一九年一〇月のこと。大学進学を機に生まれ育った屈斜路湖畔を離れて札幌の学生寮で暮らしているUちゃんから連絡があったんだ。サークルの発表会があるから見に来てほしい、と。

地味なサークルの発表会だから、客席が埋まらなくて困っているんだろうなぁ、ぐらいの軽い気持ちで快諾。時間と会場だけ確認して、あくまでも軽い気持ちで向かったのでした。

Uちゃんは先住民族の子だ。

二〇年ほど前、屈斜路湖畔の温泉宿の取材をした折、とある温泉宿の宿主が先住民で、しかも桁外れに破天荒な人物だと知った。先住民族の血筋の家の何割かがそうだったように彼の家も貧しい母子家庭だったので、小学校に行く時間も惜しんで廃品回収に精を出す少年時代を送っていたそうな。

彼はリヤカーを引く手を止めては空の雲を見上げた。山を見た。海を見た。そして気づいた。人間が作るものは直線ばかりだけど、神《カムイ》が作ったものに直線はひとつもないことを。

そんな少年を見た山本太助エカシが彼をサンニョアイノと名付けた。思慮深い人間という意味だ。

先住民族の多くは悪魔に赤ん坊を持って行かれないように生まれた時はわざとに粗末な名前を付け、成長後、その子の性格にあった名前に改める。

ある日、サンニョは捨てられたアコースティックギターを手にする。奏でてみると不思議と弾けた。これだと閃く。彼はギターを持って世界中の先住民を訪ねる旅に出た。旅の終わりに国連で演説もした。帰国してからは、べ平連に参加し、地元に戻ると選挙に出馬。赤塚不二夫や坂田明が応援に駆け付けたけど見事に落選して、屈斜路湖畔で湯宿を営みつつ音楽活動を続けているところだったのだよ。

どうやらただものでないことだけはわかったので、ちょくちょく顔を出すようになり、気が付くと心やすくなっていた。

ある夏の日、屈斜路湖畔を訪ねると、元ピリカメノコたちが屋根のペンキを塗りなおしていた。ピリカメノコは清らかな先住民の美少女のことだ。ピリカメノコたちは和人と恋に落ちては地元を離れ、子供の手を引いて地元に戻ることが少なくない。もちろん夫婦円満で暮らすメノコもいっぱいいるけどシングルマザー率も高い。事情はいろいろだろうけどね。

そんな元ピリカメノコたちはたくましい。どこにでもいそうな若い美人ママなのに、鹿を解体するし、屋根に上ってペンキも塗る。そんな眩しい姿を眺めていたら、小さな女の子

が走り寄ってきた。そして、折り紙で作ったお守りをくれたんよ。それがUちゃんだ。

血が交じるほど美形になるというのは本当で、先住民の血を引くUちゃんはドキッとするような美少女だった。

そのUちゃんが成長して、大学生になり、先住民の踊りや楽器を継承するサークルに入り、その発表会があるから見にきてほしいと言うのだから、そりゃあ、行くでしょ。離れて暮らす母親が見に来れない分も見届けないと。

斯様な心持ちで着席したら、登壇したのさ。五木寛之が💭

一九三二年生まれということは当時八七歳なのに、若いんだ。背筋をピンと伸ばして立ったまま、ジョークで会場を沸かせて、五七分間、メモの一枚も見ないで話し続けたからね。

それにしても、五木寛之ほどの大物が北海道の大学のサークル発表会のために、どうしてわざわざ来てくれたのだろう、という疑問は当の本人も抱いていたようで、講演冒頭でこんなキザな理由を述べていた。

わざわざ北海道に来てしまった理由を自分なりに考えたところ行きあたったのはデラシネである、と。デラシネというフランス語は根無し草とかさすらい者として論じられるけど、それは誤解で、自分たちがその地で生きて自分たちの文化を育てたいと思っても、政治的な大きな権力によって土地を追われた人たちのことだと自分なりに解釈している、と。

生後間もなく朝鮮半島に渡って、多感な少年時代を平壌で過ごしたのに敗戦後、慣れ親しんだ故郷を追われてしまった自分の生い立ちと、大化の改新で北方に追いやられ、場所請負制度や明治維新で土地も尊厳も奪われた先住民族の歴史を重ねて、デラシネの思いが自分を来道させたと自己分析する五木寛之はキザだけど格好よかったなぁ。

ひとつ、気になったのは冒頭登壇した女教授と理事長の言葉だ。二人ともまるで「こんにちは」と同じようなノリで「イランカラプテ」と挨拶をした。違和感に鳥肌が立ちまくった。世界中の先住民族の大半が「こんにちは」に該当する挨拶言葉を持たないように我が国の先住民も挨拶言葉は持ってないからね。せいぜい仲間うちで名前を呼ぶ時に「へー」と付け加えるぐらいで挨拶言葉はない。そもそも挨拶は律令政治を導入後、見知らぬ者が自国を通過する時などに用いた「こんにちは日柄もよろしいようですが、どちらへお出かけ?」みたいに相手の行動を訊問する慇懃《いんぎん》だけど非情な威嚇言葉の短縮語なので、先住民には必要のない概念だったのだよ。

イランカラプテは直訳すると「あなたの心にそっと触れさせてください」で、コタン(集落)の長老が大切な客が訪れた時だけ使うような非日常語だ。

金田一京助に認められ、先住民族として最初に本を出した知里幸恵《ちりゆきえ》や知里真志保《ちりましほ》の血を受け継ぎ、記念館の館長をしていた横山むつみが「わたしは先住民族の中で育ってアイノイタク(先住民族の言葉)を使ってきたけど、イランカラプテなんて一度も聞いたことも言ったこともないよ」と憤慨していたことをイランカラプテが日常挨拶だという堕説を鵜呑みにしている大学教授たちはどう考えるのだろう。デラシネへの無理解がなせる業でしょ。

つまり、おまえら全員偽者じゃんという主張はいやもう絶対に譲れないな。

沖縄のTAXIに気を付けろ!!

の巻

もう一〇年も前の話なのに固有名詞をハッキリと覚えている。それほど衝撃的な出来事だったんだろうね。

その夜、おいらはタクシーに乗っていた。

といっても、歩いても一〇分もかからないようなわずかな距離ね。まだ、那覇の国際通り周辺の地理に不慣れだったので、居酒屋から居酒屋への移動の折、軽い気持ちで一台のタクシーに乗り込んだのです。

シーサータクシー。いい名前でしょ。運転手の名前は金城某《きんじょうなにがし》。典型的なウチナー姓だなぁとぼんやり思いながら、ほろ酔い加減の頭で、つい今しがたまでいた居酒屋での出来事を振り返っていた。

入った瞬間、店の雰囲気がダメだった。黒いテーブル席だけの小洒落た店で、客層は気取ったねーちゃん中心。そんな苦手な空間に、東京や岡山や秋田の出版関係者（その後、大変お世話になったり、親しくなる人たち）がいて、少し遅れて到着したおいらに沖縄の料理の説明をしては泡盛を薦めてくれた。那覇での出版イベントの打ち上げということで、みんな楽しそうだったけど、せっかく沖縄にいるのに地元のメンバーが一人もいない違和感に耐え切れなくなったおいらは小一時間でおいとまして、地元出版関係者たちが打ち上げをしている別の居酒屋へと移動するために、深く考えずにタクシーに乗り込んだんよ。

沖縄のタクシーは料金が安いし、台数も多いし、札幌みたいにタクシー乗り場にうるさくないので、観光客、地元民問わず、利用頻度は北海道の三倍以上だ（と思われる）。運が良ければ、個性豊かな運転手が到着地まで楽しい会話をして南国気分を盛り上げてもくれるしね。シーサータクシーの金城某もそうだった。

「お兄ちゃん、仕事は終わったのかい?」

この夜のおいらはどう見ても、スーツ姿とはほど遠いヤクザな服装だったけど、金曜の夜だったので、そう話しかけてくれたのだろう。人懐っこいイントネーションに心を許して、いろいろ話してしまったさ。

「北海道からわざわざ来てくれたんだからさ、沖縄の夜に、特別な思い出のひとつも作っていかないかい?」

ん? 特別な思い出? なんだろ?

「沖縄娘はプレイが濃厚だよ」

ん? プレイが濃厚? 何を言ってるのだ、このおっちゃんは。風俗の斡旋かよ。冗談じゃないぞ。自慢じゃないけど、そのての店には一度も行ったことがないのだよ、おいら。客引きの口車にまんまと乗せられるほどの田舎もんじゃないってば。気が付くと、シーサータクシーは指定した居酒屋の前に停まっていた。

「友だちが待ってるんで、また今度」

そう言って、タクシー代を渡したおいらに金城某は「なんも、乾杯だけして、用事があるからって店を出たらいいでしょ。おじさん、ここで待ってるからさ、義理だけ果たして出ておいでよ」

「そーしようかな。てへへ」

そーしようかな、てへへって、おれ、まんまと口車に乗ってたりして。南国に行った独身北海道男に浮かれるなって言う方が無理ってもんだぜ(苦しい言い訳)。

階段を上がると、落ち着いた風情の店内では地元の出版関係社や地元新聞社の出版担当、マスコミ関係者が盛り上がっていた。いいねぇ。いいんだけどさ、おいら求めていたのは。いいねぇ。うん。この感じだよ、おいらには風俗初体験in沖縄という重大なミッションが残されているので、できるだけ深入りしないよう、目立たないよう、入り口近くの壁にもたれて、同じように、みんなの輪に入れずに一人で飲んでいた同世代の男性相手に静かに飲み始めた。

実はこの同世代、コザのWさんというおいらより一歳先輩の沖縄でも一、二に入るオタッキーな人で、古い漫画の話でいきなり盛り上がっちゃったんだけど、外にシーサータクシーを待たせているので、『海商王』の話をしていても、おいら、気が気じゃないんよ。

どのタイミングで出るべきか……と思案していたら、そんなおいらの不自然な挙動を沖縄の出版人、新城和博は見逃さなかったね。

「あざらしくん、昼間はあんなに大騒ぎして、ぼくたちの北海道人の寡黙なイメージを見事に壊してくれたのに、今夜は妙に静かで怪しいよ。どーしたの?」

「ギクッ。実は……」と、シーサータクシーの金城某の勧誘に負けて、今、外にタクシーを待たせているのでソワソワしていたことを告白すると、場内大爆笑。

「あのね、あざらしくん。沖縄のそーいう店で働いている人は大阪あたりから流れてきた人ばかりだよ」

ええっ、そーなのぉ。沖縄娘はプレイが濃厚って嘘だったの。よさそうな運転手さんだったのにぃ……。

「まだ、あんなこと言ってるよ。これは罰ゲームが必要だね。そんなにキスしたいんなら、今、仲良く話していたWさんとキスしたらいいよ」

いやいやいや、それはダメでしょ。だいたい、W先輩だって、男同士のキスなんてイヤですよね。

「ぐふふ」

ぐふふって、なんなんだよ～。

そこは明確に拒否しろよ～。

結局、キッス、キッス、キッスという指笛交じりのキッスコールには抗えず、おいらとオタッキーW先輩は特設お立ち台で熱い口づけを交わしたのでした。

沖縄初キス相手のW先輩とはその後友情が芽生えて、一緒にライブを見に行く仲になったのです。めでたし、めでたし?

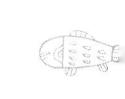

うちなーコラムン①

【CDのはなし】

なんて素敵なサービスなんだろう♪と感動したのは2005年に沖縄本島を旅した時のことだ。いつものようにOTSレンタカーを借りると、一枚のCDを手渡されたんよ。タイトルは「めんそーれ沖縄！58ドライブ～vol.3」。沖縄ツーリストとFM沖縄の共同制作盤だ。早速かけてみると、地元の人気DJ、津波信一がウチナーグチ全開で、音楽と最新情報を提供するラジオ番組スタイルのCDで、レーベルの垣根を越えて、BEGIN、彩風《あやかじ》、普天間かおり、下地勇の曲が収録されているでないの。

まだ沖縄音楽ビギナーだったおいらにとって、石垣島の彩風や宮古島の下地勇は未知の存在だったので、聴きながら車内で大興奮♡。

本当に貴重な出会いのきっかけとなったのでした。

レンタカーの需要が沖縄以上にある北海道でも、道産子ミュージシャンが競演するオリジナルCDをプレゼントしたらいいのにな。

DJはタック・ハーシー。曲はベーカーショップ・ブギのファンキーなナンバーで始まって怒髪天のごきげんな大衆ロックと続き、アイヌ詞曲舞踊団モシリの幻想的な民族音楽をはさんで、堀江淳と五十嵐浩晃の往年のヒット曲でほっこりして、八田ケンヂのしびれるバラッドで締めるってのはどうざんしょ♪と思った次第。

【沖縄バヤリース問題】

旨い。旨すぎる。いいなぁ、沖縄の人たちはぁ、と心底うらやましく思ったのは沖縄バヤリースのグァバジュースを初めて飲んだ折のこと。グァバだけじゃないぞ。マンゴー、パッションフルーツ、シークワサー、ピンクドラゴン、ハイビスカス花茶などなど種類が豊富で、しかも、ハズレなし。

なんなんだ？　沖縄バヤリースって、すごいじゃん。社員四二人（うちパート一三人）とはとても思えない開発力と品質でないの。

いやもちろん北海道にも美味しいフルーツジュースはいっぱいあるよ。あるけど、高いでしょ。これっぽっちの小さな瓶で三〇〇円とか。沖縄バヤリースはペットボトルで税別一五〇円なので、日常飲みできるわけで、気が付くと、おいら、箱買いしていたのです。

ただし、物産展やわしたショップは種類が少ないので、直営のオンラインショップでね。

そんな大ファンだっただけに「閉店のお知らせ」というメールが届いた時はぶったまげたのなんのって。

慌てて琉球新報のウェブサイトの過去ニュースで調べてみると、ふむふむ。復帰直前の一九七二年に沖縄バヤリースの前身にあたるアメリカンボトリングが解散したのを受けて、同社従業員ら約六〇人が共同出資して沖縄バヤリースを設立。オリオンビールをはじめ県内の飲料メーカーが次々に本土資本の子会社になる中、唯一の地元資本として頑張ってきたけど、二〇〇四年は一六億三三〇〇万円あった売上が二〇一三年は八億四五〇〇万円に半減しちゃったので、二〇一四年一二月末に解散して（社員は全員解雇）、営業権を東京のアサヒ飲料に譲渡することが決まったのかぁ。

沖縄バヤリースブランドはアサヒオリオンカルピス飲料（浦添市）から一部継続販売されるってのが、救いといえば救いかな……。

沖縄県産の原材料にこだわっていたのになぁ……

うちなーコラムン②

【かっちゃんとシンキ】

ベトナム戦争が泥沼化する中、沖縄に駐留する米兵たちが渇望したのが激しいロックだった。一九七一年にデビューしたコンディショングリーンはシンキのジミヘンばりの超絶ギターと、ハブを食いちぎったり演奏中のシンキを肩に乗せてクルクル回るかっちゃんのステージパフォーマンスで、そんな米兵たちの度肝を抜いた（紫は翌年、メデューサは三年後の一九七四年にデビューする）。

そんなオキナワンロックのレジェンド、かっちゃんとコザのゲート通りで偶然出会ったのは二〇一二年一月のことだ。かっちゃんはおれたち三人（あざらしと和宇慶先輩と亀和田武さん）のためだけに、自分が経営するライブハウスJACK NASTY'Sを開けて、スペシャルライブで酔わせてくれたんだ。今思い出しても夢のような時間だったよ。

その数カ月後、かっちゃんはJACK NASTY'Sを閉店して、音楽活動にピリオドを打ったんだけど、周囲はそれを許さなかった。

たとえば二〇一三年にはビギンの比嘉栄昇が自らのプロデュースでアルバムを製作したいとかっちゃんを口説いて、二〇一四年七月、「KATCHAN ♡（ラブ）songs」というアルバムが発売されていたりする。ビギンの栄昇もかっちゃんに惚れ込んだんだね。

話は変わって先日のこと。HBCラジオの敏腕ディレクター、サワデーに誘われて、狸小路五丁目にあるちゅらうたやという沖縄料理店に呑みに行ったんだ。三〇人も入れば満員の小さな店内には音響のよさそうなステージがあって、なんと♪。ステージの壁には新良幸人、八重山もんきー、やちむん、下地勇など、沖縄の人気ミュージシャンたちのサインがびっしりと書かれているんよ。

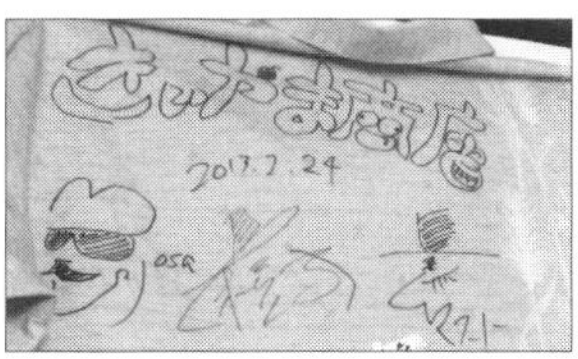

きいやま商店のサインもあるぞ♪。アッサンビロー♪。これはどーいうこっちゃ？と店主のトニーこと洲鎌亨に話を聞くと、那覇で生まれ育ったトニーが沖縄でホテルマンをしていた時、一人の女性と恋に堕ちたそうな。彼女は白老出身。ということで、結婚の挨拶のため二〇〇七年に初来道。新居を札幌に構え、二年ほどがじゅまる食堂で働いて、二〇一〇年一月一一日、三条美松ビルの地下に本格的な音響設備を完備した琉球処ちゅらうたやをオープンさせたところ、気軽にライブができる店として沖縄のミュージシャンたちの間で広まったそうな。

で、話はそれだけじゃないんだ。「ぼく、シンキの弟なんですよ」って。へ？ なんと、トニーはコンディショングリーンの天才ギタリスト、シンキの弟（七人兄弟の末っ子）ってことで、またまたアッサンビロ〜♪という話でした。

やいまコラムン①

【気温のはなし】

八重山も六日もいると怖いもので、初日は一時間おきに上から下まで着替えないとダメなほど汗をかいていたというのに、気温27度が寒く感じるでないの。

ずっと寒いわけじゃないんだけど、ちょっと風が吹いたりすると寒く感じるのさ。地元の人たちが長袖を着ているのが異常に見えたけど😄、念のために長袖の上着を持ってきてよかったよぉ。こーいうことなのね。

●

【島のカラスのはなし】

八重山のカラスと北海道のカラスはどこか違うなぁと思っていたら、違いがわかっちゃった。八重山のカラスはみんなクチバシが半開きなんだ。夕方になると閉じるけど、昼間はほとんどのカラスがクチバシを開けたままなので、なんとなく頭が悪そうに見えるというか、愛嬌があるのです。

それにしても、カラスやスズメや山鳩って、日本中どこにでもいるんだね。

●

【島の看板のはなし】

石垣島や西表島のように車で移動する島は別だけど、小さな島の看板は小さくて下に置いてあるのが特徴だ。

下というのは本当に下ね。塀に使う三つ穴があいたコンクリートのブロックにペンキで店の名前を書いただけ、とか、島ゾウリに店名を書いて水瓶に立て掛けているだけ、みたいな看板があるのだよ。高い位置にでかい看板があるのに慣れた北海道人にとっては見逃しやすいけど、どれも可愛くて、上品だ。島の風景に上手に溶け込んでいる。

でも、北海道の場合は雪が降るから、こんな小さな看板が下に置いてあっても、すぐに雪に埋もれちゃうから看板の意味がないかぁ。

道端に置いてある小さな看板。徒歩やチャリの旅人はこれで十分だ

【意外と忙しいはなし】

のんびり気の向くままに南の島めぐり、というわけにはいかない。船の時間が決まっていて、その船に乗り遅れると次がなかったりするからだ。カヌーやダイビング、ネイチャーウオッチなどのアウトドアツアーを申し込むと、その集合時間も決まっているし、自転車をレンタルすると返却時間が決められる。

当然、素敵な店や知的好奇心を満たす施設の営業時間や開館時間も決まっているので、気の向くままにだらだら過ごすと、たいしたことがない店に入り、旅行者や移住者とばかり話して、結果、島の文化と触れ合うことができない五流の旅になってしまいがちなのだよ。

たとえば、ある日のおいら。楽しみにしている西表島のネイチャーツアーが朝九時集合なので、のんびりと眠っている暇はない。ふだんより早起きさ。滝から戻ったら一四時半発の船の時間ギリギリだったので、慌てて飛び乗り、石垣島に着いたら一五時半発の波照間島行きの船までほんのちょっとしかないので乗り場まで全力疾走だ。無事波照間島に着いて、民宿で一服して、さあ、島めぐりに出かけようかなと思って時計を見たら一七時一〇分。夕食が一八時なので、自転車を借りに行ったり、共同売店で酒とつまみを買ったりで時間になって、夕食後、チャリでニシ浜に行って、のんびり過ごしたかったけど、星空観測タワー行きの送迎バスが二〇時に出るので、一九時四五分までに戻って、準備をして……という具合。

確かに忙しかったけど、西表島で見た巨大なトカゲも、波照間島で見た南十字星も一生の思い出になったので、南の島の旅はのんびりしないに限るのです○。🐾

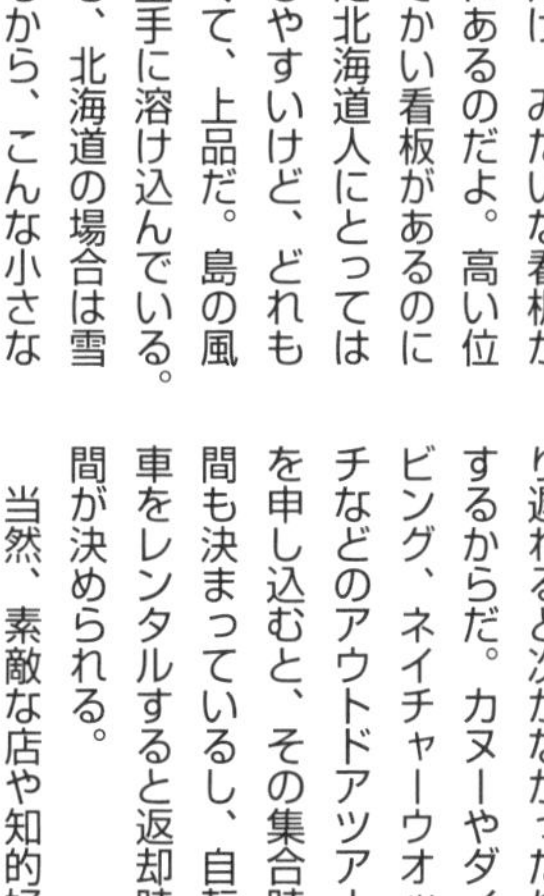

もっと浜辺にいたい気持ちを抑えて忙しく動いたおかげで、南十字星も見えたし、こんな可愛い出会いも○。

やいまコラムン②

【シーサーのはなし】

「あれは、なんだ?」

「獅子さぁ」

「そうか、シシサァか」

アボリジニのカンガルー同様、シーサーなどという言葉はもともとなくて、大和人の聞き間違いで、獅子さぁがシーサーになってしまった話は有名だけど、このシーサー、神社の狛犬のように「あ」「ぅん」の二匹が対になっているのは亜流で、「あ」、つまり口を大きく開けた牡獅子が一頭だけ屋根の中央に鎮座しているのが本来の姿だって知ってた?

石垣島の宗綾でのこと。素敵なマダムに金城次郎の作品の説明をしてもらったあと、店頭に並ぶ素焼きのシーサーを眺めていたら、どれもこれも口を大きく開けたオスばかりなんよ。廉価の小物は二頭対なのに、おいらの好きな赤土の素焼きはオスだけ。なぜなのかとマダムに問うと、もともとは牡獅子一頭だけを瓦屋根の中央(入り口の上)に置いてにらみをきかせていたんだけど、瓦屋根がコンクリートの屋根に変わる過程でシーサーは屋根の上から追いやられ、代わりに門柱に置かれるようになったので二頭に増やしたとのこと。なるほど、確かに、門柱となると二頭必要だもんね。

この話を聞いてから、注意深くシーサー観察をすると、全くその通りで、石垣島でも瓦屋根の古い家は牡獅子が一頭だけ。二頭いるのは新しい家ばかりだし、昔ながらの町並みが残っている竹富島では、実に、見かけたシーサーのほとんどが牡獅子一頭だけだった。

ビジターセンターで上映している竹富島を紹介する映画も、冒頭、一頭だけのシーサーを映していたしね。

竹富島で見かけたシーサーたち。どの家も瓦屋根に牡獅子一頭だけだ。沖縄は平屋から二階建にしたのも関係あるかも。竹富島は平屋だけだもんね

しつこいようだけどシーサーは一頭だけでしょ

なので、沖縄で、シーサー作り体験をした折、男性はオスを女性はメスを作って対にして飾るのが正しいシーサーですと説明された時は思わず移住者かと訊いてしまった。移住以前のアルバイトだったけどさ。

確かに、北海道も自然ガイドしてる連中って、移住者か、出稼ぎ者だったりするけど、浅薄な知識で、間違った文化を旅人に教えるのだけは勘弁しておくれよ。

【FMラジオ】

やまねこレンタカーで借りた車で西表島を走っていたら、ラジオのFMから、どこかで聴いたことがある声が聴こえてきた。新城和博だ。その話を本人にしたら、ぶったまげていた。

何しろ、新城和博が出演した番組はAMなのだ。AM電波が届かない八重山ではAM放送をFMで聴けるようにしているんだね。北海道も電波過疎地が多いからなぁ。『朝刊さくらい』がFMから聴こえてきたら、やっぱり、ぶったまげるか。

【島の自転車考】

黒島も竹富島も波照間島もレンタル自転車で島めぐりをしたんだけど、共通しているのはどの島も自転車に鍵が付いてないということだ。理由は明快。盗んだところで島外に持ち出すことなんてできないからね。

鍵がない文化かぁ。いいなぁ。

やいまコラムン③

【朝のニシ浜にて】

波照間島、三日目(最終日)の朝。最後に波照間ブルーを目に焼き付けたくてニシ浜へ行くと、同じ宿に泊まっていた独り旅のショートカットガール(西田尚美似)も朝のビーチに来ていた。

夕食も、朝食も、すぐ近くで食べていたのに、話しかける勇気がなかったので、彼女のことは何も知らない。

でも、まだ観光客の姿もまばらな朝のニシ浜で、手にカメラをぶら下げたまま、ちょっぴり寂しそうにしていたので、「写真、撮りますか?」と、思い切って話しかけてみると、「あ、来はってたんですか?」と関西弁でこたえた。

〈来はってたんですか?〉

可愛い～♥

断言しよう。北海道の男子は独り旅の女子が関西弁で可愛く返事をしたら、例外なくメロメロになる。

「じゃあ、せっかくだから脱ごうかな」

そう言って、Tシャツを脱いで水着姿になった彼女の脇腹に大きなアザがあった。それがまた色っぽかった。特別な秘密を見せてもらったようでドキドキした。

結局、それ以上の会話をすることもなく、彼女のカメラで何枚か写真を撮っただけで、二人は別れた。

もっと話したかったなぁ。

はぁ～。おれのバカバカ。

「ニシ浜は恋の浜だよ」

名石共同売店の横に座って、昼間から酔っ払っていたおっちゃんの言葉を思い出したりなんかりして。

【夜の竹富島にて】

アザといえば、竹富島の、とある飲食店の従業員も首に大きめのアザがあって、おいらをドキドキさせた。

小麦色の肌に白いTシャツという組み合わせもたまらなく魅力的だ。

結局、その店には何度も足を運んだけど、注文以外の会話はほとんどできなかった(店名の由来を聞いたぐらいさ)。

なので、彼女と親しげに話している男たち(地元の若者ではなくて、内地からのアルバイト)がうらやましかった。

一人の男が「夜、何してるの?」と、彼女に訊いた。

彼女が「何もすることがないから退屈よ。誰も誘ってくれなくて」と答えると、

「じゃあ、遊ぼうよ」

「うん。早番だったら8時であがれるから」

「え? いいの?」

「うん。いいよ」

だって。よくないよ。断れよぉ。とか言う権利、おいらにはないけどさ、なんだろ、この失恋した気分は。

というわけで、純情道産子男子たちは南の島で独りぼっちガールに出会っても恋をしないように気をつけなはれや、という話でした。

【ヤールー】

南の島の宿はヤールー(ヤモリ)だらけだ。北海道人には全く馴染みがない生き物なので、部屋の壁をヤールーが行ったり来たりして、おまけに大きな声で鳴いたりしたら、道産子旅人は例外なくぞっとするだろうね。

でも、人間って慣れるようにできているんだ。南の島にヤールーは付き物、セットメニューなんだと自己暗示をかけると、すぐに馴染んで、冷静に観察する余裕も出てくるんよ。

波照間島の星空荘の仲底美貴さん曰く「ヤモリもゴキブリも、なーんにも悪いことしないんですよ」。

北海道の山宿にカメ虫がもれなく付いてくるように、南の島の宿にはヤールーがいる。ただそれだけ。ポストが赤いのと同じことさ。

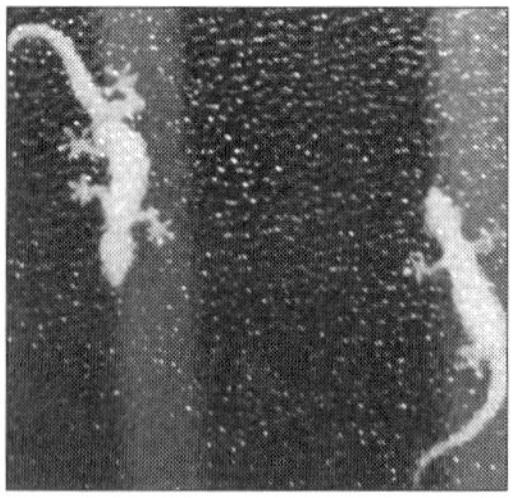

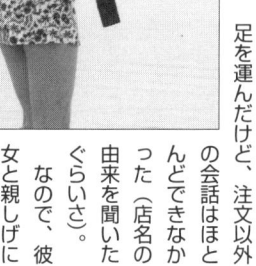

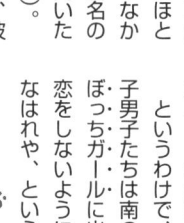

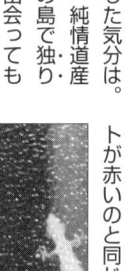

男一匹ブルース～武四郎ニシパとアイノ

幕末の英雄は？と問われたら、坂本龍馬や土方歳三、吉田松陰などの名を挙げる兄姉が多い風情だけど、北海道ではちょいと事情が違っている。

幼稚園児からヤンキー、ニート、フーゾク嬢にいたるまでの老若男女が口を揃えて「武四郎ニシパ」と答えるんよ。とは全然なっていない。そんなお利口さんはあまりいない。

ここ北海道でも幕末の英雄はテレビドラマの虚像たちであり、そもそも、松浦武四郎が幕末に命を懸けて何を成し遂げた人かさえ知られていないのが哀しい現実なり。

北海道の名付け親。と、答える人が一番多いだろうけど、実はそれも間違っている。北海道と名付けたのは水戸藩だからね。武四郎案に北海道の三文字はなく、唯一注釈入りでこだわったのが、北加伊道＝北のカイノ（アイノ）の道。この四文字に武四郎の思いのすべてが込められているというのに、教育現場では今も偽りが教えられているのだよ。

一方で、北海道の郡名、郡界線を武四郎がたった一人で決めたことは教えられていない。六度に渡る紀行を基に気候風土の違いから見事に線引きをした郡界線は一五〇年を経ても生き続け、誰もが納得していたというのに、道外からやって来た経産省出身の女知事が経済的な効率だけで市町村合併を推進した結果、ひとつの郡の中でも天気が全く違ういびつな境界線に改悪されてしまった。

斯様な有り様なので、武四郎が三重県出身であることも北海道ではあまり知られていないし、武四郎記念館の存在も周知されていない。ましてや三重県の雑誌で、どう考えても売れそうもない（笑）武四郎の大特集が組まれていることなど五〇〇万道民のうちの五人ぐらいしか知らないんじゃないかなぁと思うわけで、僭越ながら道民を代表して、売れそうもない素敵な特集に感謝、感謝♡。

武四郎の真の功績は松前藩によって滅亡に追いやられる寸前だったアイノ民族を救ったことに尽きる。

『蝦夷日誌』を読み進めると、武四郎の男気に胸が熱くなる場面が何度も登場するんよ。そのすべては武四郎がアイノイタク（アイノの言葉）を覚えたところから始まっている。

（注＝武四郎はすべての文献においてアイヌという表記を一度もしていない。カイノ、愛農、相ノなどで、アイノが最も多いので拙文でもアイノとする。武四郎研究家の第一人者であり筆者も敬愛する秋葉實氏もアイヌという言葉は明治以降に創作された侮蔑語であると主張しているからね）

武四郎の最初の旅は納得のいくものではなかった。松前藩の通訳がデタラメばかり言うからだ。武四郎はすぐにそのことに気づくと必死で言葉を覚え、松前藩に頼らない旅を試みた。すると、松前藩の場所請負制度によって酷い目にあっているアイノの現状が見えてしまったのだ。

肉体的な虐待や経済的な仕打ちだけではない。メノコ（アイノ女性）たちに対する非道は梅毒を蔓延させては結婚適齢期のメノコを出産できないからだにした結果、アイノの人口を激減させたし、幾組もの睦まじい夫婦が引き裂かれ、男たちは心身ともにボロボロになっていた。

「ニシパ（旦那）はシサム（和人）なのに我々の言葉を話せるんですか？」

と驚くアイノの若者に、武四郎は「今までアイノイタクを知らぬために、話を聞いてあげることができなくてすまなかった」と詫び、あまりの貧しさから食いぶちを減らすために老人が自ら山に消えた話を聞いては共に大地が湿るほど涙を流し、そして、自然に対するアイノの知恵の深さに心から敬意を表した。

それだけではない。男一匹武四郎はアイノに対する松前藩の非道を世に知らしめるべく、松前藩の刺客に命を狙われながらも自費出版でメッセージ入り蝦夷地図を発行したり、役人になってからは利権絡みで反対派だらけの場所請負制度の廃止に道筋をつけると、すぐに職を辞したのだよ。

格好いいでしょ。

こうして命懸けでアイノ民族を滅亡から守ったことは教科書にはたった一文字も書かれていないけど、アイノの伝承では「武四郎ニシパ」として今も語り継がれている。和人の善行が語り継がれることは希有なので、いかに武四郎がアイノに慕われていたかが容易に察せられるよね。

一六〇年の時を経て、今、おいらは武四郎が救ったアイノと、酒を飲んでは語り明かしたり、メル友だったりと、親しく付き合っている。

そして、武四郎がそうだったように、おいらも彼らの思想、哲学に触れては激しく感動している。

たとえば、屈斜路コタンのサンニョアイノ、アドイが、地球のアイノイタクはウレシパモシリだと教えてくれた。直訳すると「互いに支え合う大地」という意味だって。感動💭。

アイノ民族初の国会議員の萱野茂さん（故人）とのドライブ中、ラジオで戦争のニュースが流れたら、「チャランケが足りないなぁ」と萱野さんがつぶやいたので、意味を問うと「チャランケというのは互いに納得するまで何日でも何週間でも話し合いを続けるアイノの紛争解決の方法だよ。暴力では何も解決しないね」と教えてくれた。ふぅ。卓論なり。

そういえば、先日、ピリカメノコ（アイノガール）たちに、好きなアイノイタクは？と尋ねると、一人が照れくさそうに「アイノ」と答えた。

アイノの意味は「人間」だ。

武四郎アニキ、アイノは二一世紀になってもこうして滅びることなく生き続けているよ。あんたが男を懸けて守ってくれたおかげさ。

海豹舎丸、いまだ沈没せず

電話が嫌いなのです。

会議も嫌いだし、人を使うのも嫌いだし、相田みつをも嫌いだし、貯金とも縁がないので宵越しの銭は持たない主義だし、そもそも会社組織というものになんの興味がないので、つまり、おれ。経営者には全くむいていないのでありまする。

そんなわけで、海豹舎は便宜上の法人であって、実態はおれこと舘浦あざらしそのものなのです。

つまり、従業員〇名の北海道一小さい出版社なのでありますね。

社員がいなくて、しかも金がないってことはなんでも自分でせにゃならないわけで、企画、編集、執筆はもちろん、デザイン、イラスト、撮影から、営業、発送、書店納品までひとりでやっているのでありますよ。いわゆる「山下達郎方式」ってやつです。ちょっと違うかな。

そんな海豹舎が最初に出版した本が『北海道いい旅研究室 創刊号』(一九九九年五月発行／三八一円)なのであります。

地味なタイトル。地味な判型(A5)。たったの九六ページしかなくて、しかもオールモノクロ。旅の本なのに写真はほとんどなし。編集会議なんてものがあったら間違いなく反対されている代物なのでありますよ。

では、何故斯様な本を作ったかというと、答えは単純明快。当時三〇代半ばだった自分が読みたいと思える旅の本が北海道になかったからなのです。

三五歳の男の心に響く〈本音〉と〈遊び心〉あふれる北海道の旅の本。目指したのは『旅』でも『旅行読売』でもなく、『本の雑誌』なのであります。

たとえば、観光関係の広告は載せない主義も創刊当時の『本の雑誌』方式です。

観光関係の広告を載せないことにより、『じゃらん』では絶対に書くことができない〈広告常連の大ホテルがいかにひどいか〉なんて記事や、『るるぶ』では逆立ちをしても書けない〈旅行代理店が北海道観光を駄目にした〉なんて記事を存分に書くことができるわけで、結果、『北海道いい旅研究室 創刊号』は貧相な背厚にもかかわらず初版一二〇〇部を数日で売り切ってしまい、すぐに増刷することになったのでありまする。

さて、当時の海豹舎。全国展開する気など全くなかったため、当然のことながら一〇〇%直取引なわけで、性格的にシャイなおいら。死ぬほど勇気を出して、まず手初めに、本の店岩本チェーンの本部（現文教堂北海道本部）に売り込みに行ったのです。って、すごいでしょ。本が刷り上がってから書店を回ったんだから。

何しろ、創刊号の『小誌取扱店一覧』は〈置いてくれたらいいなぁと一方的に希望する書店一覧〉になっていたりするわけです。にゃはは。

結局、岩本の牧野さんがふたつ返事で委託販売を了解してくれて、今では毎回一〇〇〇冊以上売ってくれているのであります。ありがたいことです。

札幌駅前のアテネ書房では当時の内越店長が「あ、おもしろそう。とりあえずオレが一冊買うよ」と言って、一〇〇冊以上売ってくれたし、同じく駅前通りのなにわ書房は「どうして最初にうちに来ないの」と怒って、やはり大量に売ってくれたし、コーチャンフォーという郊外型大型店の北村店長は「直取引はしたことがないから」と一度断ったけど、「納品書を切りませんので一〇冊だけ置かせてください。一週間たって完売したら考え直してください」と粘ったら、その日のうちに電話がかかってきて「さっきの一〇冊、全部売れたから、明日とりあえず一〇〇冊持っておいで」と初直取引を承諾してくれて、単店では道内の書店で最も多い一〇〇〇冊以上を売ってくれたこともあるし、一番最後に各店の売れ行きデータを持参して恐る恐る門をたたいた紀伊國屋書店札幌本店の仕入課も実に温かく相談にのってくれて、やはり今では一〇〇〇冊近く売ってくれているのです。

途中、道内書籍に強い書店の店長が「北海道の出版物は北海道新聞で紹介してもらわないと売れないから、まずは道新に行って、掲載してもらえるようにお願いしなさい」とアドバイスしてくれたので、とても素直なおいら。多くの紙媒体や電波媒体で紹介してもらったけど、最後まで北海道新聞だけには行かなかったりして。それでも、そのアドバイスをしてくれた書店の道内出版物部門で年間ベストセラー一位に輝いたってところが、なんというか、実に意味があるのでありますね。

なぜかというと、既存の道内出版社の多くは記事もしくは広告で北海道新聞に出版物を取り上げてもらわないと売れないと思い込んで、道新に依存していたので、どれだけ北海道新聞社が汚いことをしていても批判する版元が全くなかったからです。

これつまり、ジャーナリズムが正常に機能していなかったに等しいわけで、後発のおいらがこうして道新なんぞで紹介されなくてもちゃんと読者は支持してくれるし、それどころか毎日のように紙面に自社広告を載せている北海道新聞社の書籍を抜いて一位になっちゃうんだぜ。ということを証明したのでありますよ。もちろん道新批判もバンバン書きまくっているしね。

という具合にトンガリまくって船出した海豹舎丸。まだまだ荒海は続く風情だけど紙幅が尽きたのでしばし揺られ続けるとします。バイビー。

本好きによる本好きのための二泊三日ガイド

函館、小樽、札幌弾丸ツアー

【一日目】

朝九時に**新千歳空港**に着いたという設定で話を進めるね。

まずは九時一五分のエアポート九三号に飛び乗っていただこう。**南千歳駅**と**苫小牧駅**で乗り換えて、一一時一二分にＪＲ室蘭本線の**虎杖浜駅**で降りてほしい。海岸線を苫小牧方向に二キロほど歩いていただこう。**浅田次郎**も止宿した昭和の香りが漂う庶民的温泉地の中でも一番やる気がなさそうな店が一日目のランチスポット、**かに太郎**だ。

かに飯五〇〇円也。蟹の半身が入った蟹みそ汁も五〇〇円也。どちらも某蟹有名店のそれよりも一〇〇倍美味い。太平洋を望みながら蟹みそ汁をすするだけでも北海道に来た価値があるってものさ。

虎杖浜駅に戻ったら午後一時一六分発の室蘭行き普通列車に乗り、**登別駅**で函館行き特急北斗一二号に乗り換えていただこう。

夕方四時八分、**林不忘**や**宇江佐真理**、**川内康範**、**亀井勝一郎**などを輩出した文学の都、函館に到着〜っ。個人的には**串田孫一**が『北海道旅行』で神経症的に書きなぐった**函館駅**の描写が大好きさ。

函館での文学的な過ごし方は幾通りもある。たとえば、路面電車で立待岬に向かって、**石川啄木一族の墓**や**与謝野晶子と鉄幹の歌碑**を見に行くのもいいだろう。**啄木一族の墓**から一望する風景は一見の価値があるからね。

ロープウェイで函館山に上って、**佐藤泰志**が『海炭市叙景』で《細くくびれた女の腰のようだ》と描写した函館の夜景を眺めながら、一杯のビールを美味しそうに飲んだ兄妹の心情に寄り添うのもおつなものだ。

函館での宿は**函館元町ホテル**がいいだろうね。目の前には**啄木**が臨時教員として通っていた**旧弥生小学校跡**があるし、ホテル別棟の蔵(以前は喫茶店)では『居酒屋兆治』の撮影時に、**高倉健**や**加藤登紀子**と一緒に原作者の**山口瞳**も一服している。ちなみに**健さん**のお気に入りはアーモンドティーだ。

【二日目】

朝八時五四分の特急スーパー北斗五号に飛び乗って、**札幌駅**で小樽行きのいしかりライナーに乗り換えてもらおう。

川又千秋や**荒巻義雄**、**京極夏彦**の出身地、小樽に到着するのは午後一時三七分なり。さてと、まずは昼飯だ。**小樽駅**からほど近い場所に北海道で一番美味いラーメン店、**麻**《ま》**ほろ**があるので行くとしよう。某有名ラーメン店のスープを作っていたスープ専門家が、もっと美味いスープを作りたくて独立して、化学調味料も味の素も業務用エキスも一切使わないスープ(この条件でほとんどのラーメン店が脱落)と自家製麺で勝負する「スープを飲み干してもからだにいいラーメン」なのだよ。お薦めは生姜ラーメンね。

ここからは小樽文学散歩。

まずは三分ほど歩いて、浅草通りの**小樽文学館**に行くとしようかな。建物の古さにも驚くだろうけど、蔵書を一人五冊まで寸志でいただけるシステムにも驚くはずだ。旅の邪魔と思いつつも手に取ってしまうんよね。同じく寸志でくつろげるカフェ(**植草甚一**や**伊藤整**の香りが漂う)もあるし、ミュージアムショップもある。おみやげは最高に書きやすい小樽文学館の原稿用紙六〇〇円で決まりだぜ。

文学館を出たら、旅人でにぎわう堺町通りを歩くとしよう。北一硝子やオルゴール堂をやり過ごして、三本木急坂を上がると**松本清張**や**瀬戸内寂聴**が愛した歴史的建造物、**海陽亭**がある。元気が残っていたら**水天宮**まで歩くといい。港を見下ろす丘は二九歳で没した

小林多喜二と**タキ**の定番デートコースだったんだ。

泊まりは温泉宿が所望なら豪勢に**銀鱗荘**にしよう。パノラマで海を見渡せる絶景露天風呂は**池田満寿夫**のお気に入りだ。

【三日目】

最終日なので札幌に移動。朝九時三〇分のエアポート一〇〇号に乗ると、**円城塔**の出身地である**札幌駅**に到着するのが一〇時二分だ。

まずは地下鉄南北線で中島公園に行くべし。公園内には帯広出身で札幌在住の**池澤夏樹**が名誉館長を務める**道立文学館**がある。昭和二〇年五月に講談社などの大手出版社が札幌に疎開した折の話など興味深い展示内容は本好きにはたまらないはずだ。

ランチは駅前通り沿いの**札幌グランドホテル**一階のレストラン、ノーザンテラスダイナーを薦めよう。というのは**又吉直樹**が二作目の『劇場』を執筆したのがこのホテルなのさ。本好きにはちょっとうれしいでしょ（味的には**有島武郎**が教鞭を執った北海道大学の近くの**北堂**の豚丼の方が美味いけどね）。

飛行機の時間までは古書店&ブックカフェ巡りで旅を締めくくるとしよう。あざらしイチオシの古書店は地下鉄西一八丁目駅の近くの**並樹書店**だ。昭和一六年創業の老舗で、戦前の希少本や生版画の限定本、北海道の郷土本などの美品が多いのが特徴。

変わったところでは東急ハンズの隣にある古くて怪しげなビルに昼からビールを飲める**アダノンキ**というセレクト古書店がある。飲み読みOKなので、樽生のペールエールなんぞ飲みつつ、北海道の売れない漫画家の自費出版本を読むなんてどう?

新しいところでは**谷川俊太郎**を好き過ぎる四八歳の奈央ちゃんが**俊カフェ**というブックカフェをオープンさせたので立ち寄っていただきたい。古い木造ビルにある、あまり流行りそうもないカフェってのがいいでしょ。

そろそろ空港に行くとしよう。夕方五時二〇分に**札幌駅**を出るエアポート一七二号で**新千歳空港**へ。五時五七分着なので夕方六時半ごろの飛行機で帰れるはずさ。次は本好き悶絶必至の道東旅行のしおりでまた会おうぜ。アデュー、アデュー。

北海道あざらし通信

混浴温泉が絶滅の危機!?

いかんね。嘆かわしいったら、ありゃしないなりよ。というのは先だってのこと。いつものようにタオル片手に温泉巡りをしていると、およよ。混浴風情がたまらなくよかった共同浴場**フンべの湯**が閉鎖されているでないの。

そういえば、深川市の名湯、**鳩乃湯**も廃業しちゃったし、昆布温泉の**鯉川温泉旅館**も混浴をやめて久しい。ニセコの**五色温泉**なんぞは保健所の指導で混浴を断念してしまったし、**愛山渓温泉**の混浴露天風呂も町議会での許可がおりないため復活の見込みはなし。**臼別温泉**も町営化移行の際に男女別に仕切られちゃったしなぁ……という具合で、現在も頑張っている北海道の混浴温泉を数えてみたら、あんた。**蟠渓健康センター**、**あわび山荘**、濁川温泉の**新栄館**などなど、たったの二九軒しかないのでありますよ。

いやいや、そんなに少ないはずはないいね。**岩間温泉**だの**薫別温泉**だのといった天然の野天風呂を合計したら、かるく一〇〇はあるんじゃないの、ニーチャン。やいやいやい。と、金のネックレスを光らせた秘湯同好会事務局長が絡んできたり、家族風呂や貸しきり温泉だって混浴の一種ざあますわよ。もっといっぱいあるざんしょ。と、ヨサコイ主婦が、いちゃもんをつけてくるかもしれないけどさ、そんなの知ったこっちゃないぜ。

なぜなら、正しい混浴温泉のカテゴリーは既に厳密に決まっているのでありますよ。

といっても、おいらが勝手に決めたんだけどさ(笑)。

その一、**水無海浜温泉**や**カムイワッカ**のような湯守不在の野天風呂は水着入浴する輩があとを絶たない故、温泉を冒涜する温泉は混浴にあらず。

その二、家族風呂や貸し切り温泉は不特定多数の男女が入浴するという混浴本来の姿とは異なるため、これも混浴にあらず。

つまり、どーいうことかというと、不特定多数の男女がスッポンポンで隣り合うという混浴本来の姿と掛け離れた温泉は、たとえ湯舟が男女別に仕切られていないとしても混浴とは根本的に違うなり。ということなので、二九軒しかないのでありますね。

で、この混浴。時代の波に飲まれることなく、今も大人気なのです。

実際、北海道の混浴温泉を特集した号はすぐに完売&大反響だったし、ひとつ混浴の灯が消える度に多くの嘆きの声が寄せられるもんね。

若者を中心に混浴が支持される理由は次の三つなり。

一、混浴ならではの大らかさが好き。ふれあいも好き。

二、混浴温泉は循環や塩素殺菌をしていない「正しい温泉」が多いので、泉質にひかれる。

三、夫婦やカップルで、一緒に入れるのがいい。

斯様な理由で混浴人気が根強いにもかかわらず減少している理由はなんぞや、というと、新築や改築の際に保健所が許可しないことと、本当に極少数のマナー違反につきるわけで、このままだと、建物の老朽化が深刻となる四半世紀後には(二〇二六年ごろ)北海道の混浴温泉は絶滅するかも……という心配もにわかに現実味を帯びてくるのでありますよぉ。

ちなみに、あざらしのフェイバリット混浴温泉は次の三つなり。共通することは素敵な湯守がいるってことかな。

旅の読者諸兄も北海道で、混浴デビューしてみませぬか?

【あざらしの混浴温泉ベスト3】

●岩内町雷電の**朝日温泉**の露天風呂。白濁しているので混浴初心者でもOKの一湯なり。

●道南の恵山町にある**浜の湯**。御崎《みさき》町内会の有志が湯を守っている素朴な共同浴場だ。目の前は津軽海峡。露天風呂も脱衣場もどちらも男女別じゃないので混浴上級者向けかも。

●大雪山東山麓にある幌加温泉の**鹿の谷**《かや》。内風呂も露天風呂も混浴なのは今はここだけ。

世界でひとつだけの温泉

世界でひとつだけのまんじゅうふかしコーナー。なんてものが道東の**標津温泉**の女湯にあるのです。何ゆえに女湯の様子を知っているのかというと、それはあくまでも取材熱心だからね。誤解なきように。

さて、このまんじゅうふかし。ふかし、とは言っても、本州の温泉まんじゅうのように高温の水蒸気でふかす方式ではなくて、シャワートイレのように下から吹き出す温泉を直接お尻に当てる方式なのですな。

局部に温泉を当てることで、婦人科系の病気や痔を治しちゃおう、というわけで、それぞれ湯の噴出角度が微妙に違っているのも、なかなかやるな、という感じで、撮影ついでに座ってみたら、あららん。超部分浴という感じで、なかなかよかったりして。

ちなみに、泉質はアルカリ性の食塩泉。毎分五〇〇リットルもの湧出量がある非循環非塩素の正しい温泉なのです。おいらが知事なら北海道遺産に認定するんだけどなぁ。

岬ベスト3〜マイナーリーグ編

襟裳岬や**知床岬**や**宗谷岬**といった有名岬たちがメジャーリーグだとすると、同じ北海道でも、へ？　そんな岬あるの？　と、北海道人でさえほとんど知らないマイナーリーグの岬くんも是非注目してみてほしいので、あざらし流の岬ベスト3を紹介しますね。

第三位は礼文島の**澄海岬**です。澄んだ海と書いてスカイ岬と読むのよ。ロマンチックでしょ。でもね、決して名前負けしてないんよ。

ぶったまげるほど海が綺麗なのさ。北海道の海といえば、どす黒く荒れる海にホッケが泳いでると思われがちだけど、**澄海岬**の海はエメラルドグリーンなのよ。うっとりです。

第二位は浜中町の**アゼチの岬**なのだ。すぐ近くに**霧多布岬**《きりたっぷみさき》という野鳥の会推薦的な岬らしい岬もあるんだけど、個人的には絶対こっち。というのは、その昔、**アゼチの岬**の近くの墓地で、野良牛と遭遇したことがあるのです。どうやら小松牧場の放牧牛がはぐれたらしく、フジ号というシェパードが迎えに来ると牛たちを従えて歩き始めたんだ。人間なしで、犬が牛を従えて歩いているのどかな光景が忘れられないので**アゼチの岬**の勝ちね。

ちなみに、この地区。その昔は離島だったので、岬周辺の風景は離島と同じ風情だったりして。だから、いいんだね。岬の先にはその昔ムツゴロウ氏が暮らしていた無人島（嶮《けん》暮帰島《ぼっきとう》）が見えるってのもいいでしょ。

パンパカパーン。第一位は奥尻島の**北追岬**《きたおいみさき》です。パチパチパチーッ。

奥尻島の西側、つまり、ほとんど人が住んでいない場所にあるので、本当に静かなんだ。一応公園として整備されてはいるんだけど、北海道南西沖地震以降、無機質なコンクリートの壁ばかりが目につく奥尻島の中で昔のままの自然がたっぷり残されている場所なり。不思議な彫刻の下に座って、あまりにも美しすぎる夕日をぼーっと眺めていたら、エゾタヌキやエゾライチョウたちが物珍しそうにこちらを見ていたもんね。

こんなに美しくて、静かで、心優しい岬はほかにないと思うなぁ。

この道が好きさ!!

天売島の道が実にいいのです。島のまわりをぐるりと一周する道があるんだけど、道幅が狭いため一方通行なんよ。つまり、あ、通り過ぎちゃった。と思ったら、また島をぐるりと一周してこないと駄目なわけで、それが、なんとものどかでいいでしょ。

本当は信号なんて必要ないんだけど、子供が信号を知らずに育って、島を出た時に事故に遭ったら大変〇。という理由で信号があるってのもいいなぁ。

札幌トヨタ自動車社内報編集秘話

石川啄木の作品に『札幌』という小説があります。今から一一四年前の明治四〇年、函館の大火で家を失った啄木が二週間だけ札幌で暮らした日々のことを綴った未完の小説です。札幌駅に降り立った啄木は停車場通り(駅前通り)のアカシヤ並木と、その下を歩く人々の物静かなふるまいに心を奪われます。田舎者の啄木は一瞬で札幌を気に入り、「好《よ》い〇。いつまでもここに住みたい〇。」と叫んだのでした。

札幌の街に建ち並ぶ建物の中で、啄木の心をときめかせたのはアカシヤ並木の中でひと際目立つレンガの建物、五番舘です。

その五番舘で原動機付きの自転車を販売するところからスタートした老舗企業、札幌トヨタ自動車の社内報の編集を手伝わせていただいて三四年を数えました。

昭和の終わり、相茶《あいちゃ》正一さんが社長で、専務が佐藤さんだった時代から社内報の編集を通して札幌トヨタを見てきましたが、なんといっても忘れられないのは相茶正一さんに関する数々のエピソードです。

家が近所ということもあり、ある日、届け物に行きますと、立派な門構えには不釣り合いの粗末な木っ端が表札としてぶら下げられていました。しかも、そこには相茶ではなく『愚者の家』と書かれていたので、理由を伺うと、「こんな大きな家を建てて恥ずかしいからです」と照れ臭そうに答えられていました。

また、ある朝、北海道神宮の近くを車で通っている時に見かけたことがあります。挨拶をすると、健康のために毎朝歩いて会社に通っているのだけど、このことは秘密にしてほしいと言うではないですか。聞くと、自分が歩いていることがわかると運転手がクビになってしまうからだと言います。たしかケガをして工場仕事ができなくなったエンジニアが運転手として雇われていたと記憶します。

相茶正一会長は颯爽と歩いていき、知事公館に待たせていた車に乗り込むと、ほんの七丁ほど車に乗って、さも自宅から送迎してもらっているような顔で出社したのでした。人間の大きさにますます惚れてしまいます。

そんな相茶正一さんが愛したのが洞爺湖畔の温泉保養施設です。今度、ヴィラ洞爺に行く機会があったら、館内をじっくり観察してみてください。相茶正一さんがこの湯宿を愛していた名残を見つけられるはずですよ。

相茶正一さんの後任として社長になった大沢博さんも素敵な人でした。こちらも家が近所だったこともあり、何度かご自宅に招かれたものです。通称、大沢農園。縁側のある古い木造住宅で、広い庭が野菜畑になっていました。

平成の半ばぐらいまで、岩見沢支店や滝川支店など空知地区の営業スタッフは「大沢さんは元気かい?」と話しかけられることが多かったと聞かされたものです。

大沢さんの時代は空知地区に支店がなかったので旅館に泊まりながら車を売り歩いたわけですが、あまりに売れすぎて、持っていった注文書が足りなくなった話とか、馬を下取りして車を売ったといった武勇伝を縁側で聞かせてもらうわけです。

実際、下取り金額が平準化されていなかった時代に、年式や走行距離などに応じた合理的な下取り価格を社内に広めて定着させたのも大沢さんでした。『大沢方式』と呼ばれて他社も参考にしていたというのですから、数々の武勇伝も迫力満点です。

それほど車を売りまくった大沢さんが「誰かが作ったモノを売るだけの人生だったから、最後ぐらい自分で何かを作ってみたくてね」と、野菜作りを始めたのが大沢農園です。

縁側で武勇伝を聞くと、もれなく、ダンボールいっぱいの野菜をおみやげに手渡されるという、なんとも素敵な農園でした。

今思うと感慨深いのですが、ある時期、その後社長や専務、副社長などになるN島さん、

Ｉ本さん、西Ｊさん、Ｏ野さんが社内報の編集委員として顔を揃えていたことがあります。全員、自分が社長や専務になるとは思いもしていなかっただろう課長職の頃です。

西Ｊさんはその迫力から一番恐れられていましたが、小さな高山植物の花をマクロレンズでそっと撮影するような繊細な人で、飲むと話していただける「札幌トヨタに入社した最初の一か月の話」がぼくは大好きでした。

高校卒業と同時に養父母の家から出たい一心で「寮完備」の三文字で選んだ札幌トヨタに入社。自分の持ち物は学生服しかなかったので、これでは営業に出られないからと、入社早々に前借りをして背広とカバンを購入したのですが、靴を買うことまで気が回らなくて、最初の一か月は背広にぼろぼろのズックで歩いたそうです。

最大の問題は昼食です。昼になるとおなかがペコペコになるわけですが、初給料までは文無しです。朝と晩は寮で食べられますが、昼食は自前なので、昼休みになると「海でも見ながらアンパンを食べてきます」と嘘をついては海岸まで歩いて行き、「おなかいっぱいの演技をして戻ったんだよ。だから初給料はうれしかったなぁ。本当にアンパンが食べられるようになったから」と聞かされると、こちらも泣けてしまうわけです。

その西Ｊさんが出世していくのを見て、高卒入社でも上にいける札幌トヨタは実力第一の会社なんだなぁと感心したものです。

初めてＮ島さんの家を訪ねた時は笑ってしまいました。狭い玄関に何十足もの子供靴が並んでいたからです。家の中をのぞくと少年野球の練習帰りの子供たちがカレーライスを食べていました。冬になると家の裏に小さなジャンプ台を作って子供たちの練習用に開放したりするし、そういう地域貢献が根っから好きな人なのです。

新しく作る旅雑誌の創刊号に広告を出して欲しいと当時営業本部の課長職だったＮ島さんにお願いすると、快諾してくれたことがあります。では企画書とか媒体資料などを急いで作りますと言うと、「いいよ、いいよ。あざらしくんが作る本なら面白いに決まっているから」と笑うではないですか。泣きそうになりましたよ。絶対にいい本を作るぞと心に誓ったものです。

そんなN島さんが社長になったと聞いた夜、携帯電話に「おめでとうございます。でも、びっくり💭」とお祝いのメールを送ると、「ぼくもびっくり💭」との返信が返ってきました。ああ、この会社は変わるな、と直感的に思った夜です。

ほかにも、社内報の取材を通じて札幌トヨタの隅々まで見てきました。

銭函のボデーリペアセンターに行くと、昼休みなのに若いエンジニアたちが塗装の勉強をしていました。一五分でランチを済ませて、残り時間で塗装の勉強をしていたのです。教えている先輩も習っている若手ももちろん自発的参加です。こういう人たちが札幌トヨタを支えているのだと感じました。

ぼくは今回で社内報の編集を卒業しますが、たとえば、各店舗に貼られている個人情報保護法遵守のネコポスターなんかはぼくの作品ですので、目にした時にでも思い出していただけましたら幸いです。本当に長い間お世話になりました。

気紛れな風景

月夜に哀愁のこまわりくん

旅先で知らない飲み屋にぶらりと入る。

なかなか勇気のいる行為です。

特にぼくのように対人恐怖症気味の人間にとっては大冒険だったりします。

扉を開けた瞬間、「いらっしゃいませ」も言われず、逆にヨソ物を嫌うような視線で見られたらどうしようとか、その反対に、妙に愛想良くされてぼられたらどうしようとか、いろいろな事を扉の前で考えているうちに、だんだんと扉を開ける勇気がなくなってきて、とぼとぼと宿へ戻ることも珍しくありません。

でも、「旅先で、ぶらっと入った小さな飲み屋で地元のおじちゃんやおばちゃんと仲良くなってワイワイ楽しく盛り上がる」という理想のイメージが頭から離れないために、ついつい宿から飛び出してしまうのです。それが雑誌ライターの性というものでしょうか。

まぁ、大体の場合は日中に取材した店などでネタを仕入れてから行くので、ぼられるようなことはないようです。せいぜい、ジャパゆきさんにせがまれて少年隊の『君だけに』を唄わされる、というぐらいのことで済んじゃいます。

実際、店の人や地元の人と親しくなって、とてもいい気分になることが多いので、宿に帰る時は「旅っていいなぁ～」などと、つぶやきながら千鳥足で歩いていたりします。

でも、その日の店内はちょっと危険な雰囲気でした。

とある海辺の町での出来事です。

ぼくは偶然に知りあった同じ歳の地元青年に連れられて、おそらくその町で一番新しいカラオケパブに入りました。

その町には富豪のような暮しをしている馬主がいて、まだ国内でほとんど出回っていない最新式のカラオケマシンをいち早く持ってくるようカラオケ業者の頬を札束で叩いていたので、札幌でも見たことがないような最新式のカラオケマシンに驚かされたりします。

意外と混んだ店内はカウンターテーブルの周りにいる地元の若者たちと、カラオケステージの前を占領している、出張でこの町に来たと思われる都会の会社員たちのグループに分れていたので、ぼくと彼は地元カウンター組の仲間に入りました。

まあ、どこにでもある二五〇〇円でホワイト飲み放題といったようなカラオケパブです。ステージの周囲には派手な電飾がほどこされていて、人妻風の司会者が安っぽい演出で盛り上げています。入店してすぐに帰りたくなりました。

「よし。手元のグラスが空になったら店を出て、もっと味わいのある居酒屋を探そう」と思った瞬間、あの、とても悲しい事件が起きたのです。

「さぁ、次の曲はこまわりくんからのリクエストです。こまわりくん、ステージに上がってくださ～い」と、人妻風司会者が紹介したとたん、ぼくのすぐ横で飲んでいた無口そうな若者がスックと立ち上がってステージへと歩いて行ったのです。そして、ざわめき。ステージの上には既に別のこまわりくんが居たからです。

「あら～、困ったことになりました。こまわりくんが二人になってしまいましたねえ～。チェッカーズの『涙のリクエスト』をリクエストしたのはどちらのこまわりくんですか？」

「おれ、おれ」

てな具合に、あっさりとこちらのこまわりくんの負け。彼は何もリクエストをしていなかったのに、自分のあだ名を呼ばれたので反射的に行ってしまった様子です。

その時、「こっちのこまわりくんの方が似てるぞ～」と、地元青年チームからの掛け声がひとつ。ステージの上で顔をまっ赤にしていたこまわりくんには、とても救われる言葉です。うん、確かに似ています。

「馬鹿野郎、こっちのこまわりくんはBMWに乗ってんだぞ～」と、会社員の声。こまわり度で負けたからといって車をひけらかすなんてのは卑劣なやりくちです。

地元青年団も負けてはいません。

「こっちのこまわりくんは土瓶を持ち上げれるもんね～」

「お～、面白い。やってみろよ～」

どちらも酔っているので、最初は子供の喧嘩レベルでしたが、何度か言いあっているうちに店員さんも巻き込んで険悪なムードになってしまったので、地元組&ぼくたち二人は気を使って、ぞろぞろと店を出ました。

帰り道、気が付くと満月です。こまわりくんはションボリとしています。

「リクエストもしてないのに前に出たぼくが悪いんです。全部ぼくが悪いんです。死刑〇。」

満月に照らされたそのシルエットはこまわりくんそのものでした。

それからぼくたちは小さな焼き鳥屋で飲みなおしたのでした。

あざらしコラムン●新連載なのに最終回♀。

北海道でぐびっと飲むオリオンビールはどーして旨くないのか⁉の巻

ども。はじめまして。

おもしろコラムで沖縄のセニョリータのハートをがっちりキャッチしようと企んでいたのに、初登場がいきなり最終回になっちゃったので、ひとりいじけぎみの舘浦あざらしです。

さて、おいら。縁あって、というか、半ば強引に縁を作って、『ワンダー』編集長の新城和博氏と親しくなったのです。

東京の神田神保町にある書肆アクセスという本屋さんに遊びに行った折、店長の畠中理恵子さんに、沖縄の出版社と仲良くしたいという野望があるので、どこか紹介してくらはい。とお願いしたところ、推薦してくれたのがボーダーインクなのでした。

聞くところによると『ワンダー』を一人で編集している新城和博はあざらしと同じ年ってことだし、不定期刊の気まぐれ発行ってところも似ているし、何よりも本土からの移住組ではなくて生粋の沖縄県民だってところが気に入ったので、おいら、熱烈ラブレターを出したり、ボーダーインクの二五周年を祝うためにはるばる沖縄に行ったりして、お互いの本にコラムを載せあう「交換コラム」を始めるところまでやっと漕ぎ着けたのでありますね。

なのに、なのに、休刊ってことなので、本当は別のコラムを書き上げていたんだけど、沖縄のカウンターカルチャーを時に真面目に、時にポップに発信し続けてきた『ワンダー』が幕を閉じようとしてる時に、そんな下ネタ的内容でいいのか♀ 同じ出版人として硬派なメッセージとかないのか、おれ♀。という思いから書き直すことにしたのであります。

まずは気分転換。ビールでも飲もうっと。と、北海道限定のサッポロクラシックをプシュッとあけて、ぐびっと飲むと、ぷはぁ。旨いっす。と、あることを思い出したのです。

北海道って、夏よりも冬の方が缶ビールの売上が多いって知ってました？　ストーブで部屋の中をガンガン暑くして冷たいビールをぷはーっと飲むのが道産子庶民の楽しみなのですよ。とか、最近は我が家の近所の酒屋でも何種類もの泡盛が簡単に手に入るようになったのです。みたいな豆知識はどうでもいいんよ、この際。

おいらが思い出した重要なことは、そういえば、北海道で飲むオリオンビールって、どうして旨くないんだろう。ということなのです。沖縄で朝から飲みまくった時はあんなに旨かったのに、北海道で飲むと全然物足りないんよね、オリオンビール。

クラシックとか、ヱビス、ヱビス黒みたいな濃厚ビールの方が断然旨く感じるのです。

話はガラッと変わるけど、『ワンダー』を読み返して、つくづく感じることは「沖縄って、本と音楽の距離が近くてうらやましいなぁ」ってことなのです。新城和博がアーティストに歌詞を提供しているのもうらやましいし。

札幌ではモノカキがミュージシャンに歌詞を提供する、なんてことはないからなぁ。

最初は人口の違いかなぁ、とも思ったけど、札幌には沖縄ほどの音楽文化がない。ってことがどうやら正解のようで、嫉妬したり、ため息をついたりしてしまうのでありまする。

って、ビールの話が途中だったね。そう、沖縄で飲んだオリオンビールの旨さを北海道で同じように味わえないのは、つまり、米軍基地の県内移設問題の地元での深刻さが東京で報じられるとリアリティを欠くのと同じではないだろーか、と思うのでありますね。

北海道も道東での日米合同演習の恒常化に次いで、札幌からほど近い千歳への米軍基地移設案が浮上してきたりとか、県別では沖縄、都市別では札幌が離婚率全国一だとか、沖縄ではマングース、北海道ではアライグマが生態系に影響を与えるので捕獲に必死だとか……、おおっ。結構共通の問題が多いでないの。

深刻な問題とPOPカルチャーを融合させること。『ワンダー』が果たした役割は大きかったわけで、同様の問題を抱えているはずなのにないふりをしている北海道で、おいらも『ワンダー』に負けない本を出していかねばと思ったのでした。プシュッ。グビッ。

あざらしをめぐる冒険

なんだ、なんだ、この空間は。一六年前から時間が進んでいないじゃないか。うぅー。たじろいでるぞ、おれ。確実にたじろいでいるぞ。

話は一か月ほど前にさかのぼるのだよ。

久しぶりに喫茶ミルクにいた。喫茶ミルクってのはなんなのか?というと、その可愛らしい名前とは似ても似つかない前田重明というおっさんがやっている純喫茶だ。純喫茶というと、こだわりの珈琲豆、水は羊蹄山の伏流水、お薦めは一晩かけてぽたりぽたりと落としたダッチコーヒーなのです。店はカナダ直輸入のログハウスで、インテリアはすべてマスターの手作り。BGMはマイルス・デイビスとコルトレーン。という具合にこだわりまくった店だから、うちはフードメニューなんかないのだよ。あくまでもコーヒーで勝負ね。みたいな店を想像するだろうけど、喫茶ミルクの純喫茶ぶりはそれとは違う。

美味しいフードメニュー、ましてや日替わりランチなんぞを作ろうという情熱は端からなかっただけのことだ。どーだ、まいったか、という開き直り的純喫茶なのだよ。

そんな店に客が入るのかというと、喫茶店として利用する客はあまりいないわけで、裏の練習スタジオを利用するバンド関係者たちが手続きに来たり、前田さんの知り合いが話をしに来たり(おいらはこの分類ね)……ぐらいか。四半世紀以上つぶれずやっているのが不思議なり。で、おいら。ケンヂという札幌出身のアーティストのCDを買ったり、ベイカーショップブギという札幌を代表するブルースバンドのライブチケットを買ったりして(バンド関係者が出入りするので、そういう商売もやっているのだ)、さぁ帰ろうとした瞬間、ドアが開いて、懐かしい顔が店に入ってきた。

アキラ♡。

「…だれ?」

おれ。あざらし。

「おおっ。一瞬わかんなかったよ」

って、そうか。激太りしたのもあるけど、その日のおいら、上がり目のサングラスなんぞして、ちょっぴり違うテイストだったからね。

アキラはその昔、湾岸戦争の頃だから、今から一六年ほど前、劇団員兼ミュージシャンとして、おいらのバンドのサポートメンバーとしてギターを弾いてくれたり、FM北海道の深夜放送のラジオドラマに出演してくれたことがあって、頻繁に顔を合わす間柄だったんだけど、おいらが芝居と決別したことで、自然と疎遠になっていた。つまり、一五年ぶりの再会ってわけだ。年を取るってのは恐いねぇ。一五年ぶりの再会だってさ。ははは。

アキラはなんの用で来たの?

「練習だよ。『不幸か?…竜二』の」

『不幸か?…竜二』というのはその頃、アキラが、やはり劇団員だったモッチと組んでやっていたバンドの名前だ。まだ、やってたんだ……って、モッチ💭。いたの💭。

「ああ、どーも」

長身で濃い顔のアキラにばかり目がいっていたので、後ろに隠れていたモッチに全然気付かなかったよ。驚いたのなんのって。

モッチ、ひさしぶりぃ💭。今、何やってるの?

「焼き鳥屋で働いてたんだけど、つぶれちゃって……。今は、その、フリーター。ははは」

モッチだ、モッチ。なんて懐かしいんだろう。って、会ってない期間はアキラと変わらないんだった。一五年ぶり。なのにモッチの方が懐かしく感じるのは、かつて、濃密な時間を過ごした間柄だったからだろうね。

モッチこと望月一也は北海道で一番不器用な劇団員だった。覚えが悪くて応用が利かない。だから演出家や共演者はすごくイライラする。んだけど、モノにした時のパワーはすごくて観客は圧倒されたんだ。モッチはおいらやアキラよりずっと年上だったけど、みんな親しみを込めてモッチと呼んでいた。なんてことを詳しく知っているのは昔、モッチ主演の芝居を演出したことがあるからだ。

あとにも先にもただ一度だけ、作&演出を手がけた芝居『あざらしをめぐる冒険』だ。

あの作品には某医大の教授の長男だったのに現実逃避ばかりしていた千葉真也も出ていた。丸二日何も食べていなかったので、どこかの家の塀を乗り越えて林檎を取って飢えをしのいだりしていたっけ。その後、上京して、旅回りの劇団に入って、うちに泊まりにきたこともある。

あと、安川も出ていた。彼が斎藤歩の劇団に入団を申し込む瞬間を偶然見届けたことがある関係で、いつか一緒にやりたいと思っていたんだ。それと老舗劇団しゃどうず座長の権藤さんも出演してくれたっけ。ローカルテレビに出演する劇団員の先駆け的存在で、ヤクザっぽいルックスがおいら好みだったんだよなぁ。

世の中に失望して自殺をしようとしているサラリーマンがあざらしと出会う。思い止まらせるどころか、こんな世の中に早く見切りをつけて、一緒に海に入って、あざらしになりましょう。あざらしもかつては陸上で生活していたけど争いばかりの陸上に嫌気がさして海で暮らしているのです。さぁ、一緒に海へ……みたいな話だっありましたよ。そーいう空間。

そう、一九八〇年代から九〇年ごろまで、おいら、おれ、札幌の芝居と深い関係を持っていたのです。それだけで何冊も本が書けるぐらいいろいろあったので、ここではあえて横道にそれないで、ラグリグラ劇場のことだけをぶれずに思い出すとするね。

デパートメントシアター・アレフという劇団があったのです。すごい劇団だったなぁ。

寺山修司の天井桟敷の影響を受けたMのワンマン劇団だったんだけど、Mが長けていたのはプロデュース能力だ。テント劇や野外劇はもちろん、ビルの屋上や百貨店で公演したり、公演場所を伏せてバスで観客をリゾート跡地の廃墟に連れて行ったり……。既存の劇場とは異なる非日常空間に観客を放り込むことで、寺山流の時間の不一致、空間の不一致、人物の不一致で混乱させてくれる快感においら、しびれっぱなしだったもんね。

だけど、Mの健康上のいろいろもあって、デパートメントシアター・アレフは解散した。解散前のロングラン公演はアレフの集大成と言える歴史に残る名作だったなぁ。で、その余韻が消えぬ間に、村松幹男たちアレフの残党が、シアターラグ203という劇団を旗揚げしたわけで、その本拠地が澄川だったのさ。そう、居酒屋大豊漁の二階。空間名はラグリグラ劇場。

旗揚げ早々、主宰者の村松幹男に取材をするためにラグリグラ劇場に足を運んだことがある。村松幹男はフリた。と思う。劇場は電車通り沿いの雑居ビルの地下だ。

この芝居のほかにも、ラジオドラマやオリジナルのお笑いビデオなど、何か企む時はいつもモッチだった。

街角に『お笑い自動販売機』と書かれたダンボール製の箱を置いて、一〇〇円入れると窓が開いて、モッチと千葉真也が漫才をする様子をビデオで隠し録りしたり、三越のライオンの前に座布団を敷いて、そこで勝手に『ライオン寄席』をやっている様子を撮影していたら、三越の人に怒られたので全力で逃げたり……とかオバカなことばかりやっていたんよ、おれたち。

白濁した温泉の中にずーっともぐっていて、みんなが来たら突然「ぷはーっ」と出てくる『温泉っていいなぁ〜三部作』とか、オバカビデオを撮りまくっていたなぁ。

思いがけず、昔の仲間と再会したし、おお、しかも喫茶店だったんだ、ここは。忘れていたよ。ってんで、三人は喫茶ミルクの貴重な客になったのでした。で、その折、九月一八日にライブをやるから見に来てね、うん、わかった。絶対行くよ。と相成ったのでありますね。

場所はどこでやるの?

「ラグリグラ劇場」

と聞いて、おれ、大げさじゃなくて、脳内の時空が歪むような衝撃を受けたんだ。

ラグリグラ劇場って、聞いたことある。どこだっけ?

「澄川の居酒屋『大豊漁』の上だろ〇。」

あぁぁぁぁぁ。タイムスリップするおいら。あったよ。

ーターばかりの劇団員の中では珍しく、教員を生業としていて、安定収入があったので、確か、劇場の家賃の半分を自分ひとりで払っていて、残り半分を団費で賄う、だったか、ひょっとしたら全額自費で払っていたか、とにかく、自分たちの拠点となる空間を確保することに少なからず犠牲を払っていた。

「アレフではレーザー光線の機械が役者よりも大切に扱われていましたからねぇ。おれたちと、その機械とどっちが大事なんだよって言葉が喉まで出かかりましたよ」

そう、村松幹男が話す後方から劇団員たちの楽しそうな笑い声が聞こえてきた。アレフの稽古中は取材に行くと、Mは雄弁だったけど、ほかの劇団員はまるでロボットのように黙していたことを思い出すと、ああ、この劇団の未来は明るいな、と思った。

その当時(一九九〇年)はまだ、鈴井貴之はテレビに出ていなかったし、大泉洋をはじめチームナックスの面々も武田もイナダもマスメディアとは無縁だった。増沢望も斎藤歩もまだメジャーデビューしていなかった。アーベント倶楽部の工藤統太郎がプロダクションめいたことを始め、佐藤誓商店の佐藤誓が花組芝居に入ってチンピラ映画に出始め、貫索舎の松崎霜樹や藤原俊和たちがCMやラジオで声の仕事をしているぐらいだった。って、さらりと書いたけど、ここいら辺のエピソードは横道にそれると永遠に戻ってこれないぐらいありすぎるので、あえてさらりと流すとするね。

つまり、苦労して作り上げた芝居が感度の鈍い道内マスコミに正当に評価される機会など全くない状況だったのに、劇団員たちは才能をギラギラ輝かせていたのさ。

おいらはそんな報われない連中が愛しくて、雑誌や新聞やラジオで彼らの才能を紹介したり、応援したり、生活費の足しになる仕事を依頼したりしながら、時には裏方スタッフやプロデューサーとして札幌の芝居関係者とかかわっていた。海豹舎で雇ったこともあるしね。

でも、ある日を境に決別したんだ。

思い出すのも馬鹿馬鹿しいぐらい礼儀知らずな連中に呆れ果てたからだ。

今まで劇団員になんか見向きもしなかった放送局や広告代理店や行政関係者が彼らに札束をちらつかせ始めた頃から皆おかしくなり、はした金で魂を売るようになった。原発マネーもばらまかれた。それは見苦しく、近くにいるだけで心が汚れた。だから決別したのさ。その嫌悪感は今も変わらずおいらの血の中を流れ続けている。

そんな中、モッチやアキラ同様、シアターラグ203は汚れた思い出がない希有な存在なんだなぁとタイムスリップする頭の中でぼんやりと思っていた。

スマロケ祭というイベントの中で、モッチとアキラのバンド『不幸か？竜二』の出番は夕方五時ごろということなので、一五分ほど前に会場へと向かった。

居酒屋大豊漁の横の階段を上がると、おおっ。劇場の隣の碁会所もまだ健在じゃん。すげー。すげーよ、澄川。

ほら、エサだよ。食いつくがいい。
広告だらけのちゃらちゃらした旅行雑誌とは全く違う旅の本を作りたくて、
金もなけりゃ、置いてくれる書店さえ決まってないのに、
男気だけで、とりあえず舟出したのが一一年前のこと。
中身が空っぽのフリーライターなんかに用はないぜ。
文章なんかヘタでもいいのさ。旅の途中で出会った、
その土地で生きて骨を埋めるおっちゃんたちに筆を持たせて、
自分の目と足と舌と全身で確かめた記事だけを載せて、
反骨と笑いを理解してくれる大人の読者のために一一年もがいてきたんだ。
ひとりで本を一冊作るのはこれで結構大変なんだよ。
ウソだと思うんなら、あんたも一冊作ってみるといい。
まず内容を考えたらページ数や紙質を決めて、印刷の手配をして、
執筆者を二〇人以上決めたら電話で原稿依頼をして、
取材先を決めたらモデルを手配して、予算を確保して、運転して、撮影して、
二四〇ページ分のレイアウトをして、フォントや色も指定して、
イラストもいっぱい描いて、もちろん原稿も山ほど書いて、
広告だって取らないとだめだし、
（たとえば歯科医院や美容室に行って自分で撮影をするのも大切な仕事さ）
書店にお願いして一冊でも多く置いてもらう約束を取り付けたら、
伝票を作って、手分けして納品して、
通信販売の読者に一冊一冊心を込めて発送して、
知り合いのメディア関係者にパブリシティをお願いして……って、
これをすべてひとりでやって、やっと一冊の本ができあがるんだぜ。
伝えたい思いが小さかったり、ハシタ金のためだったりしたら、
とてもじゃないけどひとりで本を作る作業なんて続かないってもんさ。
なのに、どーだい？

創刊11周年記念ポエム
11年ゴム消し

思いを込めて一冊世に出すごとに、
自分じゃ何も作ることができないあんたが掲示板に好き勝手書きやがる。
びくびくとおびえては名前を隠してね。
中には誰が何を書き込んだかいちいちくってくるやつもいるけど、
そんなことはしなくてもいいよ。
あいつが誰かなんて最初からわかっているんだ。
それに、そーいうあんただっていろいろ書き込んできたんだろ。
目障りだから、おれの前から失せてくれ。
本当にもうため息しか出ないのさ。
一年かけてやっと本ができるというのに、
瞳を輝かせて隅から隅まで読んでくれる読者がいるというのに、
励みにしてくれる小さな宿の宿主や従業員もいるというのに、
面と向かったら何も言えないくせに、
自分より大きくて強いものにひとりで立ち向かう勇気もないくせに、
びくびく匿名で掲示板に書き込むあんたがいるんだ、ってね。
おれの一一年なんて、掲示板のエサまきさ。
ほら、エサだよ。食いつくがいい。
ただし、おれは人格者でもなけりゃ、非戦主義者でもないから、
いつまでもあんたに好き勝手させてる気はないけど。
さてと、気心が知れた仲間たちと酒を飲みつつ、
心が腐った連中を睨みつけつつ、
おれはおれにしか作れない本を地道にコツコツ作るから、
あんたは何様かになった気分で書き込み続けたらいいよ。
親友もいなけりゃ、何も作り出せない、
何も残せないあんたには掃き溜めみたいな掲示板がお似合いさ。
ほら、今回は特に大量のエサだぞ。食いつけよ、ベイビー。

北海道の牧場で牛たちにタクトを振り始めた佐野元春の話

牛ってピースフルだよね。

上士幌町の牧場の真ん中で佐野元春がそうつぶやいた。『ザ・ミルクジャムツアー』のプロモーション用インタビュー撮影の合間の出来事だ。と言っても、おいらはインタビュアーでもなければ関係者でもない。ただの熱烈なファンとして、少し離れた場所から撮影を見ていたら、元春が呼んでくれたんだ。

「あざらしくんも、こっちにおいでよ」ってね。

初夏の日差しの下、牧場に置かれた丸いテーブルと椅子。インタビューを受けている元春の周りには白黒ツートーンの乳牛たち。そんな光景を微笑ましく眺めていたらお呼びがかかったので、牧羊犬のごとく駆け寄ると、何を思ったのか、元春アニキ。テーブルの上にあったストローを手に取ると振り向き、タクトのように振り始めたでないの。乳牛たちに向かってね。

もちろん牛たちは歌わない。ただ、不思議そうに見つめるだけだ。おいらも不思議そうに見つめていた。すると、くるりと振り返って、こう言ったんだ。

「牛ってピースフルだよね」

オリジナルだ。ほかの誰にも言えないオリジナルな言葉だ。なんか感動しちゃったよ。

映画『フィルム・ノー・ダメージ』の中で、ギター片手にステージを縦横無尽に走り回る二七歳の元春を観ながら、まるでピアノと格闘するように鍵盤を叩きながら歌う痩せた青年を観ながら、ふと、あの日の牛と元春を思い出していた。

この映画は一九八三年の全国ツアーの最終公演(中野サンプラザ)の演奏場面を中心に、一六ミリフィルムで撮影したお遊びなどを交えて構成したロックドキュメンタリー(井出情児監督)だ。

スーツ姿でポップなビートに乗せて「つまらないオトナにはなりたくない」と歌う元春は三〇年前のティーンエイジャーたちのカリスマだった。太ったオトナになるぐらいなら死んだ方がマシだと誰もが本気で思っていた。

楽曲はもちろん、単身NYに渡ってアパートメントの押し入れスタジオからラジオ番組を発信するなど、生き様もオリジナリティそのものだった。

フィルムの見せ場はブルースハープの長いアドリブ演奏だ。うまい。うますぎるよ。

せつなく響くブルースハープの音色に泣きそうになりながら、おいらは思い出していた。一時期、ヒットチャートから遠ざかり、地方都市の市民ホールの客席が半分しか埋まらなかった頃、ブラスセクションのサポートなしで演奏したライブのことを。

元春の楽曲の魅力はサキソフォンや黒人コーラスなどを取り入れたダイナミックでゴージャスなアレンジだ。実際、映画の中でもサキソフォンとの絡みは見せ場になっている。それだけに、管楽器なしのライブはアレンジも楽曲も制約が多すぎて、オーディエンスは欲求不満に陥る。と、その時、『サムディ』のイントロが聴こえてきた。いやいや無理でしょう。サキソフォンがなかったら間奏が演奏できないよ。と心配していたら、なんと、ブルースハープを取り出した元春がサキソフォンのフレーズを演奏し始めたんよ。あれは泣けたなぁ。

あの時とは別の意味で泣けるブルースハープの演奏場面は、ここだけでもこのフィルムを観る価値があると断言できるほど格好いい。

「牛ってピースフルだよね」

北海道の牧場でそうつぶやいた元春アニキは少しだけ太ったオトナになっていたけど、その表情はティーンエイジャーのように無邪気で格好よかった。〈週刊ビッグコミックスピリッツ／二〇一三年一一月一八日号〉

真のボロ宿とはこーいうところを指すんだぜ

タイトルが気に入ってある本を買った。ある本とぼやかしているのには理由がある。このあと、けちょんけちょんに腐すからだ。書名を伏せているのは武士の情けね。

ある本の著者はボロ宿を求めて旅をする。この着目は実にいい。だからこそ一四七〇円もする本を買ったんだけど、一読して失望の淵に沈んださ。だって、ボロ宿として紹介している宿が全然ボロくないんだもん。おまけに笑いもなければ感動もなし。ほろりとする人情も見当たらないし、知的好奇心を刺激する碩学《せきがく》さも皆無な拙文で、紀行文として成立しているかどうかさえ疑わしいと思ったね。

　そもそも、インターネットの旅行サイトで宿賃が安いからボロ宿だという発想が噴飯ものだ。おいらが知っているボロ宿たちは自宿のホームページもなければ、るるぶトラベルだの楽天トラベルだのといった旅行サイトでは決して探せない。まるで多次元宇宙の違う世界に存在しているかのように検索の網から逃れて存在している。予約は電話のみだ。ネットで安く予約できた宿とボロ宿とでは本質がまるで異なることぐらいすぐに気付きやがれよ、と思う次第。って、ね。けちょんけちょんにけなしているでしょ。

　こうなったら行きがかりだ。四半世紀、旅作家として飯を食っている立場から、真のボロ宿とはこーいう宿を指すんだぜって手本を示して締めくくるとしよう。

　たとえば、建て替える前のニセコ五色温泉旅館。冬季通行止めのために冬は徒歩でしか行けないので、ひと山越えてたどり着いたら、窓の隙間から風雪が入り込むらしく、廊下の半分が雪で埋まっていた。

　たとえば、道南の湯の岱荘《ゆのたいそう》。客室の窓にカーテンがなかったし、客室のドアの鍵も壊れていたので、鍵を渡された意味がなかった(笑)。そう、カーテンが付いていて、部屋に鍵がかかる宿は既にボロ宿とは呼べないのだよ。

　たとえば、四半世紀前のトムラウシ温泉東大雪荘。真冬にやっとの思いでたどり着くと、狭い玄関いっぱいにセントバーナードの老犬が眠っていたので、踏まないようにまたぎ、わずかな透き間に片足をそーっと着地させて靴を脱ぐと、そのスリッパに足を入れる勇気がないぞ、という汚いスリッパが並んでいたので途方に暮れた。

　たとえば、幌加温泉のホロカ温泉旅館。山口瞳や村上龍も止宿した由緒正しいボロ宿なんだけど、ここの宿主、よほど風呂掃除が嫌いらしく、湯舟からあふれた温泉が床で湯華として立体的に固まっている。その上を流れる温泉がまた固まり、ついには超立体的なデコボコアートとなり、歩くのが危険になっている。

　見ると、ここにもセントバーナードの老犬がいるなぁと思ったら、むむっ。どこかで見た顔の親父がいるでないの。建て替えで追い出された東大雪荘の親父が今度はホロカ温泉で湯守をしていたんだね。とことんボロ宿が好きらしい。でも、話を聞くとこの父さん、飼い主が放棄した大型犬の老犬を譲り受けては育てている心優しい人間だと知り、少しだけ親しくなったんだけど、正月に遊びに来た息子と孫の顔を見ながらご機嫌に酒を飲んで、

「ひとっ風呂浴びてくるよ」と風呂場に行って、そのまま死んでしまったんだ。自分の宿の温泉で逝くなんて幸せな死に方だよね。

たとえば……て、ああ、もっと書きたいけど紙幅が尽きてしまったよぉ。続きはまた別の機会にね。〈週刊ビッグコミックスピリッツ／二〇一四年三月三一日号〉

怪獣とウルトラマンと巨大涅槃仏

そうか、そうだったのか。カラータイマーは憲法九条だったのか。

最近、立て続けに、ウルトラシリーズの生みの親とも言える脚本家、金城哲夫に関する記事を読んだので、どうしてウルトラマンには地球上では三分間しか闘えないという縛りがあって、おいらたちはその理不尽な縛りをなんの疑問もなく素直に受け止めていたのかがわかってしまったよ。

先日、日本一の巨大涅槃仏を取材した折、全長四五mと聞いて、思わず「ウルトラマンより五m大きい😮」と叫んでしまったほどウルトラマン世代ど真ん中のおいらが、特別な気持ちで読んだのが、沖縄と石垣島などを結ぶJTAの機内誌『コーラルウェイ』に掲載された金城哲夫の特集『ウルトラマンを創った男』だ。

沖縄で生まれ、沖縄で死んだ金城哲夫は、たとえそれが正義のヒーロー（もしくは正義だと思い込んでいるヒーロー）だとしても、圧倒的な力を無制限に持った時点で悪になることを体験的に知っていたんだろうね。

そもそも正義なんて概念は痛いほどに主観的だ。プーチンもトランプも安倍もISも誰もが自分たちを正義だと錯覚しているように、世界は《自分たちにとっての正義》であふれている。あんたの正義はおれにとっては悪だから戦争が絶えないいって寸法さ。

そんな自分たちにとって都合のいい正義が巨大化して圧倒的な力を無制限に持つことの危険性を知っていた金城哲夫はウルトラマンに三分間という《縛り》を与えるこ

とで、暴走を抑止してドラマに奥行きを与えたんだね。すごいぞ、金城哲夫。

あと、怪獣という侵略者に襲われている危機的状況で、日本人が頼りにするのは安保条約を結んでいる米軍じゃなくて、M七八星雲という、どこかよくわからない星からやってきた宇宙人、という内容に誰も疑問を感じていなかったことも面白いよね。なんて話を雪がチラチラと舞う露天風呂に浸かりながら、夕張映画祭のために北海道に来ていた監督やプロデューサーと話してから、また夕張へと戻って深夜まで映画を観た。

今回、おいらの心に響いた映画は『怪獣の日』だ。題名通りの怪獣映画なんだけど、誰かが「あ、キングギバゴンだ」と叫ぶみたいに、いつのまにか怪獣に名前が付いているというお約束もないし、そもそも怪獣は動かない。ネタバレするから書かないけど、怪獣は動かないのだよ。こんな怪獣映画、生まれて初めて観たぞ。

この短編の脚本を書き、メガホンを取った中川和博は現在『シンゴジラ』の助監督をしているということで、上映後の挨拶が印象的だった。

「シンゴジラを観たら、きっと、また『怪獣の日』を観たくなるはずです」だって。格好がいいぞ。

ちなみに『怪獣の日』の製作費は三〇〇万円也。潤沢に予算があって立体造形もCGも使い放題、みたいな状況ではなく、低予算という縛りがあったからこそアイデアが武器になったんだろうね。

金城哲夫を再評価しつつ、若き中川和博監督の次の怪獣映画を楽しみに待つとするぜ。今回はそんな話さ。

〈ビッグコミックオリジナル／二〇一六年四月二〇日号〉

幻の白ケロリン桶をめぐる冒険改め猫乃湯再襲撃

幻の白ケロリン桶をご存じだろうか？

ひと回り小さい関西サイズにしろ、期間限定のケロロ軍曹バージョンにしろ、色は黄色だよね……って、なにゅ。

ケロリン桶というと黄色でしょ。関東サイズにしろ、そもそもケロリン桶ってなんぞや？ってかい。ううむ。銭湯に行かない世代は知らなくても無理ないか。

でも、それじゃ話が進まないので解説すると、創業一世紀を超える富山の老舗製薬会社が自社の鎮痛薬を宣伝するために日本中の銭湯や温泉に『頭痛・生理痛・歯痛～ケロリン～内外薬品』という宣伝文字入りの黄色い桶を無料配布したんよ。それがケロリン桶だ。

当時(昭和三〇年代後半)主流だった木桶は重いし、壊れやすいし、カビやすかったので（木桶は毎日乾燥させないとすぐカビるんだ）、手間要らずのプラスチック製新品桶を大量にいただけるのなら宣伝文句ぐらい入っていても大歓迎ですぜ、旦那。というわけで、ケロリン桶は瞬く間に日本全国津々浦々に広がったのです。

曲に喩えるなら『ルビーの指輪』みたいな、邦画に喩えるなら『蒲田行進曲』みたいな、テレビ番組に喩えるなら『ウイークエンダー』みたいな、違うか、古いか、喩えベタだ。思考回路が昭和のままなのよ。編集からも「古すぎる。若い読者向けに」と注意されたけど、今さらじたばたしないよ。少しはいるだろう同世代のオリジナル読者が失笑してくれたら本望さ。とにかく、銭湯通い経験があるおじさんたちは一〇〇％知っている『桶界のビューティフルサンデー』的な存在なのですね。

で、おいら、別にケロリン桶マニアではないんだけど、一九六三年生まれってことは同級生じゃん、という親近感があるためか、旅作家という職業柄なのか、日本各地で幻の白ケロリン桶と遭遇しているのです。

最初に出会ったのは北海道の山の中に建つ秘湯宿だ。壁には有名作家のイラスト入りメッセージが無造作に貼られていて、湯殿には白ケロリン桶が散乱していた。

ま、ま、幻の白ケロリン桶がこんなにいっぱい♡と、ぶったまげたけど、おいら、邪《よこしま》な心持ちにはならなかった。小心者だから、ではないよ。湯華で元の湯舟の形がわからないほどのアート作品になっている、この風呂場に散乱しているのが似合うと思ったからだ。

その後も白ケロリンとは日本各地で出会った。ということは幻じゃないのかもしれないけど、話を面白くするために幻ってことにしておこう。そして、その度に、持ち帰ろうとするブラックオイラが登場した。幸いにしてホワイトオイラが勝ち続けたんだけど、つい最近、ホワイトが危なく負けそうになる事件があったんよ。

場所は札幌市内の銭湯。仮に『猫乃湯』としておこう。いい名前だぞ、猫乃湯。番台のおばあちゃんに湯銭を手渡して、自分のほかには誰もいない館内を見渡すと、脱衣場にあるカゴは丸い竹カゴだし、浴場は真ん中に湯舟がドドーンとあるだけで、サウナも泡風呂もない、おいらの大好きなパターンでないの。壁には富士山。湯舟を囲むコの字型の洗い場には赤と青のレバー。赤が熱湯で青が冷水だ。そして積み重ねられた白いケロリン桶。

浴室内にいるのは自分だけなのだよ。そして白いケロリン桶。終了間際だからもう誰も来ないだろうなぁ。やるか。やっちゃうか、おれ。ささっとバスタオルにくるんで何気なく出たら絶対わからないぞ。

そうだ。自分の黄色ケロリンを代りに置いていって、交換したことにしたら罪悪感が減るかも。

よし、やっちゃおう♀。

と、見ると、番台のおばあちゃん、コックリコックリ眠っているでないの。もう閉店の時間だからね。

やめよう。簡単すぎる。もっとスリリングな状況じゃないとつまらないよ。桶泥棒にも美学は必要さ。というわけで『猫乃湯襲撃』は後日に持ち越したのでした。

〈ビッグコミックオリジナル／二〇一六年一二月五日号〉

しじみのステーキと美人陶芸家

旅作家という名の雑文書きを長年続けていると、果たしてあれは現実の出来事だったのだろうか？　と、己の記憶が心許なくなる椿事出来《ちんじしゅったい》があったりするんよ。

たとえば、今から三〇年ほど前、真冬の知床半島の付け根辺りを漂泊した折のこと。流氷が浮かぶオホーツク海の近くで、単線の鉄路と木造の駅舎を見つけたので、ふらりと立ち寄ったことがある。

駅舎に入ると目を疑った。無人駅なのに美味しいナポリタンを出してくれそうな喫茶店が併設されているでないの。引き寄せられるように店に入ってメニューを眺めていたら店主氏が話しかけてきた。

「しじみのステーキ食べる?」

なにゅ。しじみのステーキ？

聞き返してみたけど、チヂミでも、しみじみステーキでもなくて、しじみのステーキだと言う。

ううむ。この人は何を言っているのだろう。だって、しじみって小さいでしょ。味噌汁の中のしじみの身が小さすぎて、食べるのが面倒で、途中で断念したこと、誰だって一度や二度はあるほど身が小さいでしょ。

訝《いぶか》しんでいると、厨房から戻った店主氏が直径一〇センチほどの黒貝を目の前にドドーンと置いた。

定規を当てて計ったわけじゃないし、三〇年も前の記憶だから実際には一〇センチじゃなくて七センチだったのかもしれないけど、ホタテ貝も顔負けの巨大なしじみ貝がドドーンと置かれたんだ。

聞くと、近くにある汽水湖は巨大しじみが名物で、三センチ以上が標準サイズとのこと。で、年に数個、ステーキにもできる特大サイズのしじみが獲れるんですと。

これは食さねば旅作家としての名がすたるってんで、フォークとナイフで食したまでは覚えているんだけど、味の記憶がなかったりして。どうだったんだろう？

本当はこのあと、駅のすぐ近くの牧場のじいちゃんと仲良くなって馬を一頭プレゼントしてもらったりとか、牧場前の雪原を馬ソリで激走していたら、たまたま通りかかったロケ隊に撮影されて、その映像が大瀧詠一のカラオケに使われていたり……みたいな事件に遭遇するんだけど、書けば書くほど嘘っぽくなってしまいそうなので、牧場での話は封印するね。

おっと、東の空が暮れてきたぞ。そろそろ今宵の宿を探さねば。そう、まだ、予約なしの飛び込み宿泊が普通の時代だったのさ。

すぐに温泉民宿を見つけたので扉を叩いてみたけど誰も出てこなかった。人の気配はするのに誰も出てこない。居留守か？　宿なのに居留守か？

近所の陶芸工房のチャイムを鳴らすと、美しい女性陶芸家が出てきて、隣の民宿の主《あるじ》は人間嫌いでよく居留守を使っていると教えてくれた。そして「あのひと女にも興味がないのよ」と付け加えた。ドキッとした。

怪しい夕間暮れだった。

数年前、駅舎の喫茶店を再訪したことがある。店主は替わっていて「しじみのステーキなんて聞いたことないなぁ。夢でも見てたんじゃないの？」と一蹴された。

そんなことを言われたら、本当に夢の中で旅をしていたような心持ちになってしまうけど、すぐに見つけることができた温泉民宿の宿主氏は今でも人嫌いのままだったし、勇気を出して訪ねた窯元の陶芸家マダムは今でも艶麗だった。

それにしても、あの夜、おいらは結局どこに泊まったのだろう。それだけが思い出せないのです。

〈ビッグコミックオリジナル／二〇一八年四月五日号〉

全員無名の世界水準

おいおい、今さら《あの映画》について書くのかよぉ。と突っ込まれてしまいそうだけど、違うのだよ。おいらが《あの超低予算だけど国境を越える勢いがある映画》を観て、感動して、監督の話を聞いたのは三月なので、たぶん世間よりも少しは早いはずなんよ。紹介するのにふさわしい媒体からの原稿依頼を待っていたら時間が流れてしまった次第。ご容赦を。

かつてはデニス・ホッパーに単独インタビューができて、歩いていたら赤塚不二夫とすれ違い、路上ではダイアモンド☆ユカイが弾き語りをしているし、ラーメン屋に入ると川谷拓三が隣にいて、トイレに入ると加勢大周と連れションできた『ゆうばり国際ファンタスティック映画祭』での出来事。

映画祭最後の夜、エロSFを観ようと思ってウキウキしていたら、映画評論家のM崎Mが「エロSFと同時刻に別会場で《映画史を変える傑作》が上映されるよ」と言うでないの。《映画史を変える傑作》とは針小棒大な話だなぁ。ええと、監督&脚本は上田慎一郎で、出演は濱津隆之、秋山ゆずき……って、全然知らないなぁ。監督も俳優も全員無名じゃん。でも、映画博士のM崎Mがそこまで薦めるのなら、と、エロSFをあきらめて《その新人監督と無名俳優たちの映画》を観たら、これが本当に世界中の映画ファンの琴線に触れまくるような痛快娯楽傑作だったのだ。

タイトルは『カメラを止めるな○。』。いいタイトルだよね。なんと、冒頭の約三七分間がワンカットだ。ワンカットのゾンビ映画ね。これはこれでよくできているんだけど、観ていると、ちょくちょく違和感を感じるんよ。そもそも、この映画を撮っているカメラマンは誰なの？みたいな。で、「はい、カットー」で、終わったかのように見せて、それから約一時間、冒頭のワンカットゾンビ映画の言わばメイキングストーリーが始まるって寸法だ。

ワンカット三七分間で感じた違和感をひとつひとつ回収しては痛快に笑わせてくれるのと同時に（一番怖かった場面が一番笑える○。）、映画っていいなぁ、おれもまた映画を作りたいなぁ、と、映画なんて作ったことがないおっさんさえそんな気分にさせてくれる内容なり。

でもね、この映画でおいらが一番感動したのは本編終了後のエンドロールで流れる《本当のメイキング》なのだよ。カメラマンが水を二杯グビグビと飲むシーンで泣きそうになったもんね。映画撮影現場の群像劇としてはトリュフォーの『アメリカの夜』以来の感動だと書いておこうかな。

なるほど《この映画は二度始まる》という謳い文句は的を射てるけど、実はこの映画は三度始まるんだ。サービス精神半端ないぜ。やるなぁ、上田慎一郎監督。

ちなみに、上映後の話によると、三七分間ワンカットの撮影テイクは六回とのこと。ゾンビ映画ってことでセットも小道具も俳優たちも血だらけになっちゃうので、一日二テイクしか撮れなくて、三日で六テイク。そのうち最後までたどり着けたのは三回だけなんですと。

小さな映画祭の中でも一番小さな会場が、熱烈な拍手と歓声に包まれる中、はるばる夕張まで自腹で駆けつけてくれた役者やスタッフたちが高揚し、声をつまらせていたあの夜の興奮は、つまり、そういうことがあったからなんだね。こんな超低予算で、決してうまいとは言えない役者たちでもこれだけの娯楽映画を撮れるんだから、今後、それなりの予算を遣えるようになったら、どんな傑作を生み出すか、考えるとワクワクするよ。

ああ、おいらもまた映画を撮りたくなってきたよ。撮ったことなんてないんだけどさ。ばいびー♀。

〈ビッグコミックオリジナル／二〇一八年九月五日号〉

遠くまで行くこと

詩人とは自分の屍骸を自分で解剖して、その病状を天下に発表する義務を有している。と書いたのは夏目さんだ（友人帳じゃなくて草枕の方の夏目さんね。今回はワケあって年上の兄姉は全員さん付けなのです）。

華奢《きゃしゃ》な詩人が斯様に勇壮な覚悟を持ち合わせていると したら、自分たち雑文書きはどうであろう。

雑文書きとは己や他人の排泄物をマジマジと鑑賞して、その色形味匂いを天下に発表する義務を有している、ってところだろうか。

排泄物ってのは言葉や文章などの表現物のことね。排泄したては思わず目を背けたくなるけど、時間が経って乾燥すると手に取ってもいいかな♪と思わせちゃう点は表現物も排泄物も大差なかったりして。腹の中の思いも排泄物も溜め過ぎるとからだに毒だし。

そんな猥雑な雑文書きの世界でジュリーと呼ばれていた亀和田武さんの新刊が出た。『雑誌に育てられた少年』。

様々な雑誌に書きまくった単行本未収録の雑文や、亀和田さんが編集していた自販機用エロ雑誌『劇画アリス』の表紙、通い詰めたジャズ喫茶のマッチ箱コレクションなどをギュッと詰め込んだバラエティブックなり。

丸刈り野球少年時代、一〇〇円玉を数枚握り締めて、チャリで隣町まで走ってはドキドキしながら自動販売機で買い求めたエロ雑誌の表紙をめくると、雄勁《ゆうけい》にアジっている格好いいアニキがいた。それが亀和田さんだった。

美大生にもなれず、何にもなれず、麻雀と安酒と年上の女に溺れながら「おれは一体何をしているのだろう」とつぶやきながら、まぶしい太陽の光にクラクラしながら街を歩いていた一八歳の終わり、すいこまれるように入った書店の新刊コーナーに平積みされていた文庫本の表紙に刻まれた名前を見た時、頭の後ろでバシッと音がした気がして、六畳一間まで戻る時間も惜しくて歩きながらむさぼり読んだ本が亀和田さんの『まだ地上的な天使』というSF短編集だった。あれから三六年さ。

あんたらもそうだろ?

一八歳の時に夢中だったミュージシャンは今も現役で御機嫌な新譜を出していてほしいと思うでしょ。

おいらも同様。だからうれしいんだ。このバラエティブックに収録されている四半世紀以上前の筆跡は今読んでも雄健だし、最近の筆致も昔のままで格好いい。

ちなみに、伊集院さん(光じゃなくて静の方ね)は自分のエッセイのことを随筆と呼んでいるけど、亀和田さんは決してそうは呼ばない。

他愛もない日常の雑事を徒然に綴った文がエッセイや随筆だとしたら、亀和田さんは雑文書きであり、コラムニストだ。時代性、批評性、ユーモアを取り入れた簡勁な筆致がコラムの本質である以上、亀和田武は筋金入りのコラムニストだし、死ぬまでコラムニストでいてほしいと願う。だって、ドン小西のファッションチェックについて書いた笑える散文が当時ほとんど目にしなかった小泉政権批判に転がってしまうんだよ。筋金入りでしょ。

おいら、この分厚くて、まるで活字中毒者の救済のために作られたような本を、北海道の大雪山の中腹にポツンと建つ、携帯電話も通じない鄙びた湯宿で読んだんだけど、酒や湯に酔うがごとく活字に酔いしれたよ。

遠くまで行くこと。今まで視えなかったものを視ること——。エロ劇画雑誌の表紙裏で若き日の亀和田青年が発信した四〇年前のメッセージが今も背中を押すのだから困ったものさ。

文士なんのために世にありや。道は歩くためだけにあるのではない。寝転んだり、猫とじゃれたり、権力に噛み付いたり。亀和田さんって、つまり、そんな人。

〈ビッグコミックオリジナル／二〇一九年一月二〇日号〉

草刈正雄に謝りたい

あれは一九八〇年の初夏のこと。一七歳になったばかりのおいらはMくんを連れて札幌地下街を歩いていた。おっ。イベント広場で何かやっているぞ、と、のぞいてみると新作映画の発表イベントだった。小松左京原作の『復活の日』がついに完成したらしい。ちょうど主演の草刈正雄が挨拶をしていた。

当時二七歳だったんだね、草刈正雄。二枚目という言葉はこの人のためにあるんじゃないかと思えるほど様子が好かったよ。

ボロボロの革ジャンのポケットに両手を入れて遠巻きに眺めていると、チャリティオークションが始まった。撮影で使った小物をオークション形式で販売するという映画ファンにはたまらない企画だ。

劇中登場する小物が一万円とか二万円で落札されていく。映画好きのおいらも参加したかったけど、ポケットには一〇〇〇円札が一枚入っているだけだった。新聞配達の給料日まではこれが全財産さ。

会場内は全員女子。場違いなところに来ちまったと思いつつも高二のおいらは草刈正雄という芸術品から目が離せなくなっていた。

「ぼくも何か出していいかな？」

司会のマダムが戸惑ったのもおかまいなしに草刈正雄

はその日かけていたレイバンを外した。「撮影中かけていたサングラス」と言うと、本当なんだ。ほほ笑みながらおいらの顔を見て、「じゃあ、一〇〇〇円♡」と言ったんだ。

はい♡

左手でポケットの一〇〇〇円札を握りしめながら、おいらは右手を挙げて叫んだ。でも、その声は「一万円♡」と絶叫する声にすぐにかき消された。

司会マダムが「では二万円の……」と言いかけたのを草刈正雄が制する。「これは、ぼくが決めてもいいよね」と言うと、おいらの顔を見て「最初に手を挙げた彼」と笑った。こちらを見ていると思ったのは気のせいじゃなかったんだね。

そういえば聞いたことがあるよ。草刈正雄も小学生の時から新聞配達をしていたって。かつての自分と同じ匂いを感じてくれたのだろうか。

女子たちの視線の集中砲火を浴びながら舞台へ歩いていくと、司会マダムが「では二万円で落札ですね」と言った。足が止まる。顔面蒼白だ。「まさか一〇〇〇円しかないのにオークションに参加したの?」という嘲笑を浴びせられている気がして、一刻も早くこの場から逃げ出したくなった。

「違うよ。彼は最初に手を挙げたから一〇〇〇円だよ」

再び、草刈正雄がおいらの顔を見てほほ笑んだ。おいらもほほ笑み返して握手をしたかったけど、思春期ど真ん中の童貞少年にそんな余裕はなかった。くしゃくしゃの一〇〇〇円札を手渡すと、握手をするどころかうれしい顔さえできずに会場から飛び出しちゃったよ。

Mくんが追いかけてきた。

「最後まで見なくてもいいの?」

別にいいよ。暇じゃねーし。

「すごいね。どうするのそれ?」

かけるに決まってるだろ。と足早に地下街を歩きながら話していると数人の淑女に囲まれた。

「それ、一万円で売りなよ」

淑女たちの目は血走っている。

「いやだよ。ふざけんなよ」

そう突っぱねると自分でも思ったしMくんもそう思ったんだろうけど、あの時はどうかしていたんだ。

「一万円ならいいよ。どうせすぐに売っ払うつもりだったからさ」

そんな言葉が口から出ていた。

あれから三九年。『なつぞら』で熱演する姿を見る度に胸の奥が痛くなって、「草刈正雄に謝りたい♡」と思い続けているのです、という話でした。

〈ビッグコミックオリジナル／二〇一九年一二月二〇日号〉

一九七五年のジョージくん

小学六年の春、ぼくはジョージだった。

ラジオ番組で「次の曲は札幌市のジョージくんからのリクエストです」と紹介されるたびにジョージ度が増していくような気がして、丸坊主のジョージ少年はひとりニヤニヤしていた。

ジョージという英語名はギリシア語で農夫を意味するゲオルギオスからの変化形だそうな。フランス語だとジョルジュ、スペイン語だとホルヘ、イタリア語だとジョルジオ・アルマーニのジョルジオ、ロシア語だとユーリィ・ガガーリンのユーリィなんですと。みんなジョージだったんだね。

生まれて初めて書いてもらった漫画家のサインは『丸出だめ夫』の森田拳次だった。って、話が唐突に変わったけど、この話は一回やめ。

おいら、ジョージになる一年前に新聞配達を始めたんよ。全部の漫画雑誌を買いたかったからなり。

当時（一九七五年）、週刊少年誌は五誌もあって、それぞれに月刊や別冊も出ていて、中綴じ少年誌の『マンガくん』や変型の『リリカ』といった意欲的な雑誌も次々に創刊されたので、新聞配達で得た収入はそれらを買うだけでスッカラカンになったけど、ひもじさを上回る魅力が当時の漫画雑誌にはあった。

中でも夢中で読んでいたのが週刊チャンピオンに連載されていたジョージ秋山の『花のよたろう』だ。

同時期、週刊マガジンで連載が始まった『デロリンマン』（週刊ジャンプ連載作品の移籍続編）も笑えて泣けたけど、『花のよたろう』に衝撃を受けたおいら、慌てて買い求めたコミックスは『よたろう』という江戸落語を漫画化したようなギャグ漫画で拍子抜けしたけど、おいらが読み始めた一九七五年には絵柄も変わって、悲恋あり、イジメありの、心の奥にグサッと刺さる学園ものに路線変更していて、丸刈り野球少年の心をわしづかみにした。

トドメは週刊少年マガジンのトピックス欄だ。《ジョージ秋山先生、歌手に転向？》みたいなタイトルで、ピアノの前に座っているサングラス姿のジョージ秋山の写真が載っていたんだもの。今から四五年前よ。漫画家の顔写真なんて見る機会がない時代だったので、あまりの格好よさにしびれたおいら、「よし、ぼくも漫画家になろう」と思ったのと同時に「よし、ぼくもジョージになろう」と思ったのでした。

で、森田拳次のサイン会の折、真っ先に駆けつけた丸刈りのおいら。「ジョージくんへと書いてもらえませんか？」とお願いしたら、「きみは勇二のファンだね」「ユウジ？」「秋山のことだよ」「そうです、そうなんです」と、サイン会の冒頭でいきなりお馬鹿な小僧が失礼なことを言ったというのに心優しい森田先生、いやな顔ひとつしないで、だめ夫の絵を描いてくれたのでした。

数年後、別のジョージに夢中になって、漫画家から映画監督へと夢を路線変更したんだけど、結局、雑文書きに落ち着いたおいら。大人になって、あちこちに駄文を寄せられる身分になり、数年前、『はぐれ雲』と同じビッグコミックオリジナルにコラムが載った時は嬉しかったなぁ。一二歳のジョージくんに自慢したかったよ。

〈ビッグコミックオリジナル／二〇二〇年七月二〇日号〉

ムツゴロウさんに救われた話

ライオンに腕を噛まれた折の対処法をムツゴロウさんが解説していた。もう三〇年以上前の話だけど、このテレビ番組を見ている日本人の中に、今後ライオンに噛まれる可能性がある人が一人でも居るのかよ、無駄知識。と笑いながら見ていた記憶がある。

ある時期までムツゴロウさんは人気者だった。彼に憧れて獣医になった同世代も少なくない。

おいらもムツゴロウ王国に憧れていた口で、ムツゴロウさんがかつて暮らしていたケンボッキ島という無人島に渡ったこともある。

ケンボッキ島の南端からはトッカリ岩と呼ばれる小島が見えた。トッカリはアイノイタク（先住民の言葉）でアザラシだ。昼寝をしているアザラシたちを眺めていたら、右腕が少し疼いた。

礼文島でも彼らと出会ったことがある。礼文島の中でも北の船泊村にある日本最北の書店、成田書店（オリジナルも並んでいたよ💭）に立ち寄った帰り、海を眺めていたら視線を感じたんだ。むむむ。誰だろうとキョロキョロしても人影はない。もう一度海を眺めると、目が合った。アザラシだ。数十頭のゴマフアザラシたちが頭だけ海面から出すように浮かんでいて、こちらを見ているでないの。

「わんっ💭」

と、同じアザラシとして挨拶をした。アザラシは漢字だと海豹。模様が由来しているけど、英国語ではシードッグ。犬そっくりな鳴き声が由来している。

実際、DNAを調べると犬とアザラシはほぼ一致していると判明したので、同じ祖先が陸と海に別れたらしい。最北の島でアザラシを眺めていたら右腕が疼いてきた。三〇年前、小樽の水族館に通い詰めていたんよ。お目当ては屋外で飼育されているアザラシたちだ。

海岸の一部を囲って作ったプールなので、常に新鮮な海水が注入されていて、アザラシたちにとっては快適な環境だ。その証拠に、大嵐の高波のあと、一頭増えていた、という笑い話もある。高波に乗じて逃げるどころか、野生のアザラシが自らやって来たんだね。

おいらはその中の一頭と、プールサイドで並んで昼寝をするほど親しくなっていた。さらっと書いちゃったけど、アザラシと添い寝をした経験は普通はないだろうね。

ある日、親しいアザラシくんが大あくびをした時、悪戯心から口の中に手を入れてみたんよ。その様子を撮影したらすぐに手を抜く予定だったんだけど、口を開く時はゆっくりだったのに閉じる速度が瞬殺だった。

バクッ💭　痛さで声も出ない。

驚いたのはアザラシくんも同じだ。あくびをして口を閉じたら何か入っていたんだからね。

血が流れてきたけどアザラシの歯が腕に食い込んでいるので、無理に引っ張ると右腕がちぎれてしまいそうだ。困ったぞ。痛いぞ。

その時さ。ライオンに腕を噛まれた時は引き抜くのではなく喉の奥に押し付けると口が開く、という教えが脳裏をよぎったのは。

エイッ。噛まれている右腕を喉の奥に押し込むと、パカッ💭　本当にアザラシの口が開いた💭

ありがとうムツゴロウさん。あんたの教えのおかげでおいらの右腕はちぎれずに済んだよ。世に無駄な知識なし。そう学んだなり。

〈ビッグコミックオリジナル／二〇二一年一月五日号〉

あの人が好きな鳥の名前

いつかは書かねばなるまい。と思いつつも、一〇年近く書けずにいたことを思い切って書こうと思う。

北海道の森の中での出来事だ。

美瑛方面へと抜ける林道を小一時間激走すると、目的地まであと少しというところでゲートが閉鎖されていた。先月の豪雨で路肩がもろくなっているため、らしい。

なんてこったい。林道を引き返して国道から回って行くとなると、到着時間は今から三時間後。明るいうちにたどり着けないぞ。ゲートを閉鎖していることをもっと手前で告知してくれていたら無駄な往復をしなくて済んだのにぃ、と、やり場のない憤りを落ち着かせるために一服していると、砂ぼこりを巻き上げながら外国製のキャンピングカーが走ってきた。

お気の毒様。あんたらも今日の予定はぼろぼろだよ。と心の中でつぶやくと、ザ・業界人という身なりの紳士が車から飛び降りてきて、「通れないんですか？」と訊いてきた。顔面蒼白だ。

黙って頷き、引き返して国道から行くとなると二時間以上のタイムロスになる旨を説明すると、ザ・業界人の紳士は車に戻ってドライバーと対応策を話し合い始めた。

その時さ。キャンピングカーの後部ドアから、あの人が出てきたんだ。サングラスをしていたけど、すぐにわかったよ。あの人がCMに出ていたトヨタのSUVに今も乗り続けているほどのファンだから、見間違えたりはしないもんね。

でも、おいらは爆笑問題の太田光が初めてあの人に会った時のようにブスなファンになって、舞い上がったりはしなかった。

むしろ、素知らぬ仕草でゲートにもたれて煙草をくゆらせていると、あの人の方から話しかけてきたんだ。とてもフレンドリーにね。

それなのに、おいら、旅雑誌の取材中なので傍迷惑《はためいわく》な話ですよぉ、などと答えるのが精一杯で、あとは頷いたり笑ったりするだけで何も話せなかった。本当は『宇宙戦艦ヤマト実写版』のインタビューで、「結局これって戦争映画なんだと気づいてからは周囲のスタッフほど熱くなれませんでした」と答えたことが死ぬほど格好よかったです。と言いたかったけど、もちろん、そんなことを言えるはずもなく、並んでゲートの向こうを見つめていたら、あの人がこう訊いてきたんだ。

「この鳥の鳴き声、なんだかわかります?」

困ったぞ。ヤマガラです、とか、それらしい嘘をつくべきだろうか。いや、正直に言おう。

「スズメです。すいません」

いろいろな野鳥がいる北海道の森で、よりによってスズメかよぉと落胆すると思ったら、あの人は空を見上げてこう言ったのさ。

「でも、おれ、鳥の中で、スズメが一番好きかも」

かっこいいいいいい〜

こうなったらブスなファンなのがばれてもいいよ。空を見上げている横顔を熱く見つめちゃうもんね。

という夢を見た。

おい、夢の話かよ〜と読者全員から突っ込まれそうだけど、嘘偽りなく、誇張もなく、斯様な夢を見たのだよ。あの日からずっと、CMやドラマであの人を見かける度に、彼の魅力は格好がいいだけじゃないんだ。鳥の中ではスズメが一番好きなのさ。とってもセンスがいいんだよ。そう心の中でつぶやいては勝手にドキドキしているのでした。

という原稿をビッグコミックオリジナル用に書いたんだけど、ボツになったのです。

あの人の名前を伏せてもジャニーズ的には難しいんですか?と訊いたら、「そうじゃなくて、さすがに夢の話は無理でしょ〜」と半笑いで言われてしまった。

そうか。そりゃそうだよね。この夢を見たことはノンフィクションだけど、夢の話じゃ駄目なのか。いたしかたあるまいと一時間で書き上げたのが前頁のムツゴロウさんの話なのでした。

でもなぁ。わりと自信作だったんだけどなぁ。ひとりぐらい気に入ってくれるかもね。というわけでここに載せちゃった次第。

巻末エッセイ だめだめな人生 1

かいじゅうしんぶん

ここで勝負をかけるっきゃないぜ、と思った。

ここで勇気をふりしぼらなかったら、おいらの人生はもうおしまいだ、とさえ思った。

でも、声が出ないよ。ずいぶん長い間話していなかったので、声の出し方をすぐには思い出せなかった。あせった少年はとりあえず立ち上がってみた。机や椅子が動く音が唐突に響く。教室中の視線が少年に注がれた。

幼稚園には行かなかったんよ。

というか、保育園だの幼稚園だのというものがこの世にあることさえ知らなかったし、みんなが幼稚園に行っていることなんてまるで知らなかったんだ。

いつもひとりで絵を描いたり、工作をしていた。気が付いたら、どこかの施設で暮らしていたこともある。

貧しく陰気な施設で、いつも誰かが泣いていた。一日に与えられるオモチャは折り紙一枚だけ。その一枚の折り紙をみんな一時間以上かけて大切そうに折っていた。全員無言。重い。空気が重すぎる。ほら、また誰かが泣き始めた。

少年はそんな空気になじめなくて、配給された折り紙をすぐに近くの誰かにくれてやっていた。たかが折り紙一枚なのに、そんなにうれしそうにするなよ。そして、少年はいつも怒られていた。あれ以来、折り紙を見ると吐きそうになる。

気が付くと少年はずっと言葉を発していなかった。誰かに何かを質問したり、何かを訴えても、すべて無駄だと悟ったからだろうね。毎日、一日の終わりに同じことを思ったものさ。

「今日もひとこともしゃべらなかったや」

小学校一年の一学期、施設を出た少年は知らない家で暮らしていた。子だくさんの貧しい家だ。

その家で最初に耳にした言葉は「ちゃんと食費をもらってるんだから、遠慮しないで食べていいんだからね」

吐きそうになった。この家でもひとことも話さないと決めた。

ひとつだけうれしかったのはテレビを見られたことだ。就寝時間も施設より遅かった。金曜夜七時半からの「帰ってきたウルトラマン」を食い入るように見ていた。

少年は今と違う名字で、豊平の小学校に通っていた。誰とも

illustration: Nakamura Kanae

しゃべらなかったから友だちもいなかった。当たり前か。

放課後は知らない家に帰りたくないので、暗くなるまで校門の前でアリの巣を観察していた。空気が悪い国道に面した小学校の近くにはまともな自然がなかったから、校門の前でアリたちを観察するぐらいしか時間を費やす方法がなかったんだ。

一学期が終わり、夏休みに入ると少年の人生は一変した。住む家が変わり、名字が変わり、自然環境が豊かになった。

転校手続きもろくにしないまま（のちに教員参観というのがあって、豊平の小学校の時の担任が少年を発見して、「二学期になったらI君がいなくなっていたので大騒ぎだったんだよ」と教えてくれた）、二学期からは子供の足だと徒歩四〇分の距離にある栄小学校に通うことになったんだ。

その当時（四〇年前）で創立一〇〇年近く経っていた古い小学校で、少し前まではレツレップ小学校という校名だった。栄小学校なんて頭の悪そうな名前より遥かにいい名前だ。小学校の敷地内にレツレップ神社もあったし、校歌にも♪レツレップ、吹雪に耐えて……というフレーズがあった。ちなみに、レツレップはアイノ言葉《イタク》で《ハンの木が生い茂るところ》。人生で最初に覚えたアイノイタクだぜ。

何がうれしいって、小学校の前には広大な原始林が残っていたんよ。田中角栄の時代になると、ハンの木を伐採して、原始林はつまらないありふれた公園に貶《おとし》められるんだけど、少年が栄小に通っていた時は太い樹木にツルがいっぱい巻き付いていたし、昼でも薄暗い場所もたくさんあって、鳥や動物や男子児童たちにとっては大変居心地の好い林だったんだ。

そんな具合に、環境が大きく変わったし、新天地で自分も変わるぞ○。という意気込みもあったんだけど、人間はそんなに簡単に変われるものではないんだね。そう痛感させられる事件が二学期の一日目に起きやがった。

転校生は二人いた。

少年と女子。アンドウユウコ、という、どこから越してきたのかわからないけど、都会的な香りがぷんぷんと漂う、はきはきとした物怖じしない性格の女子だ。服装も華やかだったし、顔も可愛かった。黒板の前に並んで立っているだけで、少年は無口な自分がとてもみじめに思えた。

担任が自己紹介を促す。もちろん、少年もそれぐらいのことは覚悟していたんだけど、だめだ。声が出ないよ。口を開いてパクパクさせても空気が振動してくれないんだ。自分の名前を言うこともできないのかよ、おれは。あせった。この場から逃げ出したくなった。

異変を察した担任は少年をスルーして、先にアンドウユウコに自己紹介をさせた。驚いた。アンドウユウコは名前だけでなく、趣味だのこのクラスでの抱負だの野望だのをスラスラと話したかと思うと、最後に、「転校してきてまだわからないことだらけなので、わたしのこともタテウラくんのこともよろしくお願いします」とまで、ぬかしたのだ。なんというおせっかいな。サザエさんか、おまえは。男のプライドをズダズタに引き裂かれたおいらは下を向いたまま顔を上げることさえできなかったぜ。

事件はさらに続きやがった。

豊平の小学校と違って、遠くから広範囲に通学しているためだろうね。始業式は集団下校という慣習があったんよ。え？　勝手に帰っちゃだめなの？　そういえば、さっき担任が何か説明していたようだけど、男の尊厳について逡巡していたおいらの耳にはそんな説明は届いていなかったもんね。

みんな教室から出ると別の教室に入っていく。どうやら、一年生から六年生までが一度指定された教室に集まって、細分化されたコース別にみんなで下校するシステムらしい。

どーしよう。おいらはどーすればいいの？

言葉が出ないから、誰かに聞くこともできない。仕方ないから、当てずっぽで適当な教室に入って、列の一番後ろを付いて行ったけど、それは帰りたい方向とは真逆だったので、少しだけ一緒に歩くと、原始林の中で列を離れて、みんながいなくなるまで身を潜めてから、ひとりでとぼとぼと帰ったんだ。

とことん、みじめだった。

このままじゃいけないと思った。

で、冒頭に戻るのさ。

翌日の帰りの会の終わり際。今にも担任が「起立、礼」と言おうとしている。このまま起立、礼を言わせたら今日もまたひとことも話さずに終わってしまうぞ。思っていることを口に出せないみじめな敗北者で終わってしまうぞ。ここで勝負をかけるっきゃないぜ。ここで勇気をふりしぼらなかったら、おいらの人生はもうおしまいだ、とさえ思った。

でも、声が出ないよ。ずいぶん長い間話していなかったので、声の出し方がすぐには思い出せなかったんだ。あせったおいらはとりあえず立ち上がってみた。机や椅子が動く音が唐突に響いたからだろうね。教室中の視線がおいらに注がれた。

「かいじゅうしんぶんを作りたいと思います。興味がある人は集まってくださ……」

語尾はフェイドアウトしちゃったけど、自分的には上出来だ。

突然「かいじゅうしんぶん」と言われてみんなも驚いただろうけど、一番驚いたのはおいら自身さ。

おれって、こんな声出すんだ。久しぶりに聞く自分の声に驚いていた。

「おもしろそうだね」

「どうすれば仲間になれるの？」

気が付くと何人かの心優しい男子児童が集まっていた。

おれたちは掃除当番の邪魔にならない場所に机を集めて、改めて自己紹介をしあった。仲間は自分も入れて五人だ。

「この教室、なんにもなくてさ、誰かが面白いことやるのを待ってたんだよ」

みんなが目をキラキラ輝かせている。世界がパッと明るくなった。これだよ、これ。おいらがずっと待ち望んでいた世界は。
ジャポニカの理科の学習ノートを一枚ちぎると、まずは「かいじゅうしんぶん」と新聞風に四角で囲んでタイトルを書いて、みんなにも同じことをしてもらった。それから、上半分に怪獣の絵を描いて、下には怪獣の特徴や、思い入れを書くんだけど、ここで肝心なのは記憶力と画力だ。何も見ないで、怪獣を描いていくと、「すげぇ」「そっくりだ」という、みんなの声が聞こえてくる。記念すべき創刊号の怪獣は『帰ってきたウルトラマン』の第一話と第二話に登場したオイル怪獣タッコングだ。身長四五メートル。体重二万三〇〇〇トン。大きさをわかりやすくするために、港湾の石油コンビナート群を描くのも忘れちゃいけないぜ。説明文は《ヘドロに汚染された東京湾から出現して……》。
おいらの人生で最初の新聞『かいじゅうしんぶんだい一ごう』はB五版一ページ。限定五部。話し合った末に、定価を五円と書いたら、そんなおれたちの様子を遠巻きに見ていた男子たちが買ってくれて、すぐに売り切れた。創刊御祝儀で完売だぜ。
こうして、小学一年の二学期二日目の放課後、おいらの編集者人生が始まったのさ。

巻末エッセイ だめだめな人生 ❷

コブテンせんちょう

『かいじゅうしんぶん』は好調だった。

小学一年の二学期の二日目に創刊した『かいじゅうしんぶん』は週一号のペースで、三学期の終わりまで発行し続けたんだ。

編集作業は土曜日の放課後だ。

有志が集まって、昨日の『帰ってきたウルトラマン』の感想を語り合い、ジャポニカの理科のノートを一枚破くと、まずは編集長であるおいらがマスター版をささささっと描いて、次に編集部員であるみんながそれを模すという作業手順だった。

極端に絵がヘタッピな子もいたし、描くのがやたらと遅い子もいた。思いやりのカケラも持ち合わせていなかったあんたは「描くのが遅いなぁ〜」と、よく文句を言っていたよね。

ある日、見慣れぬ子供たち(たぶん隣のクラスの連中だぜ)が教室に入ってきて、編集部員たちを取り囲んだことがある。

そして「この怪獣の身長、間違ってるぞ。デタラメ書くなよなぁ」などとイチャモンをつけてきた。

いや、イチャモンじゃなくて、正しい指摘だったのかもしれない。何しろ、こちらは、ウルトラマンの身長が四〇メートルだから、この怪獣の身長はこれぐらいかな。みたいな甚だ頼りないデータしか持ち合わせていなかったので、怪獣大図鑑(的な本)を持っている子供の指摘の方が正しいに決まっている。

調子に乗って絵を描いていたあんたは何も言えなくなったね。

すると、ひとりの少年がそんなあんたをかばってくれたんだ。

「ぼくたちは身長や体重の間違いなんか、別にどうでもいいんです。それよりも、こうやって、みんなで怪獣の絵を描いているのが楽しいんだから、邪魔しないでくれるかい」

絵を描くのが一番遅い子だった。

「ふーん。それならいいんだけどさ」と捨てゼリフを吐きながら出て行く見慣れぬ少年たちを目で追いながら、あんたは仲間っていいなって思ったよね。

それから、おいらは絵を描くのが遅い子をバカにしたりしなくなったよ。

illustration：Nakamura Kanae

ビッグニュースはいつだって春休みに入ってくるものだ。

あれは小学二年生になる前の春休み(正確には一九七一年四月三日の翌日)だったね。

男子という男子が、昨日始まった新しいヒーローものの話題で盛り上がっていた。かっこよかったとか、強かったとか、怖かったとか、興奮しながらさ。仲間うちでただひとり見逃したおいらにはなんのことだかチンプンカンプンさ。

でも、「おれはつまらないと思った」という声もあった。

そうかそうか。みんな興奮しながら話しているけど、実はそんなに面白くなかったのかもしれないな。と、見逃し組約一名は無理やり安心してみたけど、翌週、第二話を見て泣いたね。

死ぬほど面白かったんだもん。どこがつまらないんだよ〜。第一話から見たかったよ〜。

それからというもの、小学二年になろうとしていたおいらはむやみに巨大化してはビルを破壊することなどない等身大のヒーローに夢中になったんだ。敵に改造されたという悲劇の設定も琴線に触れたし、格闘シーンのスタントも見ごたえがあった。石森章太郎の『仮面ライダー』。

ウルトラマンに夢中になっていた自分が子供に思えて恥ずかしくなったよ。

もちろん、すぐに絵を描いてみた。我ながらなかなかの出来栄えさ。ライダーやショッカーの怪人の絵に関しては。それなのに、どうしてもうまく描けなかったんだ。サイクロン号が。

おいらなんかより、ずっと上手にサイクロン号を描く男子がクラスに何人もいた。自分の絵の才能のなさを思い知った瞬間だった(数年後、古代進や古代守はいい感じに描けるのに、ヤマトだけがうまく描けない時も同じ挫折を味わうんだけどね)。

そんなわけで、ライダー新聞は発行しなかったんだ。

また新聞を出そうよ、という誘いがなかったわけではないけど、小学二年生のおいらは別のことに関心を示していったしね。

ある日の学級会での担任のひとことがおいらのクリエイティブ魂に火を付けたんだ。学芸会の出し物を決めるので、明日の学級会までに何か考えてきて提案するように、という言葉さ。

名前も顔も忘れたけど、なんと民主的でいい担任なんだろう。小学二年生を大人として扱ってくれていたんだね。

学芸会では劇をしたかった。でも、主役を演じたい、などという野心は一掬《いっきく》もなし。いくら今は普通に話せるようになったとはいえ、ほんの一年前までは自分の声も忘れてしまうほど長期間言葉を発していなかったんだもん。観衆の前で言葉を発するなんてのはただの拷問にしか思えないってもんでしょ。

おいらは脚本を書きたかったんだ。

だから、みんなで劇をすることを提案しようと考えたら、居ても立ってもいられないほどわくわくしてきた。劇の題材を思いついたのは夕方の五時ごろだ。三カ月ほど前に図書館で読んだ海洋ものの冒険活劇が荒唐無稽で面白かったので、あの物語を脚本化しようと考えたのさ。

『コブテン船長の冒険』。ＳＦ作家の矢野徹さんが一九七〇年（つまりこの前年）に毎日新聞社から出したハチャハチャな冒険活劇だ。『ワンピース』の三〇年ぐらいサキドリ版だと考えていただいて差し支えない（と思う）。

劇用の脚本を書くに当たって、まずは『コブテン船長の冒険』※を再読しようと思った。けど、困ったぞ。夕方五時ということはタッチの差で図書館が閉まっているではないか。三カ月前に読んだ本の細部を覚えているわけもないので、未再読で脚本を書いたら全く別の物語になってしまうし、どうしよう……。

『コブテン船長の冒険』という衝撃的な冒険活劇を提案して、みんなの度肝を抜いてやろうと考えていたのに……。

悩んだ末に一大決心をした。生まれて初めて父親にお願いをしたんだ。「どうしても買ってほしい本がある。今すぐ欲しい」と。切羽詰まった真剣さが伝わったんだろうね。気が付いたら、助手席に座っていた。もうとっくに真っ暗になった道を麻生の書店へ向かって走っていたんだ。でも、売ってなかった。初めて父親にお願いをして、こうしてわざわざ夜の道を車で来たのに、コブテン船長はいなかったのさ。コブテンのバカー。

「ほかの本屋さんに行って」

「もう、この時間に開いている本屋さんなんてどこにもないよ」

時計を見ると八時近かった。文教堂もコーチャンフォーも蔦屋もない時代、八時過ぎまで営業している本屋なんてなかった。

打つ手なし。帰りの助手席で、おいらは泣いていた。涙が止まらなかった。もう何もかもオシマイだと思った。だから、父親の言葉なんて一時しのぎのなぐさめにしか聞こえなかったよ。

「なんも、コブテン船長にこだわらないで、もっと面白い話を自分で自由に考えたらいいべさ」

その言葉の意味が理解できたのは車が家に着いてからだ。そうか。そうだよね。コブテン船長を忠実に脚本化することしか考えていなかったけど、もっと自由な物語を自分で考えればいいんだ。それだったら、明日の学級会に間に合うぞ。

ってんで、その夜、あざらし少年は深夜まで鉛筆を走らせて、人生初のオリジナル脚本を書き上げたのでした。

あれれれれ……？

翌日の学級会の展開は想像と全然違っていた。

「劇がいいと思います」とか「合唱がいいと思います」とか、具体性ゼロの、今思いついたような提案ばかりなんよ。

あれほど真剣に内容を考えて、挫折したり、泣いたり、復活したりして深夜まで頑張った自分がとってもバカらしく思えて

※のちに角川文庫に収録されるものの絶版に。結局あざらしは小学2年の初読以来40年以上再読していない。ちなみに矢野徹は「コブテン船長の冒険」と同じ1970年にケイディンの「宇宙からの脱出」など5冊のＳＦを翻訳し、代表作となる名作「カムイの剣」も出版している

きたので、学級会では何も話さない子に逆戻りしていた。

適当に盛り上がっている教室の中で、ひとりだけ違う温度で落胆している様子を察してくれたんだろうね。

「タテウラくんは何か考えてきたようですね。なんですか?」

おいらは無言のままで、ゆうべ書き上げた脚本を担任の手に押し付けた。予想外の展開に驚いた担任はその場で立ったまま脚本を読み始めると「これはタテウラくんが考えたお話しなのですか?」と訊いた。おいらがうなずくと、しばし逡巡した後、皆にむかってこう言ったんだ。

「学芸会の出し物は劇にします。タテウラくんが面白い話を考えてきたので、それを先生が劇用の脚本に手直しします。タテウラくん、それでいいですか?」
いいに決まってるだろ。泣かせるなよバカやろう。
人生で初めて書いたオリジナル物語の内容はもう忘れてしまった。でも、採用された瞬間の歓びだけは今も覚えている。ラジオドラマの脚本や映画の脚本を書き始めるのはずっと後のことだけど、おいらの脚本家としての人生は小学二年の学芸会に、父親のひとことと担任の心優しい英断で始まったのでした。

秋には新聞も復活した。

妖怪しんぶん。

その年の一〇月七日から始まった『ゲゲゲの鬼太郎』(の第二シーズン)がおいらの編集者魂を復活させたんよ。半年ぶりに仲間に声をかけると、みんなふたつ返事で集まってくれたし、ミモリくんなどの新メンバーも加わったんだ。『妖怪しんぶん』は『かいじゅうしんぶん』より内容が濃かったので充実感もあったし、放課後に集まってみんなで絵を描くのは相変わらず楽しかったけど、二学期の終わりに廃刊となる。二カ月半後、別の学校に転校したからね。人生は創刊と廃刊の繰り返しなのさ。

巻末エッセイ だめだめな人生 ③

ポップコーンをほおばって

小学四年の終わりごろ、新聞配達を始めた。

月に二〇〇〇円だけ稼げたらいいんです、と言うと、最初は渋っていた新聞屋のおやじも根負けして雇ってくれたんだ。

新聞配達を始めたのは二〇〇〇円が欲しかったから💭 ではない。ハセガワマサオくんだ。同級生のハセガワマサオくんが新聞配達しているのを目撃した時、ゴジラのシッポで叩かれたような衝撃を覚えたのさ。自分よりもバカだと思っていたマサオくんが自分よりもずっと上の立派な存在に見えたからね。

ねぇ、新聞配達って、どうやったらできるの？

「教えてもいいけど、この辺で配りたいなら、おれとは違う新聞にしないとダメだよ」とマサオくんがアドバイスしてくれたので、その足で新聞販売店を探して、四年生は本当はダメなんだけど……と渋る店主を説得して、翌日には夕刊を配っていた。

昭和四〇年代の終わりの話さ。ゆるくていい時代だったよ。

色々な植物の花や葉を擦り潰した天然インクで絵を描こう💭 子供向けの雑誌にそんな記事が載っていたんだろうね。

放課後、マサオくんの家の小さな小さな庭に集まって、咲いている花を摘んでは夢中で擦り潰していたんだ。紫、赤、オレンジ、緑。パレットのインクの色が増えていくのがうれしくて、夢中で花を摘んでは擦り潰していたら、「もうやめようよ」というマサオくんの言葉が楽しい気分に水を差した。

ナニ言ってるんだよ。まだ実験が終わってないだろ。と、怒鳴りつけると、「母ちゃんの花畑がなくなっちゃうよ」とマサオくんが哀しそうにつぶやいた。

ハッとして、パレットから顔を上げて庭を見ると、本当だ。あんなににぎやかに咲いていた花畑が貧相になっている。

科学の実験なんかより、マサオくんの優しさの方がずっと立派だと思った。マサオくんは学校の勉強はまるでダメだったけど、おいらとは比べ物にならないほど優しかったんだ。

夕刊配達は楽しかった。

知らないおじさんやおばさんに「ご苦労さん」なんて声をかけられると、自分がとってもいいことをしている気がした。

生まれて初めて喫茶店にも入った。

営業中の喫茶店の茶色いガラスのドアを開けて、奥のカウン

illustration：Nakamura Kanae

ターに夕刊を置かないとダメなんだけど、何しろ小学四年生だもんね。有線のＢＧＭが大きく流れて煙草の煙が充満する大人の空間に足を踏み入れるだけで心臓がバクバクしたよ。

怪しげな異空間を往復するだけでも生きた心地がしなかったのに、「ソーダ水でも飲んでいくかい？」と、ママさんに言われた日には顔が真っ赤になった。コクッとうなずいて、カウンターにちょこんと座って、緑色のソーダ水をグビッと飲み干しながら、一体全体大人って生き物はこんな息苦しい空間の何が楽しいんだろう?と不思議に思ったもんさ。

五年生になったら、担当エリアだけでは物足りなくなったので、少しずつエリアを広げてもらって、中学に入る頃には朝刊も配達するようになったし、高校に入ってからは集金もした。集金額の六パーセントが手数料、つまりおいらの取り分だった。

ちなみに配っていたのは朝日新聞だ。

この四半世紀後に、自分が配っている新聞に旅コラムを毎週掲載することになるなんて夢にも思わずに配達していたよ。奇縁宿縁。人生はどこかでつながっているのかもしれないね。

北四一条にあった生協の二階の家電コーナーでトランジスタラジオを買った。値段もはっきり覚えている。一九八〇円也。トランジスタラジオをＧジャンの胸ポケットに入れて結構な音量で鳴らしながら新聞を配り始めた。はた迷惑なガキだぜ。

ラジオを聴くようになったのは転校してきたヤマモトシンイチくんの影響だ。クラスで誰もラジオなんて聴いていなかった小学五年の春にヤマモトくんが転校してきて、ＨＢＣラジオの夜の帯番組『ベスト一〇〇マラソンランキング』にリクエストをして、リクエスト曲がかかったら名前を呼ばれることを教えてくれたんだ。ＦＭ民放などない時代に《一〇〇キロのジャンボ秀克》こと佐々木秀克が刻一刻と変動するランキングをノンストップで読み上げるのもカッコよかったし、ベスト一〇〇のうち、かける曲のセンスもよかった。毎日リクエストしていても曲のセンスが悪い人はいつまでも名前が読まれないし、リクエスト曲のセンスがいい人は毎日のように名前が読まれるというシステムだったんだ。忘れもしないよ。チューリップの『銀の指輪』(昭和四九年一月発売)とグレープの『精霊流し』(昭和四九年四月発売)が一位を争っていた頃さ。

こんな楽しい世界があったのかよお〜っ♡

リクエストだけじゃ物足りなくなったあざらし少年はジャンボさんが担当するほかの番組にも参加するようになったら、公

開番組終了後に声をかけてもらえたんだ。

「きみ、いつも投稿してくれているタテウラくんだね。今度、ＨＢＣを案内してあげるよ」

そう。おいらが生まれて初めて放送局の中を歩いたのは人気ＤＪのジャンボさんと一緒だったのさ。

あれから四〇年ちょっと。ジャンボさんは逝ってしまったけど、おいらは今、ジャンボさんに案内してもらった局の番組に出演している。小学生の時から夢中になって聴いていたＨＢＣラジオに気が付いたら毎週出演しているんだから、奇縁宿縁。人生はきっとどこかでつながっているんだろうね。

夕刊配達の時間帯の楽しみはミスター・デーブマンの『ベストテンほっかいどう』という、やはりランキング番組だった。歌謡曲にまざって、ナタリー・コールの『ミスターメロディ』やＫＣ＆サンシャインバンドの『ザッツ・ザ・ウエイ』とか、『ソウルドラキュラ』、カーペンターズまで、新曲だったらオールジャンルＯＫのベストテン番組さ。子供時代に幅広いジャンルの音楽を毎日耳にしていたことは実はとても幸運なことだったと心から思うよ。今の子供たちは偏狭なジャンルしか聴かずに育つから気の毒だぜ。

小学六年の六月、夕刊配達中のポケットラジオから衝撃的な曲が流れてきた。激しいビートでもなければ、ポップなメロディラインでもないのに、小学六年だったあざらし少年の心に響いたんだ。甲斐バンドの二枚目のシングル『裏切りの街角』(昭和五〇年六月発売)だ。そのカッコいい暗さは次のシングル『かりそめのスウィング』でさらに進化する。完全にやられちまったよ。ロックなのにバイオリンをフィーチャーしているんだよ。ありふれたストリングスの和音じゃなくて、ソロのバイオリンだぜ。なんてカッコいい音楽なんだ〇。と思ったものさ。

甲斐バンドのファンになったあざらし少年はその年の一一月、近所の吉田電気で念願のＬＰを購入する。『英雄と悪漢』(昭和五〇年一一月発売)。当時の小学生にとって、二〇〇〇円ちょっとするＬＰは決して安くなかったけど、『裏切りの街角』も『かりそめのスウィング』も入ってるからいいやと思いながら、針を落とした瞬間、一曲目の『ポップコーンをほおばって』に打ちのめされたよ。ベースだけで唄うところなんか最高さ。ライブで盛り上がる曲だろうなぁと思ったら、実際にそうだった。

初めて甲斐バンドのコンサートに行ったのは『ＨＥＲＯ～ヒーローになる時、それは今』が大ヒットしていたので、おいらが中学三年の冬、昭和五四年の一月か二月だったと思う。

『コッキーポップ』というヤマハ提供の音楽番組(司会は大石吾朗)で演奏する姿を見て、あまりのカッコよさにこれは生で見るしかないと思ったんだ。チケットはたしか二五〇〇円。ＬＰとコンサートのチケットがほぼ同額の時代だったのさ。

甲斐バンドのステージパフォーマンスは最高だった。興奮覚めやらぬまま、札幌市民会館から中央バスのターミナルまでくわえ煙草で歩いた。寒い夜で、雪も舞っていたけど、一五歳のおいらにはそんなことどうでもよかった。革ジャンを突き抜けて背骨にビートが刻まれた気分だった。

北に向かう中央バスの中で、たまたま乗り合わせた同級生のオガサワラくんが「どこに行ってきたの?」と声をかけてきた。

コンサートだよ。甲斐バンドの。

「不良だ」

ぷっ。不良だって。その後、一度も不良と言われたことなんてないので、人生唯一の貴重な出来事ではあったんだけどさ。

結局、新聞配達は高校二年まで続けた。

自転車のチェーンにジーパンの裾をはさまれないようにガニマタで運転していたら、本当にガニマタになっちまった。

それから三五年ほど経った二〇一三年一一月に話は飛ぶぞ。とってもセンスがいい出版物を発行しているフリースタイルの吉田保と遅い時間に飲むことになった。松田優作が通っていたバーが下北沢にあるので、そこで飲もうという趣向だ。

冷たい雨が降っていることもあって、二三時のバーに客の姿はなかった。カウンターの左端にちょこんと座って、おいらはモスコミュール、吉田保はハーパーのソーダ割りを注文した。

美人のバーテンダーは腕がいい。美味しいモスコミュールを飲みながら、かつて松田優作も過ごしていた空間で「出版社は儲からないけど面白いよね」みたいな話をしていたら、二四時過ぎに一人の客が入ってきて、おいらのひとつ隣の席に腰を下ろしたんだ。じっと見ちゃいけないんだろうけど横顔に視線が釘付けになってしまったよ。甲斐よしひろなんだもん。

小学五年の夏、Gジャンのポケットに入れたトランジスタラジオから流れる『裏切りの街角』を聴きながら夕刊配達をしていたんですよ。とか、『英雄と悪漢』は発売と同時に買って、擦り切れるほど聴きました。とか、中学三年の時、『HERO』のコンサートを見て背骨がしびれるほど感激しました。なんてことは、もちろん言えなかった。緊張しすぎて、うまく話せなかったんだ。

このあと、風間杜夫が乱入してきて大爆笑の展開になるんだけど、その話はまた今度○。

人生はどこかでつながっているんだね。バイビー○。

巻末エッセイ だめだめな人生 4

若葉のころ

「江夏、カッコいいーっ！」

円山球場の外野席で、小学四年生か五年生ぐらいのおいらが叫んでいた。もちろん左手にはグラブをはめている。

大洋ホエールズvs阪神タイガースのダブルヘッダー。当時は映画も二本立てだったし（『スタートレック』は『初体験リッジモンド・ハイ』という超B級学園映画との二本立て。おかげで『So Much in Love』という名曲と出会えたんだけどね）、プロ野球もダブルヘッダーが珍しくなかった。まだ、全天候型のドーム球場がなかったので、雨天順延が頻繁で、結果、ダブルヘッダーが多かったんだと思うよ。

一試合目の記憶はないけど、二試合目ははっきりと覚えている。シピンの活躍もあって、大洋の白星が確定的だったんだけど、北海道の阪神ファンへのサービスだったんだろうね。

最終回、江夏の名前がアナウンスされたんだ。

おいらは興奮した。おいらだけじゃない。円山球場全体が歓声に包まれた。そりゃそうさ。豪速球で巨人打線をねじ伏せていた江夏豊は少年たちの憧れの的だったからね。

ところが、江夏にしてみたら面白くないに決まっている。負けが決定している試合にリリーフするなんてのはプロ初登板の新人投手にふさわしい舞台であって、いくらファンサービスといってもオレの仕事ではないと憤っている様子だった。

大歓声にふさわしくない憮然とした表情でマウンドに上がると、その一球目は田淵《キャッチャー》の遥か頭上を一直線に通過した。

ガシャーン！

渾身の速球がバックネットに直撃した音が響く。

場内が静まり返る。

少しして、審判の「退場ーっ！」という叫び声が響いて、円山球場は再び歓声に包まれた。

「江夏、カッコいいーっ！」

伝説の《一球退場》を目の当たりにして、おいらは震えていた。今の優等生的な野球選手には逆立ちしてもできない芸当だろうなぁ。どこまでも男臭い。それが昭和の野球だった。

侍ジャイアンツ、巨人の星、野球狂の詩、キャプテン……。

一九七五年ごろ、少年たちの周囲は野球でいっぱいだった。新聞配達もしていたし、日曜学校にも通っていたし、ボーイ

illustration：Nakamura Kanae

スカウトだったし、漫画も描いていたので、結構忙しかったはずなのに、おいら、少年野球チームに入ることにしたんよ。

といっても、地域の名門チームのイーグルスは五年生だけでも二〇人以上いて、六年生になってもレギュラーにはなれそうもなかったので、ベアーズという弱小チームに入ることにした。

こちらは五年生が九人しかいないもんね。自動的に六年生は全員レギュラーじゃん。うしし。と思って入ったのに、六年生になってレギュラーが発表された時、おいらの名前はなかった。

野球が上手な五年生が二人もレギュラー入りしたので、おいらともう一人は六年生なのに補欠落ちだった。野球漫画の中ではよくあることだけど、さすがに悔しかったので、ベアーズとは別に自分の野球チームを作ることにした。

まずはメンバー集めをしないとね。自分が本気で野球チームを作ることをみんなに伝えるためには野球少年らしく髪を短くしなくては。と、長髪少年は床屋へと走った。

欧紗麗館《おしゃれかん》たかはし。

どうして、そんな小学生にはちょっとハードルの高そうな理容室をチョイスしたのかは覚えてないけど、夕刊配達をさっさと終えたおいらは欧紗麗館へと駆け込んだんだ。

すると、世界なんとかコンテスト第二位みたいな盾が飾られたお洒落な店内で、先日、おフランスから帰ってきたばかりザンスのよ、みたいな顔をした中性的な理容師が、どのようにカットするザンスか?と訊いてきた。

「カッコよく、短く……、あ、五〇〇円しか持ってないんですけど……」と、しどろもどろに答えたのは、ポケットにはくしゃくしゃの五〇〇円札が一枚入っているだけだったからだ。

案の定、その店は小学生のカットでもその倍はする高級店だったので、おフランス帰りっぽい紳士はとても困った顔をした。

それから、ウフフフと笑った。

「五分刈りだったらタダでいいわよ。一度やりたかったの♪」

そう言うと、実に楽しそうに五分刈りにしてくれた。人生初の丸坊主だった。さすがにタダじゃ悪いので五〇〇円札を渡そうとしたら「いいのよ。楽しめたから♪」と固辞された。

以後、この理容室に通うことになる。

⚾

はげ太郎ジャイアンツ。

同級生のケイゴが勝手にそんなチーム名を付けた。夢描いていた格好いい野球チームと現実がどんどん離れていくぞ。

自分のチームを断念して、ベアーズの補欠選手という立場に甘んじるのに時間はかからなかった。

でも、監督にも情けがあったんだろうね。小学校最後の対抗試合で、代打として名前が呼ばれたんよ。最後の試合だから六年生は全員出すと決めていたんだろうけど、おいらが打席に立った時、わがベアーズは一点差で負けていたので、結構重要な打席だった。

同点のランナーが二塁にいる。ツーアウト二塁。つまり、一打同点とか逆転の責任重大な場面だ。ぶるぶるぶるっ。と身震いするのを隠して、ヘラヘラと笑いながら打席に立つ。

野球漫画だけはいっぱい読んでいたので作戦は完璧だ。

一球目。低めの速球だったけど、おいらはストライクゾーンより遥か高いところを空振りして、さらに、よろけて見せた。

相手チームからヤジが飛ぶ。外野が前進するのが見えた。

二球目はインコース高めの速球。これもボール三つぐらい離して空振りをする。タイミングだけはバッチリ合わせてね。

相手チームから失笑がおこる。外野が挑発的にさらに前進してきたぞ。しめた。作戦通りだ。これだけ前進してくれたらヘッポコなおいらでもなんとかなるってもんさ。

でもって三球目。ど真ん中の速球は快音とともにレフトの頭上を抜けていった――のを確認してから大慌てで走った。

同点のタイムリーツーベースヒットだった。

監督からは三塁まで走らなかったことを怒られたけど、人生初の公式戦ヒットの感触は四〇年以上経った今でもハッキリクッキリと覚えている。

お情けで代打で出してもらった少年野球初打席のヒットが小学校の輝かしい思い出ってところがヘッポコでいいでしょ😄。

中学の野球部は最高だった。

狭い部屋に集まって試験勉強をしたり、みんなで銭湯に行ったり、自転車《チャリンコ》で海に行ったり、映画を観に行ったりした。

一九七六年ごろ、札幌駅の地下にはテアトルポーというリバイバル専門の映画館があって、中学生は一五〇〇円だったんよ。

丸刈りの野球少年たちは自転車でテアトルポーまで走ると、最前列ど真ん中を陣取って『小さな恋のメロディ』を観た。

ラストシーン。トレーシー・ハイドとマーク・レスターがトロッコで走って行ったあと、最後に手書き文字でクレジットされた「Ｍｅｌｏｄｙ×××」の「×××」がチュッチュッチュッ、キス三回のこと、なんてことさえ知らない丸刈り少年たちは中学生だけで街に映画を観に来ただけで満足していた。

調子に乗って『ある愛の詩』も観に行った。

ところがなんてこったい。最前列の下手側(左側)にどこかの中学の女子グループが座っていたので、本当は最前列ど真ん中に座りたかったけど、かっこつけて一番後ろの席に座った。ここで既に勝手が違っていたんだけど、問題は上映中だ。彼女たちは映画が始まっても、ずーっとおしゃべりを続けたんよ。

「こんなのありえないよね」「絶対ないよぉ」「きゃっきゃき

ゃっきゃ」と映画の感想を大声で話し合っているので、おとなしーく観ている丸刈り少年たちはたまったものじゃなかった。

そもそも女子が苦手だったので「ちょっとおまえたち迷惑だぞ」と注意をすることもできず、遊ぶのは男同士に限ると決めていたおいらたちは「あー、いやだなぁ。せっかくの仲間たちとの映画鑑賞が台なしだなぁ」と、丸刈り少年同士で顔を見合わせては暗い気持ちで観るとはなしに映画を観ていた。

と、クライマックスの、それほど泣けない場面で、女子たちが急に静かになった。と思ったら、いっせいに号泣し始めたでないの。これには驚いた。映画どころじゃなくなったもんね。

普通、泣くかぁ、ここで。わからないなぁ、女は。

映画館を出た丸刈り少年たちが、「女って変な生き物だよね」「うるせーからぶん殴ろうと思ってたけど、急にキュンとなっちゃったよ」「女って、よくわかんないよなぁ」などと言いながら歩いていると「諸君、その通りだ。女はよくわからん」と、酔っ払いがからんできたので、びっくりして逃げた。

当時は札幌駅の薄暗い地下通路には立ち飲み屋があって、早い時間から居心地よさそうに酔った大人たちが大人の世界を守っていたんよ。今の潔癖で無機質で少しの体温も感じない札幌駅周辺よりは遥かに文化的だったんだ。

中学二年になると可愛い後輩もできた。

「タテウラ先輩は野球はヘタクソだけど、よく欽ドンに採用されているので尊敬してます☺」

欽ドンというのは『欽ちゃんのドンといってみよう☺』というラジオ番組のことで、『ああ勘違い』とか『レコード大作戦』でおいらの作品がちょくちょく採用されていることが一部後輩の尊敬につながっていた☺。

そんな可愛い丸刈り後輩が、六年後、ススキノの洒落たカフェバーで働いていた時はちょっとだけずっこけたけど、いくつになっても野球部の後輩は可愛いもんだ。

数年後、欽ちゃんの番組を書いている鈴木〝ボテバラ〟しゅんじさんにススキノでおごってもらったり、旭岳や狸小路で欽ちゃんに怒られたり、椎名誠アニキに「あざらしも野球チームを作れよ」と言われて西野くまくま団を結成して浮球野球の全国大会で暴れたりするんだけど、その話はもう少し先なのでまた今度ね。バイビー☺。

巻末エッセイ　だめだめな人生⑤

デイドリームビリーバー

小学校高学年になっても、あざらし少年は忙しかった。忙しいといっても習いごととか塾ではないよ。そんなものとは無縁な人生さ。新聞配達や少年野球、カブスカウト（ボーイスカウトのちびっこ版）、日曜学校、ラジオ番組への投稿なんかが忙しかったわけで、あと、もうひとつ。オーディオドラマづくりにはまっていた。

きっかけはHBCラジオ（北海道放送）で始まった『SONYスタジオメイツ』という番組だ。あざらし少年にラジオの面白さを教えてくれたジャンボさんこと佐々木秀克さんがパーソナリティを務める一〇分間の帯番組で、リスナーが自作した三分間のカセットテープを音質など気にせずにそのまま放送しちゃう〇。という画期的な番組だった。

内容は楽器の演奏でもオリジナルドラマでもなんでもアリで、採用されるとSONYの紙箱入りカセットテープをもらえた。

さらに、毎月一作品、月間賞に選ばれると、SONYの最新ラジカセや高性能ワイヤレスマイクなどの高額商品をもらえたので、貧乏だったあざらし少年はオーディオドラマを作っては送りまくっていたんだ。

オーディオドラマづくりの仲間は三人いた。一緒に江夏を観に行ったタガシラくんと、ムックリと、ヒーだ。

ムックリは本当はサトウくんなんだけど、顔が下ぶくれなのでムックリと呼ばれていた。というか、おいらが勝手にそう呼んでいた。もちろん、アイノの楽器のムックリ（ピリカメノコが意中の男に想いを告白する時に使う楽器）に由来している。

タガシラくんはグレープという当時チューリップと人気を二分したフォークデュオが好きで、グレープのさだまさしのようにバイオリンを演奏したいと考えて挑戦しては挫折していた。

ヒーは父親のナイロン弦のガットギターで『禁じられた遊び』を弾いたり、ゴミ捨て場に捨てられていた恐ろしく弦高が高いフェルナンデスのストラトキャスターで『スモーキン・ブギ』のボトルネックパートを演奏しちゃう天才ギター小学生だった。

一番ウマが合ったヒーとは大人になっても遊び続けて、おいらが三五歳の折、海豹舎という出版社を立ち上げた時も初代スタッフとして大人の遊びに付き合ってくれた。創刊号にDTPとしてクレジットされている日野沢欣孝《ひのさわよしたか》がヒーだ。

そんなませた小学生たちにとって、ラジオドラマのSE（効

illustration：Nakamura Kanae

果音）作りや多重録音は魔法のように楽しくて、凝りに凝った結果、二度ほど月間賞に選ばれたんよ。惚れた男にもう一度会いたい一心で自宅に火をつける女の悲恋話を作っていたのだから、本当にませた小学生だよね。でも月間賞。えへへ。

♪

その頃、わが家にはラブラドール・レトリバーの子犬がいた、らしい。らしいと続くのは記憶がほとんどないから。

遊ぶのが忙しくてかまってあげられなかったから記憶がないのではない。死ぬほど可愛がっていたけど、ある日突然いなくなったことがショック過ぎて記憶から消してしまったんだ。

その子犬は盲導犬のパピーウォーカーとして一歳になるまでの期間、ボランティアの一環で預かっていたことも、父親の会社の従業員がトラックを車庫入れする時に誤ってひき殺したことも、ずいぶんあとになってから知らされた。

おいらが子犬を溺愛していたことを知っていたので家族も周囲の人もすぐには本当のことを言えなかったんだろうね。

盲導犬のパピーウォーカーといえば忘れられない人がいる。

今から三二、三年も前の話だけど、当時、おいらに毎月一〇ページ以上仕事を依頼してくれた月刊サーヴという雑誌があって、その雑誌で札幌のカレー店を特集することになったんだね。インド人が経営するタージマハールのように無名の雑誌の取材でも大歓迎してくれる店もあれば、そうでない店もあった。

ある日、編集部に顔を出すと、女性編集者がひどく落ち込んでいた。聞くと、取材を拒否されて店を追い出されたらしい。

なんて店？

「アジャンタという、ちょっと変わったカレー屋さんなの。お客さんひとりひとりの体調に合わせた薬膳カレーを提供するので、ほかのカレー屋みたいに味が均一じゃないから、辛いとか甘いとか書かれても困るから取材は受けられないって……」

そんな店、載せなければいいんじゃないの。

「でもね、そこ、スープみたいにサラッとしたカレーで、新しい感じなんだよなぁ。これから流行ると思うんだよね、ああいうスープみたいなカレー」

ふーん。じゃあ、おれが行って説得してみるよ。と向かったのが、電車通りに建つ札幌スープカレーの元祖『アジャンタ』だ。

どんな偏屈頑固親父が出てくるんだろうとドキドキしながらドアを開けた瞬間、思わず笑ってしまったね。だって、デブデブのラブラドール・レトリバーが熱烈歓迎して出迎えてくれたんだもの。デブ犬をこねくり回しながら、ふと、顔を上げると、偏屈どころか、ニコニコ笑った親父さんがおいらを見ていた。

それがアジャンタのマスターとの出会いだった。

当然のことながら、薬膳カレーを始めた理由やカレ

ーの魅力についてインタビューしたはずだけど、今となってはその内容は何も覚えていない。インドを旅行した時に体調を崩して死にかけたのに薬膳カレーのおかげで元気になったので作り始めたよ、という話だった気もするし、違う気もする。

そんなことよりもハッキリと覚えているのは犬の話なんだ。

ひょっとして、この犬、盲導犬のパピーウォーカーとして預かった犬じゃないですか?

「そうだけど、どうしてわかったの?」

うちもやっていたので、なんとなく。いざ飼ってみたら可愛くなっちゃって、返したくなくなったので買い取ったんでしょ。

「そう。うちの薬膳カレーを食べさせたら、すごい太っちゃって、一年目の適性検査日に盲導犬協会に連れて行ったら、適性検査をする前、車から降りた瞬間に太り過ぎているから不合格だって言われちゃったよ。ははは」

一年間民間で育てられた盲導犬の子犬は一年後、車に乗っても落ち着いていられるか、歩いている時に拾い食いをしたり人に吠えたりしないかなどの適性検査をして、それから協会内で盲導犬利用者と共同生活をしてマッチングや問題点の改善をするんだけど、アジャンタのデブくんは車から降りた瞬間に不合格と言われたというので、どんだけ太っていたんだろうね。

父さんの目論み通り盲導犬になれなかったデブくんはアジャンタの愛嬌担当ホール係として働き始めたのでした。

ちなみにアジャンタのカレー。スープカレーなんて生まれて初めて食べたおいらにとっては不味くて食える代物じゃなかったので、思いっきり残しちゃったら、父さん、「おまえ、取材記者としては最低だな。でも、正直に書いていいぞ」だって。

そんなこと言われたら悔しいので、毎日のように食べに通ったら、だんだん慣れてきて、いつしか大好きになっちゃったよ。

♪

同じ頃、月刊サーヴの『わんにゃんクラブ』という連載企画の取材のために盲導犬協会に通うようになった。

パピーウォーカーと盲導犬の別れの場面も取材したし、もともと犬が苦手な視覚障害者と、育ててくれたパピーウォーカーが忘れられない盲導犬の修羅場のような特訓の日々にも密着した。盲導犬は一〇歳になると引退して協会内の老犬ホームで余生を過ごすことも知った。その老犬ホームを訪ねてきては、かつて自分が世話になった盲導犬を優しくマッサージしている視覚障害者にも出会った。盲導犬協会はドラマの宝庫だった。

♪

初めてアジャンタに行ってから数年が過ぎた冬の寒い日、ひと月ぶりに薬膳カレーを食べに行くと、父さんが落ち込んでいた。見ていられないほどの落ち込みようだ。

聞くと、数日前の夜、ちょっと目を離した隙に店の外に出て行ったデブくんが帰ってこないと言う。もう高齢で歩くのもヨタヨタだったので、そんなに遠くに行けるわけがないと、手分けして近所中を捜し回ったけど、目撃者も手がかりも何もなし。

もちろん警察にも届けたし、電柱に貼り紙もしたのに、デブくんの行方は全くわからなかった。

「こうなったら、死体でもいいから抱きしめてあげたいんだけど、死体も出てこないのさ」

口には出さなかったけど、考えられたのは除雪の雪山だ。ヨタヨタ歩くデブくんが歩いていることに気づかない除雪車がデブくんごと雪を押して行って、雪山の中に押し込んでしまった可能性があることぐらい、父さんもとっくに気づいていたんだろうね。おいらと同時に窓の外の雪山を無言で眺めたあと、

「春になったら、どこかから出てきてくれるかなぁ」

そう、ぽつりとつぶやくと、しょんぼりとしたままカレーを作り始めた。誰か、父さんが元気になる薬膳カレーを作ってくれよ。思わず、心の中でそう叫んじゃったよ。

♪

四月下旬。札幌市内の雪山がすっかり消えてなくなった頃、アジャンタの父さんはさらに元気がなくなっていた。

結局、雪が解けたあともデブくんが出てこなかったからだ。死体が出てこなかったってことは、ほら、きっと、どこかで生きているのかもしれませんよ。

そんな一〇人中一〇人が言いそうな慰めの言葉を口にしそうになった自分に嫌気がさしながらも、

動物って、本当に好きな人には最期の姿を見せたくないって言いますもんね。

と、結局、死ぬほどありふれた安っぽい言葉を口にしてしまい、すぐに後悔した。おいらはダメ人間だ。

これがラジオドラマだったら、どんな曲を流して終わらせたら救われるのだろう。ふと、そんなことを考えている不謹慎な自分がいた。と同時に、頭の中に清志郎の『デイドリーム・ビリーバー』が流れてきた。ずっと一緒に暮らしていた大切な相手を失ってしまった男のせつないラブソングだ。

カセットテープでラジオドラマを作っていたあざらし少年が、FM北海道の深夜番組でラジオドラマを書くようになるのはアジャンタのデブくんがいなくなったほんの少しあとのことなんだけど、その話はまたいつか書くとするね。アデュー、アデュー。

実録海豹の野望32

急性膵炎入院記

二〇一八年五月一七日(木)

何回かに分けて楽しんできた札沼線の旅の最終回だ(のはずだった)。

朝刊に札沼線の北海道医療大学駅から新十津川駅までの廃止がほぼ決定、と書いてあったけど、そんなことは関係なく、気合を入れて朝七時前に家を出る。なにしろ新十津川駅まで行く汽車は一日一便だけだからね。始発が最終、しかも早い時間♡。

おいら、それほど鉄分が濃くないけど、「始発が最終」の魅力に負けて、気が付いたら七時前に家を出ていた。

しかも、ただの朝七時前じゃないのだよ。未明二時ごろ胃の激痛で転げまわって起きて、二時と四時に市販の胃薬を飲んで、さらに病院から処方された胃潰瘍の薬を五時と六時に飲んで……という、睡眠不足&激しい胃痛に苦しんだ朝七時前なり。

でも、前回の札沼線旅の途中、札比内駅で立川から来た四四歳の宮崎くんと廃線話で盛り上がるという楽しい経験をしたので、胃痛(実は膵炎なんだけど)なんてなんのそのだ。

走行中、本中小屋駅の手前辺りで、真剣な表情でトコトコ走るキハ四〇を発見する。可愛い。幸先がいいぞ。思わず並走撮影を試みる。本中小屋駅での撮影もバッチリさ。おいらの場合、事前に時刻表を調べることはほとんどないので、キハ四〇との出会いはいつだって偶然なんだ。偶然だから感動も大きいのだよ。

よし、先回りして、豊ケ岡駅近くの跨線橋から撮影しようっと♡と、はしゃいだところで、ある重大な事実に気づいてしまった。

これって、おいらが乗る汽車だ♡。

つまり、並走撮影にかまけていたら乗り遅れてしまうのねん。ということで、撮影したい気持ちをぐっと抑えて、予定の浦臼駅へと向かった。

この日唯一の新十津川行き単行には廃止間近なだけに鉄道マニアが四、五人は乗っていると思ったけど、実際は二人しか乗っていなかった。

四〇代と六〇代かぁ。少ないなぁ。しかも、六〇代は鉄道マニアじゃなくて、普通に用事があったらしく、南下徳富駅という札沼線で唯一駅舎がないホームだけの駅で途中下車した。コアなファンかも?とも思ったけど、唯一の復路便に乗らなかったので本当に用事があったんだろうね。

車両はキハ四〇の四〇〇番台。愛すべき名車両だ。北海道の田園風景にはホワイトボディのキハ四〇が一番似合うぜ。三か月前、この便に乗車した時は下徳富駅で下車して折り返しを待ったので、新十津川駅は初めての駅だ。わくわくするぞ。

新十津川駅では四、五人の鉄道マニアがカメラを構えて待っていた。

彼らはどこからかやってきて復路だけに乗車した。ただ一人一緒に乗ってきた四〇代の青年は逆に復路には乗らずに滝川へと移動した。つまり、路線乗りつぶし系の乗り鉄さんは同じ路線を往復するのを嫌うってことなんだね。

すると「来る時、並走撮影していた人ですよね」と、その四〇代の青年に話しかけられた。こちらから汽車の中は見えなかったけど、向こうからは見えていたらしい。

聞くと、なんと、彼も立川から来ているとのこと。先日、札比内駅で立川から来た四四歳の青年と出会った話をすると「ぼくもほぼ同年代です」と笑った。

と、ここで事件発生。みぞおちに激痛が襲ってきたぞ。胃に穴が開いたような鋭い痛さだ。駅舎内には人が結構いるので椅子の上で転げまわるのは我慢したけど、周辺の取材をする余裕はない。駅舎の目の前に見えている寺子屋という喫茶店に行きたいのに、その余裕がないんよ。

やばい。体が勝手にガタガタと震

えてきた。これはまずいぞ。救急車を呼ばないとだめかな。でも、車を浦臼駅に駐めたままで地方の病院に運ばれて、鎮静剤を使わないで胃カメラを入れられたら悲劇だぞ。鎮静剤を使わない胃カメラをするぐらいなら死んだ方がマシだもんね。などと表面的には寝ている風情で痛みを堪えていると、立川の青年が「そろそろ出ますよ」と声をかけてくれた。

一〇時ジャスト発の石狩当別行きが、新十津川駅を出る始発にして最終便だ。駅舎で切符は売っていなかったので、新十津川と印字された整理券を取って乗り込む。

駅舎に常駐している町職員のデブくんと、元気なおねえちゃん（多分、駅前にあった寺子屋という鉄道喫茶の店員なんだろうけど、今は立ち寄れなかったので一度も会話していない）が駅舎の横で手を振って見送ってくれている。立川青年も手を振ってくれている。いいなぁ。旅愁があるなぁ。

特に元気なおねえちゃん、精一杯手を振ってくれていて、江差線の江差駅のマダムを思いだしたよ。浦臼駅で車に乗り換えたら戻って来るから待っててね。と思ったけど、浦臼駅に着いたころには胃痛は限界に達していて、新十津川駅に戻るという選択肢は完全に消えていた。本当は新十津川から滝川、美瑛と経由して勇駒別温泉まで流してナッパさんと会う予定だったけど、そっちはもっと無理な模様。来た道と同じ二七五号線を二時間かけて帰るのも無理なので、あと五分で胃に大きな穴があきますよ、死にますよ、という胃痛の恐怖に全身ガタガタと震えながら、わけもなく流れてくる涙で視界が邪魔される中、奈井江砂川ICから高速に乗って札幌までなんとか帰った。

念のために今朝調べておいた《鎮静剤を使って胃カメラ検査をしてくれる胃腸科》へと駆け込むと、ちょうど昼休みだったので、受付の前で転がっていたら、すぐに看護師さんが飛んできてくれて、レントゲンやCT、エコー、胃カメラなどの検査をしてくれた。普通、初めて来た病院だと、これに名前をかけとか手続きが面倒くさいのに迅速に検査をしてくれたし、おいらが全身をガタガタ震わせている間中、茶髪のベテランナースがずっと手を握ってくれていた（この茶髪のベテランナースがホテル山水の最終日に一緒に宿泊した中学からの悪友の嫁さんで、しかも外来の婦長だと判明するのは少しあとのことなり。ミラクルでしょ）。

最後に、おじいちゃん先生に「胃はなんともないけど胆嚢と膵臓と肝臓が炎症を起こしているので、今日から一週間の絶食が必要です。このまま入院してください」と言われたので、仕事道具を取りに帰りたいと抵抗したけどあっさり却下されて、そのまま病院の人になった。

明日の夜は礼文島の彦さんと飲む約束をしていたけど行けそうもないや。彦さん、ごめんよ。薄れゆく意識の中で携帯メールを送ったつもりだけど、痛いし、熱は四〇度だし、ちゃんと送信された自信がないぞよ。みぞおちが痛くて痛くて、とても本を読んだりテレビを見たりする余裕がないので、大量の点滴を体内に取り込みながら、ひたすら、痛みと闘って寝るだけさ。

二〇一八年五月一八日（金）

入院二日目。未明、やたらと採血していった結果を朝八時半におじいちゃん先生が知らせに来た。

炎症反応を示すCRPが七・六〇（通常〇・三〇以下）、胆嚢のビリルビンは四・一と二・四（通常はどちらも〇・二ぐらい）、肝臓の数値は軒並み三〇〇以上で、膵臓のアミラーゼは三二一で尿アミラーゼにいたっては桁違いの三六三五なんですと。黄疸も出てるって。そうだったのか。みぞおちの激痛なので胃だと思ったら、膵臓と胆嚢だったのかよぉ。痛む場所は一緒なのね。

「昨日は一週間で帰れるような話をしたけど、膵臓も肝臓も炎症してるし、胆嚢も摘出したいから、一カ月は覚悟してね。ははは」だって。

ううっ。これで、いい旅16の八月発売は絶望的になったよぉ。

夕方、熱が三八度まで下がったので、持ち歩いていた『本の雑誌』六月号を読む。札幌の出版社が二社も紹介されていたりして。こっちはやっと出るはずだった新刊が発売延期になって落ち込んでいたので、よけい暗くなった。悔しいよぉ。

新十津川駅を出発した直後の車窓。駅舎に常駐しているデブくんと駅舎の右側ではお姉さんが手を振ってくれている

実録海角の野望33
ナッパさん哀悼記

二〇一八年五月一八日(金)

夕方、おじいちゃん先生が「明日と明後日はぼくいないからね」とわざわざ言いに来てくれる。明日と明後日はいないのか。なんだか寂しいなぁ。ちなみにこの先生、胆嚢と膵臓の専門医だった。行きつけの床屋が病院からすぐの場所にあるので、ちょっと行ってきていい？と言うと、絶対安静だからダメと却下された。

昨日から鏡というものを見ていない。おいらは今、どんなひどい顔をしているのだろう。

二〇一八年五月一九日(土)

入院三日目。一日三回「食後」と書かれた薬を飲む。絶食中なので食後もなんもあったもんじゃないので、なんだか虚しい。抗生物質や消炎剤で炎症が抑えられて、転げまわるような痛みが我慢できる程度の痛みに緩和してくると、さすがに手持ちぶさたになってきた。時間を有効に使いたいけど、外出の許可はでない。絶対安静だからね。仕方がないので、こうして、入院日記を書くぐらいさ。

唯一の救いは同じ部屋の隣のベッドのおじいちゃんと仲良くなったことかな。性格の良さがそのまま顔に刻まれたような人だ。どんな病気か知らないけど、こんな可愛いおじいちゃんは長生きしてほしいよ。

二〇一八年五月二〇日(日)

入院四日目。すなわち絶食四日目なのに体重は変わらない。どーいうこっちゃ。カロリー点滴おそるべし。

しかも、今日もうんちが出た。毎日ちょこっと出る。いつの在庫だろ。

膵臓の痛みを抑える薬や抗生物質やら毎日山のように点滴や注射を打っているので、いろんな症状は治まってきている様子だけど、あの激痛を思い出すと外科的に胆嚢を摘出するのもいい気がしてきた。さっさと摘出したいとさえ思えてきたよ。

毎日、夜になると、認知症のおばあちゃんが数時間おきに何かやっちゃいけないことをやっては怒られている。入院患者は全員年寄りだ。

日本の名随筆シリーズの「駅」(宮脇俊三編集)を読破する。吉田健一、日野啓三、常盤新平、木山捷平、安藤鶴夫、種村直樹、佐江衆一、串田孫一の作品がよかった。ふだん読まない作家もいるのでアンソロジーは貴重な出会いの場だ。

二〇一八年五月二一日(月)

入院&絶食五日目。

そうか。同じ歳だったのか。是枝監督がカンヌ映画祭でパルムドールを受賞した、という新聞を見て、おれは一体何をやっているのだろうと思う。シャワーに入ることさえ許可されずに腹痛でうぅうぅ言いながら寝てばかりの自分が恐ろしくみじめでつまらない存在に感じられた。

しかも主演はやはり同年代のリリーフランキーだって。右脇腹が重く痛んで身をよじる。おいらは何者にもなれずに死んでいくのかな。入院中に小説の一本でも書けば入院も意味があるんだろうけど、激しい痛みや各種点滴がやる気をそぐんよ。そもそも何も材料を持ってきていないから書きようもないや。と、つまらない男が言いそうな愚痴をこぼしてみたけど、是枝監督、今回、撮影と照明は長年の是枝組じゃなくて初めての人と組んでいたりして、五五歳になっても破壊と構築を繰り返しているんだね。すごいや。おめでとう。

午後、急にナッパさんに電話をかけなくては○。という気持ちになった。

絶食して五日目にもなると、胃ろう手術をして口から何も食べることができなくなったナッパさんの心持ちが、ほんのちょっとだけどわかる気がする。そもそも、ぶっ倒れた日は新十津川駅のあと、ナッパさんに会いに行く予定だったからね。

ナッパさんの携帯電話にかけると怪訝そうな声で眞理ちゃんが出た。原稿の催促だとでも思ったのかいな。

ナッパさんはもう声を出すことができないと眞理ちゃんが言う。四月一八日に入院して、呼吸困難ですぐに気管を切開したからだ。三月下旬に会った時は普通に笑いながら話していたのに。あれがナッパさんとの最後の会話だったなんて……。

でも、ナッパさん。右腕は動くので、筆談での意思表示は可能なわけで、「山に帰りたい」って何度も書くので、ヌタプの常連客でもある村上医師の協力で訪問診療に切り替えて、一昨日、五月一九日に山に戻ってきたばかりとのこと。ナッパさんというよりも眞理ちゃんの介護体制がまだ整っていないそうな。

「そんなわけで、せっかく原稿依頼もらったけど、無理やわ。言うの遅くなってごめんな」

そうか。今回、久しぶりにいい旅を出そうと決めたのはナッパさんに自分の手でヌタプの最後を書いてもらうためだったんだけど、やっぱり無理かぁ。かといって、自分の股関節の手術を後回しにしてまで「もっとサクション上手になりたいわぁ」と健気なことを言っている眞理ちゃんに「代理で書いてくれ」とも言えないしなぁ。

「さっきまでいた看護師が三〇代の若い子だったから、ナッパ、ニコニコしててさぁ」と笑ったあと「奇跡が起こるかもしれないしね」と眞理ちゃんが力強く言ったので、おいらも病院だということを忘れて大きな声で「うん。奇跡はおきますよ」と力強く返事をした。

シャバに出たらナッパさんに会いに行こう。目標がひとつできた。

毒蝮三太夫さんの「人生八十、寝てみて七日。」を読破する。侊伸先生の本の帯をお願いする時、毒蝮さんの著作を読まずにお願いするのは失礼だろうと思って何冊か買ったまま積んでおいた一冊なんだけど、これが読むとめちゃめちゃ面白かった。まむし先生、五八歳の折の快作だ。

二〇一八年六月一〇日(日)

熱が四〇・五度。なのに、熱が出ている自覚はそれほどない。頭もクリアだぞ。だけど体は動かない。肺炎になってしまった。声が出ない。

午後一時過ぎ、「五月三一日の朝、ナッパが亡くなりました。哀しすぎます」というメールが眞理ちゃんから届く。まだ大丈夫だと勝手に思っていたおいらは昨日、ナッパさんに手紙やら本やら楽器やらを送ってしまったんだ。残酷なことをしてしまったよ。すぐにでも飛んで行きたいけど病院のベッドの上で二四時間点滴中の身では何もできないや。

間に合わなかったのかぁ。もう少し待っててほしかったよ。だって、三〇年近い付き合いだよ。二〇年ほど前、三〇代の男向けのオバカ旅雑誌(いい旅のことね)を作りたいって相談した時、最初に面白いってほめてくれたのはナッパさんだったんだ。

ナッパさんのバカ野郎ーっ♡。

二〇一八年六月二〇日(水)

喉元過ぎたらなんとやら、じゃないけど、胆嚢の摘出はもう少し待ってもらうように懇願しての仮出所だ。何はともあれ勇駒別へと走る。

ナッパさんは立派な骨壷に収まっていた。

三週間経ったのに、まだ多くの弔問客が訪れていて(札響のホルン奏者がレクイエムを奏でたりとか)、眞理ちゃんは泣いていた。

去年の夏、回り将棋をした時は全くなんともなかったのに、それから食道癌が見つかって、食べられなくなって、予後二カ月と宣告されて、本人の強い希望で退院して、山に戻って、二月と三月は薪割りをして、たまたま遊びに行ったおいらにも憎まれ口を叩いていたのに、四月になるとしゃべれなくなって、それでも筆談はできたのでジョークを書いたりしていたのに、五月二七日にモルヒネを二本打ったら容体が急変して、三一日の朝、逝ってしまったんだね。

眞理ちゃんの言葉に甘えて温泉に入ったら、遺影や骨壷を見た時はなんともなかったのに、改装する度に自慢話を聞かされた風呂場がナッパさんそのものって感じで、ナッパさんがそこにいるようで、泣けてきた。

2018年3月に会った時のナッパさんと眞理ちゃん。まさかこれが最後になるなんて思わなかったので、「また来るねー」とあっさりお別れしちゃったんだ

あとがきにかえて

雑誌デビューは『すすきのタウン情報』という月刊誌だった。

すすきのの雑居ビルに入っている編集部に顔を出してはラーメン特集や占いコーナーのレイアウトやイラストの仕事をもらって翌日届けに行く、みたいな仕事を細々と続けていると、ある日、編集部員が集まってわいわいとやっていた。突然一〇ページ分穴が開いたので何で埋めようかと話し合っている最中だった。「タテウラくん、なんか企画ない？」と声をかけてもらったので、今、札幌の小劇団が熱いので、お芝居特集なんてどうすかね、などと答えると、それはいいねってんで、レイアウトも含めて一〇ページまるまる任せてもらい、初の署名記事として載せてもらったのが一九八七年のたぶん二月号。二三歳の冬だったなぁ。それが雑文書きとしての雑誌デビュー作なり。

それから書きまくったね。旅雑誌、オートバイ雑誌、アパマン雑誌、アルバイト情報から自治労の機関誌、教育委員会の年鑑、ＪＴＡの機内誌まで。風俗記事なんぞもこなしていたラッコ先輩の教えを守って、オファーが来た仕事のふたつにひとつは断ったら、出版社は暇な人より忙しい人に仕事を出したがるらしく、むしろ仕事が増えた。さすがだなぁ、ラッコ先輩。

三〇代になると新聞の連載も始まった。読売新聞、朝日新聞、北海道新聞。併せて一〇年以上書き続けた。縁があったらまた書きたい新聞もあるし、死んでも書きたくない新聞もある。だいたい察しが付くだろうけどね😁。二紙は恩義を感じて今も購読している。

雑文書きデビューから三五年近くも経つと、こちらは変わっていなくても世の中の方がどんどん変わるもので、今回収録している旅コラムに登場する温泉や飲食店のうち、何軒かが廃業している。

五十音順に、朝日温泉、鹿の子荘、北湯沢山荘、鯉川温泉旅館、小金湯パークホテル、標津温泉、天人閣、蟠渓健康センター、福田温泉、ホロカ温泉旅館、湯の岱荘。ほとんどが跡形もなくなってさら地になっているか廃墟化している。廃業した理由は様々だけど、朝日温泉や福田温泉の最後は哀しすぎた。今でも続いている湯宿や鮨屋はすべて代替わりしているし、銀鱗荘はG社からN社に経営がかわったのでおいらが絶賛した宿とは全く別の宿になっている。飲食店も様がわりしているので、くれぐれも、この本を実用書として参考にしないでくださいね。あくまでも雑文集なのです。

しかも、初雑文集。スロースターターにもほどがあるけど、その理由は二〇世紀の終わりに発行した『北海道いい旅研究室』創刊号の編集後記に書かれていたのです。

▽本を出すような人間にろくなのはいやしない。と思い続けているのよ。だって、そうでしょ。人間としてマトモに生きていたら、やらにゃいかんこと、一例を挙すなら、近所付き合いや家族親戚サービスは基本の基として、毎日の犬の散歩、スズメや猫の飯の世話、病人の介護や通院、リハビリの補助、会社の運転資金の調達、日々の三度の食事を作ったり、そのための買い物をしたり、落ち込んでいる仲間を励ましたり、可愛い娘さんを口説いたり、古典落語を聴いたり、野菜を植えたり、後進を育てたり、居候の亀の世話をしたり……。▽食うための仕事や食事睡眠入浴以外にも人間としてやらにゃいかんことは山ほどあるわけで、一生に何冊かならまだしも、年に何冊も本を出すような馬鹿は日々のそうした営みを手抜きしている極悪非道の屑人間に思えてならないのです。▽よって某は二度と本など出さぬ、本など出すよりもひとりのマトモな人間でありたいもんね。

などと綴りながらも生活というウスノロから開放されて一日の大部分を本だけ作る時間に使えたらどんなに幸せだろうという夢を捨てきれずにいた三〇代のあざらしはやはり半人間の屑人間だったわけで、その迷いともがきは四半世紀近く経った今もまるで変わっていなかったりするんよ。

ああ、だめだ。最後なのに暗いぞ。もしくはあとがきから読むというひねくれた性格の読者にとっては初っ端から暗いぞ。いかんね、いかん。明るい話題で締めくくらなくては。あの話題はどうかな。

K文社のF井智の話。その昔『マンボウ』という雑誌の編集だったF井智とは同じ歳ということもあって気が合ったので、仕事だけの間柄に終わらず、東京での呑み仲間として今も親しくしているんだけど、F井智選手。自社の紙媒体のコンテンツをドラマ化、アニメ化、映画化したり、海外で発売したりという部署に異動となり、三浦しをんの『舟を編む』を映画化した折のこと。昭和の辞書編纂部を再現するため、週末ごとに光文社の社屋を使って撮影したそうな。無事にクランクアップして打ち上げの日。主演の松田龍平が一冊の本を手に持って歩いてきたのをF井智は見逃さなかったね。どこかで見覚えがある本だと思ったら、あざらしが編集している『北海道いい旅研究室』だったりして。思わず「どうして、その本を⁉」と話しかけたら、大泉洋と共演した映画の北海道ロケの折に購入したそうで、「ぼく、温泉が好きなんですけど、この本、一番信用できるんですよね」ですって。どうよ、明るくなったでしょ。あの松田龍平、もとい、松田龍平様がおいらの本を買ってくれて、読んでくれて、持ち歩いていてくれたのだよ。これだけで白飯を三杯いけちゃうぐらいのエピソードでしょ。別に編集に絡んでいるわけじゃないのに、F井智、思わず自分がほめられたような心持ちになって、お礼を言ったそうな。いいよ、この際、この本、ぼくが作りましたぐらいのことを言ってもいいよ。それぐらいの手柄だよ。それ以来、F井智と呑む度にこの話をさせては気持ちよく酔うってのが好きなのでした。って、え？　その話題で明るくなるのはあんただけだろうってかい。一緒に明るくなってほしかったんだけど、まいったなぁ。斯様な折は先達の言葉を拝借して逃げるに限るわけで――、

わたしは五〇になってはじめて道に志ざすことに気のついた愚物です。

これは晩年の漱石の言葉。自信家で変態で遅咲きだった漱石には随分励まされる。特に『草枕』の文章の完璧に近い美しさと筆者の狭量さと変態ぶりにはどれだけ励まされてきたことか。

幸福は一夜おくれてくる。恐ろしきはおだてに乗らぬ男。飾らぬ女。雨の巷。

これは太宰。駄目さ加減が気に入って最近は手紙の末文にこの言葉を借用している。屑人間の見本のような太宰と、さらに屑人間の啄木。このふたりにも死ぬほど励まされてきたわけで、この先もおいら、人格者を気取る偽文士たちをにらみつけながら、人生に後悔と失敗談しかない駄目人間の生きる道としての雑文や小説を書き続けるとするよ。注文があったらだけどね。

やっと見つけた道の行く先があまりにも遠くて吃驚した漱石の背中を胡麻粒ほどの大きさで遥か前方に眺めながら、唄いながら、いじけながら、じたばた足掻《もが》きながら、このくそったれの世界でもうしばらくもがくとするから気持ちに余裕があったら見ていておくれよ、兄姉妹&ナイスガイ。

そして、読んでくれてありがとう。心から感謝、感謝、もうひとつ感謝。

キタキツネの親子が遊びにくる書斎にて　二〇二一年六月猫日

初出媒体一覧

読売新聞

一九九七年の年頭、読売新聞北海道支社のデスクたちから突然呑もうよと誘われた。なんでも、印刷工場が新しくなるのに伴って、四月から朝刊のみならず夕刊もカラーになるので内容を刷新するとのこと。で、夕刊の月曜から金曜までをテーマ別の日替わり連載にするので、火曜日の旅人編を担当してくれないか、という話になったのさ。

当時三三歳だったあざらしが一冊だけ出していた本『七五〇〇円以下で泊まれる温泉……』を気に入ってくれての依頼だった。

札幌駅近くの居酒屋に集まってはあーでもないこーでもないと話し合い、ほかの曜日の執筆者は誰がいいかという人選にも参加したりして、結局、火曜日は『ちょっといい旅』というカラー写真を二枚使う旅記事と『ひとっ風呂』という温泉コラムの両方をおいらが担当することになった。一面の半分近くの大きな連載だ。初回は一九九七年四月一日。人生初の新聞連載は二〇〇三年六月までの六年二カ月、途中何度か連載タイトルや大きさが変わりながらも夕刊休刊日をのぞいて毎週続いた。書き続けた。

今回収録した『あざらしの風呂談義』は一九九九年一〇月一二日から始まった囲みコラムで、見出しも自分で付けていたんよ。新聞連載で見出しを若輩の著者に委ねてくれるのは当時は画期的だったと思うな。しかも、今読んだら、めちゃめちゃ自由に書かせてもらっていたでないの。当然、営業部あたりから「あんな連載辞めさせろ」という圧力があったんだけど、当時の支社長の奥さんが気に入ってくれていたことや全国の地方面から優秀な記事を選ぶ月間賞に、そりゃないぜセニョリータで終わるコラムが選ばれちゃったこともあって、しばし安泰だったのです。

朝日新聞

ヨサコイ批判コラムに対する営業部からの圧力で読売新聞での長期連載が打ち切られた直後、朝日新聞北海道支社の阿部八重子さんから、読売同様夕刊のカラー面で旅コラムを連載しないかというオファーがあった。正直、新聞連載に疲れていたし、家族の介護もしんどくなっていたので、断るつもりで、ヨサコイ批判がOKで読売新聞と同じだけ原稿料を出すなら受けます、と伝えたら、朝日は読売と違ってヨサコイ協賛広告を載せていないので好きなだけ批判していいし、原稿料は読売新聞と同じかどうかわからないけど、大江健三郎と同額払いますよ、と言われたので、一転快諾した。収録した『あざらし日和の旅かばん』を皮切りに二〇〇三年九月四日から連載を開始。カラー写真を毎回二枚掲載しての大きな連載だった。連載を開始してすぐに嫁さんが死んだというのに一週も落とさずに連載を続けた。焼き場でも原稿を書いていた。狂っていた。

朝日新聞もタイトルを変えたり、朝刊に引っ越したり、また夕刊に戻ったりしながらの長期連載になったので、読売と併せると、毎週、毎週、六〇〇本以上の旅コラムを書いた計算だ。朝日でも連載打ち切りのピンチが何度かあったけど、asahi.comで全国の地方記事が読めるようになって、おまけにランキングも出るようになったことが追い風となった。全国地方記事で一位を取ると待遇が良くなるんだね。

旅記事なのに知事批判や宗男批判も山ほど書いた。高橋はるみ知事批判を書く作家や載せる媒体はほかになかったから反響はすごかったぞ。ちなみに北海道新聞では知事批判はNGだと釘を刺された。それでも書いたら伏字にされて連載を打ち切られたなり。

ビッグコミックスピリッツ

判型／B5判中綴じ●頁数／400頁前後●創刊／1980年10月●発売日／毎週月曜（週刊）●発行人／菊池一●編集人／石田貴信●発行／小学館●本体価格／364円●月刊は毎月27日頃発売（本体価格／636円）

混乱しやすいので整理すると、ビッグコミックは現在四銘柄ある。一九六八年に創刊した小学館初の青年漫画雑誌ビッグコミックは半世紀経った今も健在で、その四年後にもっと上の読者を狙ったビッグコミックオリジナルが登場し、一九八〇年に学生向けのビッグコミックスピリッツ、一九八七年に若者向けのビッグコミックスペリオールが創刊している。

この四種類の中で唯一週刊なのがビッグコミックスピリッツだ。学生向けなので、表紙と巻頭グラビアはアイドルが埋める。んだけど、攻めているぞ。

忘れられないのは二〇一六年七月一八日発売号ね。漫画史上初と銘打って日本国憲法の全文を別冊として綴じ込んだのだよ。吉田戦車など連載陣一三名のイラスト入りブックｉｎブックとして。すごいぞ。発行人が大村信、編集長が坪内崇の時代なり。カラーグラビアも連動させての本気度に圧倒されたなぁ。

そんなビッグコミックスピリッツの巻末のインハイスピリッツという活字のページに縁あって鏡明なんかと並んでコラムを載せてもらっていたんだけど、コラムのページがなくなってしまったのでした。

ビッグコミックオリジナル

判型／B5判中綴じ●頁数／352頁前後●創刊／1972年（ビッグコミック増刊号として）●発売日／毎月5日、20日（月2回）●発行人／中熊一郎●編集人／石原隆●発行／小学館●本体価格／382円

可愛い動物イラストの表紙でおなじみのビッグコミックオリジナルの特徴は長期連載だ。『釣りバカ日誌』は一〇〇〇話を超えたし、『黄昏流星群』も六〇〇話以上続いている。『三丁目の夕日』や『浮浪雲』も長かったなぁ。おじさんたちにはありがたい存在だ。

そんなオリジナルの中のオリジナリズムというコラムのページに縁あって年に二回ほどのペースで書かせてもらっているんだけど、偶然なのか、粋な計らいなのか、忘れられない出来事があった。ジョージ秋山が亡くなって少し経った時のことだ。

ジョージ秋山に憧れて漫画家を目指そうとしたほどの大ファンだったおいら。雑文書きを生業として一番うれしかったことが、オリジナルの目次で末席ながらもジョージ秋山と名前が並んだことで、でも、もう、それは二度とかなわないのね、というコラムを書いたら、『浮浪雲』が特別再録されたジョージ秋山追悼特集号に掲載されたのだよ。二度とかなわぬはずの夢がかなったんだ。泣いたよ。本宮ひろ志やちばてつや、永井豪、水島新司らが追悼イラストを捧げた二〇二〇年七月二〇日発売号は一生の宝物さ。

月刊Libre

判型／AB判平綴じ●頁数／104頁●創刊／1983年7月●終刊／1990年11月●発売日／毎月15日（月刊）●編集人／高田充幸●発行／エムジーコーポレーション（札幌）●本体価格／291円

舘浦あざらしのほかに、たいま海豚、ラビットVWなどのペンネームを使い分けては毎月四、五本の原稿を書いていたのが月刊リブレというレジャーマガジンだ。文、デザイン、イラストで参加していたけど、企画内容を提案したことはたぶん一度もないんじゃないかな。編集長の高田充幸に言われるままに知床に飛び、礼文島に飛び、文字通り飛び込みで宿に泊まっては取材をしたんよ。事前情報も参考資料も何もなし。観光協会だの行政に協力を求めるなんて最悪なことは死んでもせず、昭文社の地図だけを頼りに旅をしまくったのさ。一年のうち一〇〇日以上は旅の空という生活が何年も続いたんだよなぁ。

旅雑誌の編集のノウハウはすべて高田充幸編集長から教わったので、高田さんが入院したと聞いた時は泣きそうになった。だって、癌センターだったんだもん。学生時代、つうけんでアルバイトした時にアスベストを大量に吸い込んだことが原因の肺気腫と診断され、あっというまに逝ってしまった。

だから、「こんな旅雑誌を作りました〇」と一番最初に報告したかった人に報告できなかったのです。

旅

判型／B5判平綴じ（新潮社に移行後A4）●2001年当時の頁数／194頁前後●創刊／1924年3月（日本旅行文化協会）●発売日／毎月1日（月刊）●2001年当時の発行人／青木玲二●編集人／楓千里●発行／日本交通公社⇩JTB●2001年当時の本体価格／638円

松本清張や五木寛之も執筆した『旅』は日本最古の旅行情報誌だ。JTBの前身である日本旅行文化協会の機関誌として大正時代に創刊されているので、もうちょっと頑張れば創刊一〇〇周年も夢じゃなかったのに、二〇〇四年に新潮社に移ってからは判型を変更したり読者層を変更したりと迷走して、わずか8年、通巻一〇〇二号で休刊させているのねん。

名誉なことにあざらしは二度も執筆している。最初は二〇〇一年八月号。北海道特集号のうちドドーンと一六頁を北海道いい旅研究室でページジャックしてしまった。本書に収録したのはそのほんの一部抜粋ね。ちなみにこの号、北海道特集のほかに、北朝鮮ツーリング、富士山麓そば名鑑、ベトナムやミャンマーの鉄道、国後・色丹紀行などなど、驚くほど紀行文が充実している。北海道特集も留萌本線の明治時代の写真とか戦前の天人峡の写真など、うっとりしてしまう内容だ。さすが、元祖旅本。『旅行』ではなく『旅』という誌名に偽りなき内容なり。JTBのパッケージツアーでは不可能な旅ばかりを載せていることに、今さらながら感動してしまったよ。

WANDER

判型／A5判平綴じ●頁数／72頁前後●創刊準備号●1990年8月10日●終刊／2005年12月30日●発売日／不定期●発行人／宮城正勝●編集人／新城和博●発行／ボーダーインク（那覇）●本体価格／400円（終刊）

ユンタク&話クワッチーマガジンとして創刊したワンダーは音楽や芝居、漫画、映画、沖縄そば、闘牛といった沖縄のポップカルチャーから琉球独立、基地問題なんぞについて、ゆる～く綴る沖縄県民のための非ビジュアル本だ。執筆陣はほとんど無名の地元人だけど、藤木勇人や与那原恵、池澤夏樹といった名前も並ぶ。一〇号を機にシマコラムマガジンに肩書きを変更したけど、手作り感たっぷりのオールモノクロ誌面はそのままで、終刊の三八号まで沖縄に降る雨の様に突き進む。一六年で三八号＋一冊ということは年二・四冊ペース。立派です。

あざらしが参加したのは『終刊あがぁひゃー号』。休刊じゃなくて終刊と銘打っているのが潔いなぁ。

編集長の新城和博とは誕生日が2カ月違いの同じ歳。北海道と沖縄という日本の端と端で似たような活動をしてきたので出会ったらやはり気が合った。全く打ち合わせをしていないのに上京の折、同じホテルに泊まっていたことが二度もあったりしてさ。

実は新城和博が自社からエッセイ集を出していることがずっと羨ましかった。やっと追いついたよ。

季刊NAGI

判型／B5判平綴じ●頁数／104頁前後●創刊／2000年6月1日●発売日／季刊（年4冊）●発行人／吉川和之●編集人／坂美幸●発行／月兎舎（伊勢）●本体価格／654円

二〇〇〇年に創刊したNAGIは吉川和之の性格そのままで生真面目にキッチリと季刊で出し続けているので、あと六年ほどの命かぁ。もったいないけど大丈夫。そう思われているうちが潮時だからね。

現在八五号ぐらい。一〇〇号で廃刊すると宣言している。

判型は懐かしいB5判。吉川和之が編んだ最初の本が写真集ということもあってか誌面はビジュアル優先。同種の雑誌と比すと写真に対する力の入れ方がハンパない。特集は古民家カフェとかスローフードみたいな在り来たりなのが多いけど、ローカルスーパー探検、百貨店より一貨店など、たまに冴える。

そんな中で突然変異的に誕生したのが四七号、松浦武四郎の特集号だ。二〇一一年一二月発行。この特集のために、吉川和之はBMWの一一〇〇ccニ輪車で北海道ツーリングを決行した。途中、あざらしも合流しての男ふたり旅が楽しかったなぁ。武四郎の足跡を訪ねつつ、野湯に浸かり、酒を呑んだ。

武四郎記念館の山本命学芸員も参加したこの号はとてもよくできている。実際、売れ行きを危惧していた吉川和之の予想に反してよく売れたのでした。

フリースタイル

判型／A5判平綴じ●頁数／112頁前後●創刊／2005年7月10日●発売日／季刊のはずだけど実際は年3冊ペースの不定期刊●発行人&編集人／吉田保●発行／フリースタイル（下北沢）●本体価格／888円

　めちゃめちゃ格好いいリトルマガジンが出たと興奮したね。表紙が松本大洋で、特集の対談が片岡義男&小西康陽。久住昌之、やまだないと、山田宏一、小森収といった執筆陣も豪華だし、なんといってもブックデザインのセンスがいいんよ。しかも、出版社なのにオリジナルグッズのショップを下北沢の駅前で運営しているなんて、格好よすぎてしびれまくりさ。創刊号を手にした瞬間、この本を作っている吉田保とお友だちになりたいと思ったわけで、気が付いたら呑み仲間になっていて、今では片岡義男と名前を並べて執筆させていただいている。雑誌の目次に亀和田武と並ぶという夢をかなえてくれたのもフリースタイルだ。原稿用紙五枚というサイズが心地好くて、地方都市で体感しているポップカルチャーについて楽しく書かせてもらっている。

　現在四八号なので年三冊のペースか。えらいなぁ。ほぼ同じ時期にフリースタイルと北海道いい旅研究室の一三号を発行した。「これで一二号を一二月号と間違われるようなことがなくなるね」と喜びあった。この感覚を分かち合える友はほかに居ないな。

温泉の神様の失敗

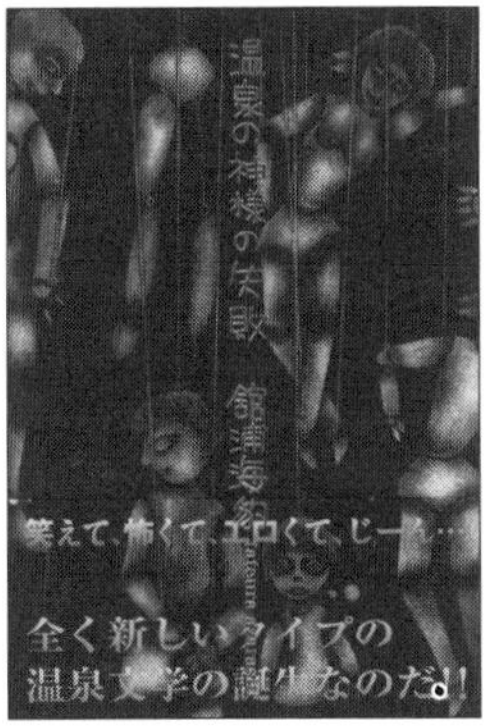

判型／四六判並製本（ソフトカバー）●頁数／296頁●発売日／2009年10月23日●著者／舘浦海豹●発行人／山本光伸●発行／柏艪舎〈札幌〉●本体価格／1400円

　人生で最初に世に出た書き下ろし長編小説だ。そういう契約だったから仕方ないんだけど、この本、著者印税は一円ももらっていない。それでも、カバーや表紙におかいらの大好きな版画家、金沢一彦の作品を使ったり、銀箔《ぎんぱく》押しや最高にお気に入りの用紙を扉に使うなどブックデザインをすべて好きにさせてくれたし、朝日新聞に何度か広告を出してくれたことでよしとした。増刷時から印税が発生する契約だったので、増刷に至らなかったのは著者の力不足ということだろうね。山本光伸には感謝してる。

　コーチャンフォーの単行本の男性作家のコーナーを恐る恐るのぞいたら立川談志の横に並んでいたりしてうれしかったなぁ。舘浦あざらしと五十音が近かったんだね、立川談志。双葉文庫の作家一覧だと舘浦あざらしの次は立川志らく。奇遇にも同じ歳さ。

　何を隠そう、この本の発売記念イベントを実施したのは今はなきジュンク堂新宿店だ。本の雑誌の浜本茂編集長とのトークセッション。幸せだったなぁ。

　ちなみに五〇〇枚以上の小説を書き下ろしたのはこれが人生二回目。処女小説はお蔵入りのままなり。

北海道人のための南の島ガイドブック

判型／A5判変形（並製本）●頁数／132頁●発売日／2015年1月20日●発行人&編集人&著者／舘浦あざらし●発行／海豹舎〈札幌〉●本体価格／1200円

　ブックデザイナーとして一番自信がある本だったのに読者層を絞りすぎたため全く売れなかった。八重山の離島に興味がある北海道民って思ったほど多くないんだね。読みが甘かったです。はい。

　それでも、竹富島で宿と間違えて普通の家に勝手に上がり込んでしまうエピソードが笑えました、ということで、憧れの沖縄雑誌、JTAの機内誌である『Coral-way』から執筆依頼が来たりして、少しは爪痕を残せたんだけどさ。

　この本、北と南のコラボレーションということで、日本最南の出版社である石垣島の南山舎のスタッフにも参加してもらっている。お礼にあざらしも八重山の地域情報誌『月刊やいま』にエッセイを寄せたりしてね。あと、そうそう。那覇のボーダーインクの新城和博も参加してくれている。

　これって、実は画期的なことなのだよ。北海道と沖縄県の出版社のコラボレーションって全くなかったからさ。でも本は売れず。うぅっ。力不足じゃあ。

　八重山や沖縄、屋久島の抱腹ズッコケ旅ネタはあと一〇冊分ぐらいあるので、別の形で出すとするよ。

本の雑誌

判型／A5判平綴じ●頁数／136頁前後●創刊／1976年4月号●発売日／毎月1日（不定期、隔月刊を経て1988年5月号から月刊）●発行人&編集人／浜本茂●発行／本の雑誌社（神保町）●本体価格／667円

一番好きな雑誌だ。一番長く買い続けている雑誌でもある。それだけに、連載の依頼がきた時はうれしかったなぁ。力不足で一年で終わっちゃったけど。

今回収録したのは二〇一七年七月号に掲載された原稿だ。一年後に発売された『旅する本の雑誌』にも収録されたので世に出るのはこれで三度目。旅と本という、あざらしの得意分野を合体させた企画だけに筆が進んじゃって、この倍ぐらい書いたのを泣く泣く縮めている。そうか、縮める前の原稿を載せればよかったのか、と今気付いたけどもう手遅れなり。

何十回も書いてきたけど『北海道いい旅研究室』は『本の雑誌』を手本にしている。特に初期はそうだった。取次を通すことなく、されど流通のあてもなく作った本をリュックに入れて書店を回っては直取引だけで売りさばこうとしたのも、助っ人制度を導入したのも、観光業界の広告を載せないのも、イラスト中心のゆるいブックデザインにしたのも、すべて『本の雑誌』を手本にしたからだ。なので、上京の折は編集部に顔を出して北海道みやげなどを付け届けるんだけど、最近、浜本さんがかまってくれないんよ。

アクセス

判型／B5判●頁数／12頁●創刊／1976年11月●発売日／毎月1日（月刊）●発行人／川上賢一●編集／アクセス編集委員会●発行／地方・小出版流通センター●本体価格／136円（年間購読料税込み1500円）

正式名称は地方小出版情報誌アクセス。地方の出版社や都内の小さな出版社の本を全国の書店に流通させてくれる取次会社が発行している月刊情報誌だ。

地方出版社の経営者が「こんな賞を取りましためました」とか「こんな経緯で出版社を始めました」みたいなテーマで同業者向けに語りかけるフロント頁があるので、二度ほどそこに書かせてもらったことがある。

読者が同業者ばかりということで「ぼくは皆さまとは違ってこんなことにこだわっています」みたいに気取って書く人が多い傾向。出版人は文章ベタが多いからね。だからこそ作家が必要なわけか。

書影入りで新刊を紹介するコーナーやジャンル別の新刊案内には知らない出版社が登場して面白い。感覚社とか花乱社とか海鳥社とか。おいらの海豹舎も誰も知らない出版社だろうけどさ。

でも、出版関係者が刮目するのは最終頁の『売上良好書』なる月間ランキングだ。三省堂書店の神保町本店やジュンク堂の池袋店にある地方書コーナーのベストセラーランキングにランクインした時は励みになるからね。川上さんはいい仕事をしているよ。

北海道いい旅研究室

判型／A5判変形平綴じ●頁数／160頁●創刊／1999年5月10日●発売日／不定期●発行人&編集人／舘浦あざらし●発行／海豹舎（札幌）●本体価格／773円

世に〈ひとり編集長〉の雑誌は結構あると思うけど、企画や執筆依頼、モデルの手配などのいわゆる編集業務全般以外に、取材、執筆、デザイン、イラスト、撮影から、広告営業、書店納品まで何もかも編集長が全部ひとりでやっているとなると日本で唯一の雑誌という自信がある。少なくとも五〇〇〇部以上部門ではほかにないだろうね。

そんな器用貧乏雑誌は不定期刊だから成立するわけで、二二年かけて二〇冊しか出せていないのだよ。少なすぎるにもほどがあるでしょ。おいらもそう思うよ。最新号が二〇二〇年一月に出たきりだから、インターバルは開くばかりなり。やばいなぁ。

ちなみに最新号の特集は平成絶滅温泉と廃止鉄道とウルトラセブン。って、どんな本なんだろうね。でも死ぬまでに一度やりたかったんだ。円谷プロとの正式契約。ウルトラセブンの脚本家の金城哲夫の沖縄の実家を訪ねる旅をしたり、毒蝮三太夫さんから撮影秘話を聴くために出かけたりと、ウルトラセブンだけど旅雑誌。そんな自由な本にぽつりぽつりと書いたエッセイを掲載時のままで再録しました。

エピローグ

メロディがあふれる小さな町で美しい姉妹が仲良く暮らしていました。

初恋の相手の名前、一番泣いた本のタイトル、ファーストキスの場所、母親についた嘘の数、失恋をした時に決まって聞く音楽、誰にも言えないコンプレックスなどなど、仲良し姉妹はお互いのことはなんだってわかりあっています。

やがて年頃になった姉妹には将来を誓い合う恋人ができました。どちらも美しい姉妹にふさわしい勇敢な青年です。姉妹の年老いた母親は「こんなに幸せなことはない」と口癖のように繰り返しては太陽や星や大地の神に感謝をしました。

穏やかで優しい時間が流れています。

月がぼんやりかすんだ夜、恋人に誘われた姉は生まれて初めて教会へ足を運び、人の形をした神が存在することを知りました。同じ夜、妹も恋人とふたりで教会に行き、この世の創造主と崇め立てられている神がいることを知ります。

不幸なことに、姉妹の恋人が崇める神は違う名前の神でした。

それまで自然の中に神を見いだしてきた姉妹は恋人に捨てられたくない一心で人の形をした神に心を捧げるようになります。そして同じ言葉を口にするようになりました。

自分が信じる神こそが唯一の神である、と。

やがて戦争が始まりました。聖なる戦争です。

男たちは己が信じる神のために命を懸け、女たちからは笑顔が失せました。あんなに仲良く暮らしていた姉妹も敵と味方に分かれて殺し合っています。どちらも自分の神こそが正義だと信じて疑わないので敵を殺すことに迷いはありません。

姉妹の年老いた母親は「こんなに哀しいことはない」と三日三晩嘆いた末に「神の正義のために」と叫ぶ兵士に殺されてしまいました。

そんな様子を丘の上から見下ろしている人影があります。

悪魔です。

またしても正義と正義が殺し合っているではないか。神の野郎《にいさん》も罪深いことをするよなぁ……。

悪魔は心を痛め、そして思案しました。奪い、恨み、罵り合う人々がせめてひと時でも心を休めてぼーっと過ごせる非武装地域を設けようと。

沈思黙考した末に思いついたのが混浴露天風呂です。

混浴露天風呂の中では男も女もありません。敵も味方もありません。強者も弱者も経営者も労働者も教師も生徒も平等です。

皆が武器を置き、軍服も民族衣装も肩書も義理もしがらみも脱ぎ捨て、心身ともに全裸になって湯浴みをするための空間です。混浴露天風呂では誰もがひとりの人間であり、それ以上でもそれ以下でもありませんでした。

丘の上の混浴露天風呂の噂はすぐに広まり、争いに疲れた人々が次々に集まってきました。毎日早朝から深夜まで満員御礼です。

不思議なことに星中の人々が一度に入っても湯壷から浴客があふれることはありませんでした。悪魔の魔術で湯壷の大きさは無限大なのです。

浴客の中にはあの姉妹の姿もありました。湯の中で久々に再会した姉妹はしばらく言葉もなく抱き合い、やがて思い出話に笑い、母親と三人で入りたかったと言っては泣きじゃくりました。

誰もが悪魔の混浴露天風呂に救いを求め、実際に救われていたのです。

でも、たったひとりだけ悪魔の混浴露天風呂を忌み嫌う男がいました。

神です。

温泉入浴は労働や国防からの逃避に過ぎない。生産性のない怠惰な習慣は亡国に通じる。しかも混浴となると風紀衛生道徳的にもよろしくない。よって人々は早急に湯から上がって正義のために闘うべし。民衆を堕落させる混浴露天風呂は即刻撲滅しなくてはならない。神の主張を要約するとそんなところです。

「そんな堅苦しいことばかり言ってないで、兄さんも一緒に温泉に入ろうぜ」

悪魔《おとうと》の呼びかけに神《あに》が応じたのかどうか。

兄弟仲良く湯に浸かって「ああ、極楽、極楽」とユニゾンで言って笑い合ったのかどうか。

それはここでは書きません。

ただ、この星には今でも混浴露天風呂があるし、今でも戦争があります。

愛を守るために傷つけ合い、正義を貫くために殺し合い、解放されるはずの宗教に縛られている不自由な人々がおおぜい暮らしています。

今宵もまたどこかの鄙びた温泉宿で、不完全な神と欠点だらけの悪魔によるドラマが繰り広げられていることでしょう。

てなところで、この石ころのような物語はおしまいです。

最後まで付き合ってくれてありがとう。んじゃね。ばいびー。

〈『温泉の神様の失敗』(二〇〇九年一〇月二三日発売)より〉

PROFILE

1963年、小樽市朝里川温泉生まれ。札幌市在住。旅作家。『北海道いい旅研究室』編集長。著書は『函館本線へなちょこ旅』シリーズ(双葉文庫ほか)、『温泉番長ほっかいどう』(海豹舎)、『温泉の神様の失敗』(柏艪舎)などなど。HBCラジオ(北海道放送)の『朝刊さくらい』に火曜日のコメンテーターとして20年ほど出演中。顔写真は非公開。じいちゃんの遺言でインスタとかツイッターはやっていませんが、やる気のないホームページ(https://iitabi.biz)は一応開設中。ホームページ内では『北海道いい旅研究室』のバックナンバーを取り揃えたweb書店ものんびりと営業しているので一度のぞいてみてくださいね。座右の銘は『雲の上はいつも青空』ってことで😄

北海道エッセイ＆旅コラムン
しっぽのある温泉

2021年7月16日 第一刷発行

著　者●舘浦あざらし
発行人●舘浦あざらし
ＤＴＰ●伊藤洋子〔ぽんぽちデザイン〕
イラスト●中村香苗〔076-079/156-175page〕
●舘浦あざらし〔others〕
発行所●のんびり出版社 海豹舎
〒063-0037 札幌市西区西野7条10丁目17-7
☎011-751-7757　fax 011-663-6626
印刷＆製本●株式会社シナノ

ISBN978-4-901336-39-0 C0095 ￥1500E

定価は帯に印刷してあります(総額表示に対応した苦肉の策です)
落丁、乱丁本は送料小社負担にてお取り替えさせていただきます。小社までご連絡ください。